櫻田陽太（さくらだようた）……櫻田人形の息子。鐘撞高校ボート部員

櫻田大輔（だいすけ）……櫻田人形の現社長。陽太の父

櫻田幸吉（こうきち）……鐘撞人形共同組合の理事長。櫻田人形の前社長。陽太の祖父

今戸（いまど）先生……鐘撞高校ボート部顧問

溝口寿々花（すずか）……鐘撞市の甲冑師（かっちゅうし）の娘。離婚して鐘撞市に戻る

モモ……寿々花の娘

クリシア……鐘撞市の飲食店「ドラゴンフルーツ」で働くフィリピン人女性

宮沢舞（まい）……宮沢の娘。西伊豆でサーフショップを夫と経営

1

まずは生え際からだ。

額と頭の境目に、縦の線を細かく描いていく。丁寧かつ手際よく迅速に、迷わず描いていかねばならない。

それが済んだらつぎは眉である。おなじ墨を使うが、筆はさらに毛先が細いものに変えた。眉毛を一本ずつ描くわけではないにせよ、そのつもりで筆を動かす。

「すごぉおい」

ごく間近から子どもの声が耳に入ってきた。男の子か女の子かはわからない。筆を止めて確認する余裕はなかった。

ここは鐘撞市にある人形博物館だ。今年の二月にオープンして、じきに五ヶ月が経つ。第二・

第四日曜には常設展の一角で、鐘撞人形共同組合の有志によって、人形の製作実演がおこなわれており、今月は森岡恭平(もりおかきょうへい)の番だった。職場からは道具一式と女雛(めびな)、男雛(おびな)の頭(かしら)をそれぞれ三十ずつ持ちこんできた。頭の下には菜箸のような棒が付いており、藁(わら)の束(たば)に差しておく。その状態は晒(さら)し首のように見えなくもない。

実演は午前十一時と午後一時と午後三時の三回、いずれも一時間で、七月の第二日曜の今日、午後三時の回の真っ最中だ。

思った以上に館内には客が多い。恭平のまわりにも入れ替わり立ち替わりで、終始二十人近くのひとが集まっている。製作実演は雛人形の陳列即売会の会場をはじめ、百貨店やデパートなどでちょくちょくおこなっていた。最初のうちはひとの目が気になって緊張するかと思いきや、作業をはじめれば平気だった。人形の顔を描くのに集中しているからだろう。今日もここが博物館だと忘れる瞬間さえあった。

眉が描きあがった。しかし満足いく出来ではない。左右が微妙にちがう。素人(しろうと)が見たら気づかないだろうが、職人ならば一目瞭然である。いちいち反省をしていたら仕事がこなせない。つぎこそは、今度こそはと挑んではいるものの、完璧な顔など一度たりとて描けたことがなかった。

恭平はべつの筆を手にする。筆先が丸く縛(しば)ってあり、薄墨(うすずみ)に浸してから、眉と生え際のちょうど真ん中あたりに押し付けた。

「なぁに、それ?」さきほどとおなじ、子どもの声がした。「なにかいてるの?」

恭平が顔をあげると、目の前に六、七歳の女の子が立っていた。

「駄目(だめ)よ、モモ」女の子のうしろにいた女性が注意する。「職人さんに話しかけちゃいけないの」

「かまいませんよ」

恭平はにっこり微笑(ほほえ)む。三十代なかばと思(おぼ)しき母親が言うとおり、〈実演中の職人へのお声がけはご遠慮ください〉とボードが立っている。だからといって、子どもの質問を知らんぷりするつもりはない。

「位星(くらいぼし)といってね。この化粧をしているのはエラいひとの証拠なんだ」

歌舞伎でも身分の高い貴族には、位星が施されている。

「おひなさまはエラいひとなのね」

「そうだよ。他になにか質問はあるかな」

「どうしたらそんなにじょうずに、かけるようになるの？」

「毎日、休まずに描いているからだよ」

「どれくらいまいにち？」

「オジサンは二十年近くつづけている」

よほど驚いたらしい。女の子は目をまん丸に見開いた。

「ほかにすることはなかったの？」

女の子の発言に恭平は苦笑してしまう。

「こら、モモ。失礼でしょ」

「どうして？　なにがシツレイなの、ママ」

叱られても、女の子はピンとこないらしい。それどころか不服そうに頰(ほお)を膨(ふく)らませている。

「他にすることはたくさんあったけどね。こうして人形の顔を描くのがいちばん好きだから、ずっとつづけてきたんだ」

嘘だ。家業だから継いだまでである。

「モモもおえかき、すきよ。でもずっとつづけているとママにおこられちゃうの」

周囲のひとから好意的な笑いが起きた。かわいいものだ。自分もこれくらいの歳の子がいてもおかしくない年齢ではある。

「すきなことしていたのに、ジャマしてごめんなさい」

女の子はぺこりと頭を下げる。

「いや、いいんだ」

恭平はさらにべつの筆を持つ。筆先に朱色を含ませてから、肩の力を抜く。

優しくそっと触れる程度でいいんだぞ。

父の声が耳の奥で聞こえた。

わかっていますって。

口の中でそう返事をしてから、人形の唇の形に沿って筆先を動かす。

そのとき、モモの母親に見覚えがあるのに気づいた。どこかで見た顔だ。はて、どこでだろう。

節句人形の製造元は雛人形か五月人形、どちらかに特化しているのがほとんどだ。恭平が社長を務める森岡人形は雛人形で、問屋や専門店などの卸売だけでなく、直売もおこなっている。

創業百八十年と、鐘撞市内でも古参の店で、会社になったのは大正のおわりだ。なので恭平は社長としては四代目だが、創業から数えると八代目になる。そのため「八代目」と呼ぶひとが多い。

森岡人形では昔ながらの手仕事で雛人形をつくっており、恭平も社長職だけでなく、一職人として働いていた。頭に髪、衣装、手足、小道具と、雛人形はそれぞれ職人がいて、べつべつにつくる。森岡家は代々、頭を専門につくる頭師で、恭平もそうだった。

家業を継ぐと決めた高校一年の夏だった。そのときから七代目である父、一義に弟子入りをし、高校へ通いながら頭師の修業をした。職人として仕事を任されたのは、高校をでたあとである。

恭平が二十歳のとき、母の公子は亡くなった。父よりも十歳年下だが、もとより病弱なひとだった。若いうちから入退院を繰り返し、遂には四十八歳で亡くなった。その七年後、父も六十五歳でぽっくり逝ってしまった。年末間近に工房で作業をしていたところ、突然うつぶせに倒れ、それっきりだった。葬儀は年を跨いで三ヶ日が済んでからおこなった。

大変だったのはそれからだ。

父としては、恭平には三十歳になるまでに職人として一人前になってもらい、そのあと会社のことをあれこれ引き継ぐつもりだった。本人から何度もそう言われ、恭平も不満を覚えることはなかったたし、社員や職人など周囲のひと達も承知していた。

ところが恭平が三十歳になる三年も前に、父は死んでしまった。とんだ番狂わせだ。おかげで恭平は帳簿の見方すら満足にわからない状態で、社長職を引き継ぐ羽目になってしまった。

人形製作のスケジュール管理、原材料の仕入れ、百貨店や量販店、卸問屋に小売店など取引先との交渉、ショールームの運営、展示即売会の段取り、人形共同組合とのつきあいなど、あらゆることを父はひとりでこなしていた。このすべてを自分がやらねばならないかと思うと、二十七歳の恭平はうんざりした。

父がマニュアルでもつくっていれば、まだどうにかなっていただろう。しかしそんなものは存在しなかった。父の携帯電話やパソコン、手帳などを手がかりに、洗いだしていかねばならず、手間と時間がかかった。

厄介なのは職人達だった。最初のうちこそ父の死を嘆き哀しみ、坊ちゃんのためならなんでもしますと言ってくれた。だがしばらくすると、事あるごとに父と恭平を比べるようになった。「先代は」「七代目は」「あなたのお父様は」とやたら父を引きあいにだし、なにか言い返そうものなら、「八代目、それはちがいます」と長々と説教をはじめる始末だった。

十年経ったいまでも、さほど変わらない。だが職人の数は半分以下になった。亡くなったひともいれば、高齢を理由に引退したひともいる。残ったひと達もイイ歳だった。上は七十七歳、下は六十八歳、平均年齢は七十三歳ときている。あと十年経ったら、さらに半分どころか、だれひとりいない可能性だってじゅうぶんある。

この先、森岡人形がどうなっていくのか、考えるだけで恭平はぞっとする。すべてをほっぽりだして、どこかへ逃げ去りたいと思うものの、そうしたところでなにも解決はしない。創業百八十年もの歴史を誇る人形店の一人息子に生まれついた自分の運命を呪(のろ)いつつ、日々の仕事をコツコツとこなしていくしかなかった。

「コーチッ」

道具その他を片付けているところに、声をかけてくるひとがいた。ふりむくと櫻田陽太(さくらだようた)が駆け寄ってくるのが見えた。鐘撞高校ボート部の部員である。

「おわっちゃったんスか、実演？」

「五分くらい前にな。いま片付けをしているところだ」

「なんだ、残念だなぁ。部活おえて自転車を飛ばしてくれば間にあうと思ったのに」

ボート部の部活は、鐘撞市を東西に流れる曳抜川(ひきぬきがわ)でおこなわれる。人形博物館のここまで車で十分はかかる距離だ。

「見たかったなぁ、コーチの面相描(めんそうが)き」

「俺のなんか見たって参考にならんさ。きみのおじいさんのを見せてもらえばいいだろ」

「嫌ですよ。そんなことしたら、跡を継ぐ決心をしたのか、ならば教えてやるって、じいさんが早とちりしかねないし」

陽太は屈託なく笑う。いい笑顔だ。彼の家は鐘撞市にある櫻田人形だ。昭和二十五年創業と七十年弱の新参者でありながら、全国に十二店舗を展開、会社の規模は市内でも一、二を争うほど大きい。二十数年前には一・二階が売場で三・四階が工房、五階がオフィスの自社ビルを建てた。曳抜川にほど近く、まわりに高い建物がないので、ボート部の部活中、高校時代もいまも屋上の看板が視界に入る。

「部活は滞りなくできたかい？　今戸先生、きてくれただろ」

「きてましたけどね。土手の上でぼんやり眺めているだけでした」

今戸先生はボート部の顧問だ。恭平よりも十歳以上若い男性だが、ボートどころかスポーツ全般が苦手で、練習にはほとんど姿を見せず、コーチの恭平に任せっきりだった。ただし今日は博物館の実演があったため、遠くから見ているだけでかまいませんからと、お願いしたのである。どうやら恭平の話を鵜呑みにして、ほんとに遠くから見ていたらしい。

「コーチもその恰好だと、職人って感じッスね」

恭平は作務衣を着ていたのだ。

「人前で実演するときだけな。ふだんはTシャツにジーンズだよ」

「そうなんスか。ウチは揃いの作務衣を着ていますよ。しかも背中にでかでかと家紋が入ったヤツです」

「知ってるよ。展示即売会でも、櫻田人形さんは、あの作務衣を着ているからな」

「あれ、めちゃくちゃダサくありませんか？　お揃いっていうのがキモいんですよね。怪しげな宗教団体か安っぽい居酒屋にしか見えませんもん」

　恭平はうっかり笑ってしまう。陽太とおなじことを思っていたからだ。

　陽太の祖父、櫻田幸吉は八十歳を越えている。十数年前に社長の座を息子、つまりは陽太の父、大輔に譲ったものの、いまも現役の頭師だ。そしてまた鐘撞人形共同組合の理事長でもあり、いつの頃からか、〈鐘撞のゴッドファーザー〉と呼ばれるようになっていた。

　息子の大輔は恭平よりも七歳年上だ。東京の大学をでたのち、都内の有名百貨店で五年ほどバイヤーとして働いてから鐘撞市に戻って家業を継いだ。ただし職人ではない。販売に営業、広報、マーケティングまで手がけ、さらには自ら人形プロデューサーと名乗り、商品の企画および開発はする。だが製作はすべて職人任せだった。常識はずれで規格外の商品を企画し、職人達を困惑させることも多い。だがそうしたものに限って、ヒット商品になり、会社に莫大な利益をもたらしたことも数知れなかった。ちなみに櫻田人形の社員や職人に、揃いの作務衣を着せるアイデアを考えたのも大輔だった。

　仕事がデキて、コミュニケーション能力が抜群、面倒見もいい。恭平が十年前に会社を引き継ぐ際、大輔の許へ相談にいったところ、嫌な顔ひとつせず、あれこれ教えてもくれた。いまも時折、助言を求めるため、ふたりで呑みにいくことがある。

「折角ここまできたんだから、なんか手伝いますよ」

「あとは荷物を台車に載せて、車まで運ぶだけだ」

「それ、やりましょう」

陽太は恭平の返事を待たずに、さっさと荷物を台車に積んでいく。十七歳ではあるが、その背丈や身体つきは恭平とほぼ変わらない。筋肉などは陽太のほうが立派だった。もちろんボート部で鍛えているからだ。

「これって来年の新作ですか」

恭平が顔を描いていた雛人形の頭のひとつを見ながら、陽太が訊ねてきた。

「そうだよ」

男雛と女雛だけの親王飾りで、商品名は〈梅小径〉という。五月下旬から六月にかけて、人形販売業者向けに、翌年の雛人形の新作展示会をおこなう。その際に業者からは受注もいただけるので、これを元に大まかな生産数を割りだすことができた。そして夏前のいま頃から、生産をはじめる。森岡人形でも何点か新作を発表したのだが、その中でも〈梅小径〉は好評で、例年の新作よりも二倍近くの発注をもらっていた。数年振りのヒット作と言ってもいい。

「この頭の原型はコーチがつくったんですか」

「いや。宮沢さんっていう祖父の代からいる頭師だ」

「そのひとについて、ウチのじいさんから聞いたことがあります。酔っ払ってさえいなければ、国宝級の腕の持ち主だって」

「国宝級はおおげさだ」

それに毎日のように深酒をするため、酔っ払っていないほうが珍しい。

「いまどきの顔なのに、品格を失わずにいるところが、森岡人形百八十年の歴史を感じます」

まさにそこが人気の秘密だった。新作展示会では〈梅小径〉の男雛女雛の顔を見て、いま活躍中の若い俳優やアイドルのだれそれに似ていますねと言う販売業者が多かった。

宮沢にたしかめてみたところ、特定の人物をモデルにしたわけではない、ただし家ではテレビを付けっ放しにしてぼんやり眺めながら、世の中のひとはどんな顔が好みなのか、脳みそに滲みこませておくのだと言う。

「ウチなんか技術は二の次で、顧客のニーズを的確に把握して、商品に落とし込むスキルこそが重要だとか親父が言って、職人につくらせているもんだから、あざとすぎるんですよね」

でもそのおかげで売れているのも事実だ。

五時の閉館まで四十分ほど、館内の人影はまばらになっていた。いつまでもここにはいられないので、陽太に台車を押してもらい、常設展の会場をでた。企画展の会場とのあいだにある〈関係者以外立入禁止〉のドアを開き、裏手に入っていく。

恭平もまた鐘撞高校ボート部だった。二年の夏から一年間はキャプテンでもあった。二十年も昔の話である。その頃には五十人近く部員がおり、校内でも一、二を争う花形のクラブだった。インターハイや全国高校選抜には必ず出場し、好成績を残した。

恭平も数々の大会で表彰台の上に立っている。高校三年の夏には、インターハイにシングルスカルと舵手（だしゅ）付きクオドルプルで出場した。

シングルスカルはひとり乗り、舵手付きクオドルプルはボートに五人乗って、四人がオールを漕（こ）ぎ、残りひとりが舵取り役、つまりは舵手となり、指示をだすクルーである。傍目（はため）からだと、舵手は四人を励ましているだけにしか見えないが、競漕（きょうそう）相手の出方や状況に応じて、いかに自分達に有利な試合展開にすべきか、どのタイミングでスパートをかけるかといったことまで考えねばならない。恭平はこの舵手だった。

そしていずれの競技も見事優勝を果たした。

コーチになったのは、その実績を買われて、ではなく他にするひとがいなかったからだ。恭平とともに全国の高校ボート部としのぎを削っていた部員も、二十年近く経ったいまでは東京などへでていってしまい、ほとんど鐘撞に住んでいなかった。

一年後輩で、舵手付きクオドルプルのストロークといって、舵手の真ん前で漕いでいた三上（みかみ）という男がいる。彼もまた人形会社のひとり息子だったが、着付師の父親が亡くなると同時に、会社は解散してしまった。三上自身は高校を卒業後、東京の医大へ進学、いまは市立病院で内科医として働いている。とてもではないが、ボート部のコーチなど務めることはできない。

こうして恭平のところにお鉢（はち）が回ってきた。学校側からはつぎのコーチが見つかるまでの二、三年と言われていたのに、今年で五年目に突入だ。

コーチ就任時は二十年前とはちがい、部員も男女あわせて十数人しかおらず、全国どころか県内でもビリかビリに近い結果で敗退している有様だった。だがこれは致し方がない。かれこれ十年近く、専任のコーチがいなかったのだ。

ＯＢ、そしてコーチとして現役生をインターハイなり全国高校選抜なりに連れていってあげたいとは思う。しかし自分が現役時代のコーチは少しも参考にならなかった。六十絡みの男性で、つねに竹刀を持ち歩き、部活中にサボっていたり、私語を交わしたりしていようものなら、容赦なくバシバシ叩くようなひとだったのだ。愛の鞭ならぬ愛の竹刀だと本人は言っていたが、もしもいまおなじことを恭平がしようものなら大問題だろう。コーチをやめさせられるどころか、世間から吊るし上げられ、下手したら森岡人形の売上げにも響きかねない。

それに恭平が高校のときは、練習練習また練習で大晦日と元日以外、休んだ記憶がなかった。しかも連日、夜八時九時までが当たり前だった。ところがいまのボート部は週五日、月木金は校内でウェイトトレーニング、火日が曳抜川での乗艇練習だ。六時半に終了、七時に校門をでていなければならない。破ろうものなら、一ヶ月間の活動停止をくらうほど厳しい。なにかしらの競技会が迫れば、一週間ほど前から連日練習をおこなうにしても、事前に学校への申請をする必要があった。しかも定期試験前の半月間は部活が禁じられている。これまた破った場合には一ヶ月間の活動停止だった。短時間でどれだけ効率よく質が高い練習を部員達にさせることができるかが、恭平にとってつねに頭痛のタネなのだ。

ボート部のコーチを引き受けたばかりの頃は、恭平の高校時代とほぼ変わらぬトレーニングメニューだった。これではマズい、なんとかすべきだと、ボート関連の本を買いこみ、ネットであれこれ検索したものの、調べれば調べるほど、どんなトレーニングが効果的なのかわからず、悩んだ挙げ句、県庁所在地にある国立大学のボート部に出向き、教えを乞うた。

その甲斐あって記録は次第に伸び、昨年の春からは競技会でも好成績をおさめるようになってきた。ただし恭平の努力が報われたのかと言えば、それは二割、いや、一割程度で、残りの九割は陽太のおかげだ。去年の四月に入部するや否や、父親譲りのコミュニケーション能力を発揮し、陽太は部員のだれとでもなかよくなり、部内の雰囲気が一気に明るくなった。満足な結果をだすことができない二、三年の先輩達にも、がんばりましょうと陽太が一声かけるだけで、不思議と練習に熱が入り、顔つきも変わった。そしてひと月も経たないうちに、各自が記録を伸ばし、競技会の成績もぐんぐんとあがっていき、上位に食いこむようになった。

陽太が二年になってからもそうだ。ほぼひと月前、六月のなかばにおこなわれたインターハイ県予選では六クルーが出場し、いずれも二位か三位の好成績を収めた。惜しかったのは男子舵手付きクオドルプルだ。県内一の実力を持つ強豪校、大凡商業と最後の最後まで競りながらも、一位を逃してしまった。

恭平がコーチになってからの快挙ではあったが、インターハイは一位のみしか出場できないため、ボート部のほぼ全員がこの結果に泣き崩れたが、陽太ひとりが泣かなかった。彼こそが優勝を争った舵手付きクオドルプルの舵手であり、いちばん悔しかったはずなのに、涙に暮れる部員達に労いと励ましの言葉をかけてまわっていた。

「コーチって、高校んときから頭師の修業をしてたって、ほんとですか」

長い廊下を並んで歩いているあいだ、台車を押す陽太が訊ねてきた。裏口から駐車場にでる前に、イベント担当の学芸員に挨拶をして、入館証を返さねばならなかったのだ。

「ほんとだ」

「どうやって学校と修業の両立ができたんですか。当時のボート部って連日練習があったんスよね。とても信じられません」

「俺も信じられん。一日、三、四時間しか寝ていなかったよ。授業中はずっと寝てたけどな」

「その話、スズ姉さんに聞いたことがあります」

「だれだい、そのひと？」

「ミゾグチスズカって、わかりません？」

そう言われ、溝口寿々花（みぞぐちすずか）と漢字を思いだすのには、さして時間がかからなかった。

「甲冑師（かっちゅうし）の溝口さんの娘さんか」

甲冑師とは端午（たんご）の節句に飾る兜（かぶと）や甲冑を製作する職人だ。溝口寿々花は同い年で小中高と何回か、クラスがおなじになったものの、言葉を交わした記憶はあまりなかった。

「そうです。娘とコーチの実演を見にきていたはずなんですが」あと数歩で事務室だったが、陽太は足を止め、スマホを取りだすと、何度かタップした画面を恭平にむけた。「気づきませんでした？」

画面には実演中の恭平に話しかけてきた女の子と母親が、頰をピタリとくっつけている。高校卒業以来、二十年近く会っていなかったが、たしかに母親のほうは溝口寿々花だった。

「そうか。甲冑師の溝口さんとこの奥さんって、幸吉さんの妹だったもんな」

櫻田幸吉は五人きょうだいの長男で、四番目までが弟だが、十五歳下の末っ子だけが妹だった。

「その大叔母（おおおば）の娘が溝口寿々花なんです。ぼくからしたら、いとこおばって言うらしいんですけど、子どもの頃からスズ姉さんって呼んでいましてね。去年の秋に離婚しちゃって」シビアな個人情報を陽太はさらりと言う。「モモちゃんが小学一年生になるんでって、この四月に東京からこっちに戻ってきたんです」

「溝口さんのウチに？」

「いえ」と陽太はほんの少し、眉間（みけん）に皺（しわ）を寄せた。「コーチは溝口のおじさんを知ってます？」

「組合の寄合で話をする程度だ」

六十代なかばで口数が少なく、酒を呑んでも変わることはない。

「見た目は温厚そうなんですが、スズ姉さんの話では割と頑固で、口うるさいらしいんです。しかも世間体をやたら気にするほうで、スズ姉さんが離婚しただけでもブチ切れていたのに、実家に戻りたいと言ったら、出戻り娘に家の敷居を跨がせるものかと、烈火（れっか）の如（ごと）く怒ったそうで」

「あの溝口さんがかい？」とても想像がつかなかった。

「いつもは大叔母さんがあいだに入って取りなせば、どうにかなるところを、今回ばかりはどうしても許してくれない。だからウチの近所にアパートを借りて暮らしています」

今朝、ボート部の練習にいこうと家をでると、陽太は娘のモモを連れて歩く溝口寿々花とばったりでくわし、せっかくの日曜だからでかけようと思うのだが、どこかいいところはないかと訊(き)かれ、陽太は人形博物館を勧めた。

「最初は乗り気じゃなかったのに、コーチが人形づくりの実演をしているって話をしたら、だったらいってみようかしらって。じつはスズ姉さん、インターハイの県予選に、モモちゃんと応援にきてたんですよ。そんとき、おわってからコーチと会って話すつもりだったのが、ウチらボート部みんな泣き崩れちゃって、大変だったじゃないですか。だから遠慮したそうです。でもスズ姉さん、今日もコーチとまともに会話しなかったみたいですね」

「イッテーアリテ、イチニンナシッ、イッテーアリテ、イチニンナシッ、イッテーアリテ、イチニンナシッ」
掛け声をかけながら、恭平はローイングマシンを漕いでいた。ボートの動きを地上でも再現し、トレーニングできるマシンだ。ネットで目にした記事に寄れば、紀元前四世紀のギリシアで、海軍の兵隊が訓練に使うために開発されたのがはじまりだという。
座面に座ったら、ワイヤーに繋(つな)がったバーを握り、すねが垂直になるまで膝を曲げ、そこから足を伸ばし、上体をうしろに運んで、腕を胸まで引っ張る。このとき背中の肩甲骨(けんこうこつ)が中心に寄った状態でなければならない。そしてゆっくり前に戻る。これで一回だ。

午後五時には博物館から自宅に戻ってきた。敷地面積百二十坪に、二階建てで住まい兼事務所の一軒家と、人形の頭を製作するための工房が並んで建っていた。

ひとりで住むにはあまりに広過ぎて、寂しくてたまらない。ならばさっさとイイひとを見つけて身を固めろと、職人達に責め立てられるので、ぜったい人前では酔っていても口にしなかった。帰宅してすぐTシャツと七分丈のパンツに着替え、二階の自室に置いてあるローイングマシンを漕ぎはじめた。

五年前、鐘撞高校のコーチをやると決まったとき、恭平は身長が百七十五センチ、体重が九十キロ弱で、ブヨブヨの身体(からだ)だった。試しに家の近所をジョギングしてみたところ、瞬(またた)く間に息があがり、一キロ足らずでギブしてしまった。教える側の人間がこれではマズいと思い、このローイングマシンを通販で購入した。十五万円もした代物(しろもの)で、これだけ高ければ無駄にするまいと、奮発したのである。それが功を奏して朝晩かかさず最低でも三十秒六セットおこない、この五年間で十五キロも体重を落とすことができた。身体は引き締まり、お腹はキレイに六つに割れたとて、見せる相手がいなかった。

「イッテーアリテ、イチニンナシッ、イッテーアリテ、イチニンナシッ、イッテーアリテ、イチニンナシッ」

いま思えば高校三年間が、いわゆるモテ期だった。なにしろボート部見たさに、練習をおこなう曳抜川の河川敷には、おなじ鐘撞高校のみならず、よその高校からも大勢の女子が押し寄せてきた。ラブレターは山ほどもらったし、週にひとりはだれかしらに告白されていた。バレンタインデーのチョコは段ボール箱三箱にもなり、社員や職人に配ってよろこばれたものだ。なのに高校三年間、だれともつきあわなかった。いまの自分はボートのことしか考えられないとか、ボート以外にも家業を継ぐために修業をしているので女性とつきあう余裕がないとか、すべてお断りしてしまったのである。

あの中のだれかと交際していれば、二十代で結婚できたかもしれない。実際、高校からつきあいはじめ、結婚に至ったその頃のボート部員は何人もいる。挙式に呼ばれ、祝辞を言わされたこともまであった。

あいつら、ウマいことやりやがって。

恭平にはじめてカノジョができたのは二十一歳だ。当時まだツルんで遊んでいたボート部の同輩に誘われ、看護師との合コンに参加した。そのときに知りあった同い年のカノジョは、三年ほどつきあったものの、お互い仕事が忙しくなり、会う時間が減るにつれ、心も離れていき、合意の上で別れることになった。

カノジョなんていつでもデキると当時は思っていた。ところが父が亡くなって、会社を継ぎ、あたふたしているうちに、気づいたら三十歳を越えていた。すると社内外から、いつ結婚をするのだ、相手はいないのか、そろそろ世継ぎをと言われるようになった。見合いの話も舞いこんできて、何人か会ったこともある。ところがいずれも、むこうから断られ、ついに三十七歳になってしまった。

「イッテーアリテ、イチニンナシッ、イッテーアリテ、イチニンナシッ、イッテーアリテ、イチニンナシッ」

この掛け声は鐘撞高校ボート部伝統のものだ。だれがいつはじめたかはわからない。

一艇ありて一人なし。

ボートは複数で漕ぐ場合、漕手ひとりひとりがどれだけ力を入れて漕いでも、みんなの息があわないと、バランスは崩れ、まっすぐには進まず、速度がでない。自分の力を十二分に発揮しながらも、チームの一員である意識を持ち、そのチームに貢献するからこそ、さらにまた自分も活かされる。個人でもあり同時にチームでもあるのが、ボートを漕ぐことの醍醐味だと言っていい。そうした意味が、〈一艇ありて一人なし〉という言葉に表されているのだ。

「イッテーアリテ、イチニンナシッ、イッテーアリテ、イチニンナシッ」

ボート部の大会では、漕艇場のコース横に伴走路と呼ばれる整備された道がある。そこをレースに参加する各チームの監督やコーチが自転車に乗って、ボートと並走し指示を飛ばす。競漕距離はオリンピックや世界選手権、全日本選手権などは二〇〇〇メートルだが、高校生はその半分、一〇〇〇メートルだ。どの種目もである。つまりおなじ一〇〇〇メートルをコーチである恭平は、自転車で、ボートにあわせた速度で走らねばならないのだ。

一昨年まで鐘撞高校のボート部は、大会に出場しても、種目はわずかで、たいがい初戦敗退だったため、さほど走る必要はなかった。しかし去年からは大会で勝ち進む種目が徐々に増えた。

それだけ恭平も自転車で走らねばならない。正直しんどいが、うれしさのほうが勝っている。そのためにも毎日、ジョギングとローイングマシンで身体を鍛えているようなものだった。

するとと恭平の脳裏に、キツネにそっくりな顔の男が浮かんできた。大凡商業の監督である。恭平より十歳は若いだろう。訊ねていないのに自己紹介してきたのだ。大凡商業のOBで高校から大学、さらに社会人とボートを漕いできたらしい。恭平が高校の三年間しかボートの経験がない話をしたところ、蔑むような目をして、鼻で笑ったのをよく覚えている。その顔がキツネにそっくりだったので、恭平は腹の中でキツネ男と呼んでいた。

六月のなかばにあったインターハイ県予選の男子舵手付きクオドルプルで、大凡商業とトップを競りあったときだ。自らの学校のボートと並走するので、伴走路でキツネ男と抜きつ抜かれつになった。そしてゴール手前だ。

お先ぃっ。

そう言ってキツネ男が自分を抜いていったことが、いまでも恭平は許せなかった。

「イッテーアリテ、イチニンナシッ、イッテーアリテ、イチニンナシッ、イッテーアリテ、イチニンナシッ」

テーブルの上でスマホが震えている。電話だ。ちょうどノルマをおえたところだったので、ローイングマシンから下りて、手に取ると、その画面には〈ドラゴンフルーツ〉とあった。鐘撞駅前の繁華街にあるフィリピンパブで、ここからだと車で五分足らずだ。用件はわかっている。だがでないわけにはいかない。

「シャチョー」女性の甲高い声が耳に飛びこんできた。ドラゴンフルーツのママである。二十歳そこそこで来日し、恭平が生まれた頃に店を開いたのだから、じきに還暦のはずだ。「宮沢さんと遊木さんがまた喧嘩はじめた。だれも止められない。早くきて」


〈フィリピンパブ　ドラゴンフルーツ〉とネオン管で書かれた看板が、ケバケバしい色を放っている。その横にあるドアを開くなり、罵りあう男達の声が耳に飛びこんできた。

「ざけんなよ、このヤロォ」

「ふざけてんのはあんたのほうだ、この老いぼれが」

「おまえだって老いぼれだろ」

「あんたより三歳若いっ」

「だったら先輩を敬え」

「あんたみたいなクズ、先輩なもんか」

「クズとはなんだ、クズとは」

間違いない。宮沢と遊木だ。いちばん奥の一卓で胸倉を摑みあっていたのだ。ふたりとも森岡人形の職人である。左側のカウンターからママが叫ぶ。

「待ってたヨ、シャチョー。早くなんとかして」

「申し訳ありません」

なにやってんだか、いったい。

宮沢勝利は恭平とおなじ頭師、遊木明は人形の衣装をつくり、着付けをする着付師である。分業でつくられた頭、手、冠や扇、笏や太刀といった小道具をひとつにして雛人形を完成させるのも、着付師の役割だ。宮沢は七十七歳、遊木は七十四歳、そんなふたりが摑みあいの喧嘩をしているのだから、どうかしている。

喧嘩をふっかけるのは、専ら宮沢だった。今日もそうだろう。もともと酒癖が悪かったのが、七年前に奥さんを亡くしてから、さらに悪くなった。ひとり娘は嫁にいき、二階建ての一軒家に宮沢はひとりで暮らしており、毎晩、職人のだれかしらを呑みに誘う。呑めば宮沢が絡んでくるのはわかっている。しかし無下にはできない。ひとりで寂しいのだろうとついていってしまう。そしてお互い酔っ払うと、歯止めがきかなくなり、喧嘩になる。とくに遊木がそうで、宮沢の対戦相手になる数が、他のひと達よりも抜きんでて多かった。今日などは休日だから、宮沢はわざわざ遊木のスマホに電話をかけて呼びだしたにちがいない。遊木は奥さんと三人の息子、長男の嫁に孫ふたりと大所帯だ。家族みんなが引き止めるのをふりきって、ひとりぼっちの宮沢のために、遊木は駆けつけたのだろう。それで喧嘩をしていては世話がない。

「宮沢さんっ、遊木さんっ」テーブルを挟んで真向かいから怒鳴りつけると、ふたりは摑みあったままで、恭平を見上げた。「お互い相手から手を放して。そしたら俺が真ん中に座りますんで、あいだを開けてください」

ふたりは不満顔ながらも、恭平に言われたとおりに動く。恭平はソファに腰を下ろし、まずは右側に座る宮沢のほうをむく。

「今後一切喧嘩はしないって、先月に約束しましたよね、宮沢さん」

先々月も先々月も約束した。だが宮沢は一度も守ったことがなかった。

「でも八代目。遊木の野郎、人形の出来はすべて着付師の腕で決まるって言ったんですよ」

「そうは言っていない。多少、頭が不出来でも、着付師の腕でよく見せることができると言ったんだ」

「俺がつくる頭の出来が悪いと言うのか」

「それも言っていない。あんたはいつもひとの話を悪いほうに取る。ひがみっぽいから、そう聞こえるんだ」

「俺のどこがひがみっぽいって言うんだ」

そう言って遊木に摑みかかろうとする宮沢を、恭平は押しとどめた。

「人形の善し悪し(よあ)は頭で決まるんだ。着付師ごときが生意気を言うなっ」

「ごとき？　ごときとおっしゃいましたか、宮沢さん」

「おっしゃったさ。着付けなんざ技術がなくたって、だれでもできるっつうの。それを着付師でございなんて、職人面(しょくにんづら)するんじゃねぇ」

「ふざけんな、てめえっ」

今度は遊木が宮沢に摑みかかろうとした。そんな彼を抑えようとしたところ、宮沢もまた応戦するために右腕を伸ばす。するとその拳は、恭平の右頰にヒットした。

「八代目っ」

だれよりも先に声をあげたのは、とうの宮沢だ。彼にしても予想外だったのだろう。七十七歳にしては重いパンチ力だ。まともに食らった恭平は床へ倒れていった。

「八代目になんてことするんですか」

「俺はおまえを殴（なぐ）ろうとしたんだ。そこに八代目が」

「だいじょうぶです」

恭平はむくりと起きあがる。あまりだいじょうぶではない。殴られた右頬はじんじんと痛み、瞼（まぶた）を閉じれば、その裏にはチカチカと星が瞬いた。

「どうぞ」店の子がひとり、恭平の許に駆け寄ってくるなり、冷却パックを差しだしてきた。

「殴られたとこに当てるとイイですよ」

少しクセはあるものの、流暢（りゅうちょう）な日本語だった。クリシアという子だ。ドラゴンフルーツで二、三年は働いているはずだ。どういうわけか人形博物館で、何度か見かけたことがある。今日の昼間も、恭平の実演を見にきていた。

「いらっしゃいませぇえ」

女の子達の嬌声（きょうせい）に近い声が、店内に響き渡る。客が数人、ぞろぞろと入ってきたのだ。

「だいじょうぶ、シャチョー?」

「お会計をお願いします」

冷却パックを右頬に当てたまま、恭平はママに言った。

「ニラレバ定食、お待たせぇ。どちら様ですかぁ」

「俺だ、俺」

そう答える宮沢の前に、店員がトレイに載ったニラレバ定食を置いた。

ドラゴンフルーツの会計はふたりで七千七百円だった。午後四時半から六時までのタイムサービスで、ひとり三千五百円に消費税十パーセントだった。飲み放題ではあるが、ママの話によると、頼んだのは瓶ビール二本だけ、その大半を宮沢が呑んでいたらしい。

ドラゴンフルーツをでてから、恭平が食事に誘ったところ、遊木は家で食べますと帰っていき、宮沢とふたり、繁華街の中にある中華料理屋に入った。店先には赤地に金色の文字で〈道頓堀飯店〉とでかでかと店名が書かれた看板が掲げられ、赤い提灯がいくつも並び、窓にはひっくり返った『福』の字が貼ってある。

森岡人形は毎年、桃の節句が明けたあと、この店で呑み会を開いていた。恭平が小学生の頃には二階の座敷も借り切って、社員のみならずその家族も訪れ、上へ下へと行き来して、それは賑やかなものだった。大人達が酒盛りをしているあいだ、社員の子ども達とボードゲームやトランプ、鬼ごっこやかくれんぼをして遊び、楽しかった記憶がいまだ残っている。

あんなに盛りあがることは二度とないだろうな。

恭平はぼんやり思う。自分が社長を引き継いだときからは二階を借りずに済んでいる。一階でテーブルが四つもあればじゅうぶん事足りた。家族で訪れるのは、いまや遊木家くらいなものである。

そもそも社長の俺に家族がいないし。

「八代目、ビール、呑みません？」

恭平は宮沢を軽く睨んだ。右頰は冷却パックを当てていたが、溶けて柔らかくなり、頰の痛みも引いていた。

「俺、車なんで。宮沢さんだって呑み過ぎないほうがいいですよ。もっと身体に気を遣ってください」

森岡人形では職人達に毎年、健康診断にいってもらっている。高齢になり、いよいよ自分の身体が心配になったせいか、ここ数年は社長の恭平が促さずとも、自ら進んでいく。そんな中、宮沢は一度もいったことがない。もともと病院嫌いで、自分の身体は自分がいちばんよくわかっていると言い張るのだ。

「小瓶一本だけでいいんで」宮沢はねだるように言う。

そこにちょうど店員が恭平の餃子定食を運んできたので、ビールの小瓶を一本頼み、グラスは一個でいいとも言った。

「一本だけですよ」

恭平は念を押してから、冷却パックを置いて、餃子定食を食べはじめた。

「おっと、そうだ」宮沢は箸を置くと、床に置いたバッグを開け、キレイな紙に包まれた平べったい箱を取りだした。「明日、工房に持っていくの忘れたら面倒なんで、いまのうちに八代目にお渡ししておきます。加山雄三ミュージアムで買ってきた土産です」

宮沢が加山雄三のファンだなんて聞いたことがない。どういうことだと思っていると、彼はニラレバをパクつきながら話しはじめた。

「先週のなかばに舞から電話がありましてね。盆と正月に鐘撞に戻ってくるだけなのが、いきなり会って話したいことがあると言うんで、ならば俺のほうから西伊豆へいくといったんです」

舞は宮沢のひとり娘である。恭平よりも三歳年下で、子どもの頃にはよく連れ立って遊んでいた。恭平を恭平兄さんと呼び、活発な子で、いつもどこかに擦り傷をつくっていたものだ。舞の結婚披露宴には恭平も出席した。社長になったばかりなので十年くらい前か。会場は目黒雅叙園だった。白無垢に身を包んだその姿を見て、恭平ですら目頭が熱くなったものだ。新婦の父親でありながら、宮沢は披露宴なかばで酔い潰れてしまい、会場のスタッフに別室へ運ばれていったのを、はっきりと覚えている。

旦那は舞と同い年だが、ベビーフェイスで若いというよりも青臭く見えた。名前はタカシだかヒロシだったはずだ。目黒区に本店を構える信用金庫に勤めていたが、二年前に脱サラをして、西伊豆にサーフィンショップをだし、夫婦で引っ越したのだ。宮沢から聞いたのではない。舞からの年賀状で知ったのである。自分達の店をバックに夫婦並んだ写真がプリントされていたのだ。店の名前は『ビッグ・ウェンズデー』といい、初心者むけのスクールも兼ねており、舞もスタッフの一員として働いている旨が綴られていた。恭平兄さんもぜひサーフィンを習いにきてね、とも書いてあった。その住所はたしかに西伊豆のあたりだった。

「昨日の夕方にいって、娘んとこに一泊しましてね。今朝、話のタネにと娘夫婦にそこへ連れていかれたんです」

小瓶のビールとグラスが運ばれてきた。宮沢が持つグラスに、恭平はビールを注ぐ。

「舞さんの話って、なんだったんですか」

「西伊豆で暮らさないかと言われました」

「いまのウチはどうするんです？　頭師の仕事だってあるじゃないですか」

「俺もそう言いましたよ。そしたら舞のヤツ、家と土地は売ればいいし、お父さんもイイ歳なんだから、このへんで引退したらどうかって」

森岡人形にいる頭師は宮沢に恭平、そしてあとひとり、峰市三郎（みねいちさぶろう）の三人だけだ。宮沢が欠けたら、ふたりでやっていかねばならない。峰も今年で七十歳だ。このままでは恭平ひとりきりになってしまう。いったいどうすればいいのだろうと考えていたところだ。

「娘夫婦はウチを売った金と、俺の退職金を当てにしているのでしょう。口にはださないが、暮らしぶりを見ればわかります。サーフィンの店も閑古鳥（かんこどり）が鳴いていましたからね。だいたいイイ歳だから引退しろとはなんだ。俺の腕はまだ衰えちゃいない。職人っていうのは、いくつになってもより高みを目指していかねばならない、職人は生涯、職人なんだぞって」

「舞さんにそうおっしゃったんですか」

「喉（のど）のここまで」宮沢は喉仏のあたりを指差した。「でかかったんです。そしたら舞のヤツ、結婚十年目にして、ようやく子宝に恵まれたって言いましてね。来年の春には生まれるんです。初孫ですよ、初孫」

「よかったじゃないですか。おめでとうございます」

「ありがとうございます」宮沢は俄に相好を崩した。「その話を聞いたら、心が揺らぎまして、引退して孫と暮らすのも悪くないとも思ったんですよ。だけど俺がいなくなったら、八代目はお困りでしょ？」

「いや、まあ、それは」

恭平は口ごもった。否定はできない。宮沢がいなくなるのは困る。だからといって肯定もしづらかった。引退をして孫と暮らすのが、宮沢にとっての幸せに思えたからだ。

「舞にはしばらく考えさせてくれと言っておきました」

宮沢はグラスのビールを一気に呑み干す。そして皿に残ったニラレバを、茶碗のメシにかけ、かっこんでいく。かと思うと途中で箸を止め、呟くように言った。

「遊木が羨ましいですよ。家に帰れば灯りが点いていて、食卓を囲んでメシを食う家族がいる。じつはさっき喧嘩したのも、人形の出来云々の話の前に、あの野郎が携帯電話で、孫ふたりの写真を店の子に見せていたのが許せなかったんです。俺への当てつけに思えて」

「考え過ぎですよ」

「わかってますけどね。すみません、もうだれとも喧嘩しません。酒も控えます」

それからまた、宮沢は箸を動かした。

2

恭平(きょうへい)はオールを漕(こ)いでいた。シングルスカルだ。ボート部に入って困ったのは、手に豆ができることだ。これでは頭師(かしらし)になったとき、支障があるのではないかと不安になる。

いや、俺はもう頭師だぞ。

そう思いつつも不安は払拭(ふっしょく)されなかった。だがそれどころではない。いまはレースの真っ最中、それもインターハイだ。

フレッフレッキョーヘイッ、フレッフレッキョーヘイッフレッフレッフレッキョーヘイッ。

どこからか父親の声が聞こえてきた。心が奮い立ち、オールを漕ぐ腕に力が入る。そのときこれが夢だと気づいたが、せめて一位でゴールするまで目覚めないようにと恭平は願った。

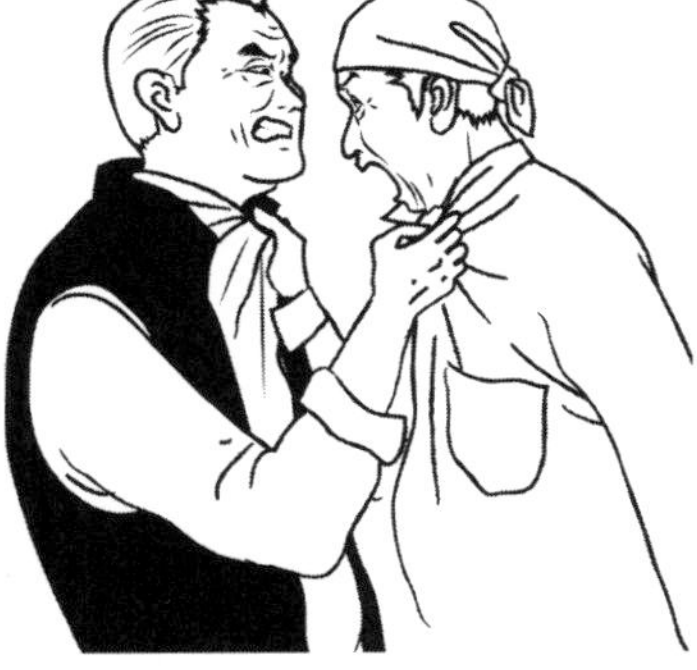

「おはようございます」

ボート部の早朝練習をおえ、高校から自転車を走らせ、工房に辿り着いたのは午前九時ちょうどだった。頭師である宮沢、おなじく頭師の峰市三郎、髪付師の久佐間博満と、ここで働く職人三人はすでに出勤していた。

工房は学校の教室とほぼ変わらぬ大きさだ。この倍あったものの、職人の数が減ったため、生前の父が真ん中に仕切りをつくり、残り半分をショールームにしたのである。工房には頭師三人と髪付師ひとり、そして恭平の父、七代目の机があった。十年前の年末、うつぶせで倒れたのが、まさにこの机で、父の愛用していた道具など、すべて亡くなった日以来、手つかずにしてある。

父親のを含め机はすべて壁際に置かれ、工房の真ん中には直径が二メートル以上ある木製の円卓があった。宮沢達が昼飯時に使うほかに、人形の頭を晒し首みたいに無数に差した藁の束や倉庫からだしてきた頭の材料の桐粉や生麩糊などの置場として使うことが多い。職人同士の打ちあわせにも使う。だがいま、その円卓には段ボール箱が四、五箱乗っかっていた。

「なんですか、この荷物は」

「いましがた、宅配便のアンチャンが運んできましてね」峰が自分の机を離れ、恭平に近寄ってくると、伝票の控えを差しだしてきた。差出人は〈景浦典子〉だった。「八代目がおっしゃっていた人形の修繕じゃありませんか」

まさにそのとおりだ。

先週なかば、景浦典子という東京の世田谷区に住む還暦の女性が、会社に電話をかけてきた。彼女が生まれたとき、親に森岡人形の雛人形を買ってもらい、嫁入り先に持参したものの、子どもは男の子だったため、家では一度も飾らずにいた。かくして三十年以上、箪笥ならぬ押し入れの肥やしのままだが、捨てるのは惜しい。するとこの夏、ニューヨークで暮らす息子とアメリカ人の奥さんのあいだに娘が生まれた。そこで自分の雛人形を孫に譲ることになり、ニューヨークへ送るのだが、その前に修繕したいとの依頼だった。どれだけかかるか、恭平はその場で概算をだして告げた。高価な三段飾りの新品を購入するのと変わらぬ金額にもかかわらず、相手は思ったよりもお安いんですねと言っただけだった。

かくして八月第二火曜の今日、こうして雛人形が届いたわけである。

「ほんとに七段飾りだったんですね」

「八代目が嘘つくわけねぇだろ」知らぬ間に寄ってきた宮沢が峰を小突く。

「とりあえず状態を見るために、箱からだしましょう」

「だったら八代目。他の職人も、呼んだらいかがですか。そのほうが各自、どこをどう直せばいいかわかります」

髪付師の久佐間が言った。他の職人とは着付師の遊木、小道具師の阿波須磨子、手足師の熊谷良隆の三人である。いずれも森岡人形の半径三キロ以内で、自宅に工房を構えていた。

早速、スマホで各々に電話をかけたものの、繋がったのは遊木だけだった。須磨子には用件をＬＩＮＥで送り、熊谷良隆はいまだガラケーなので、留守録に吹きこんでおいた。

「惚れ惚れする出来ですなぁ。端整でキリッとしていながらも、優しさと親しみを感じることができるイイ顔だ。うん、じつに素晴らしい。さすが六代目だ」

そう言って、峰が見ているのは男雛だ。段ボール箱からだして、何重にも包んであった新聞紙やプチプチしたビニールなどを彼が丁寧に剝がしていき、ようやく姿をあらわした。六代目は恭平の祖父であり、名前は清治だ。大正生まれで生きていれば百歳前後か。宮沢や峰にとっては師匠に当たる。

「おまえなんぞに褒められたって、六代目はよろこびやしねぇや」宮沢が苦々しげに言う。彼は女雛を箱からだしているところだった。「それよりさっさと他の人形を表にだせ」

「はいはい」

言い返しもしなければ機嫌を損ねることもなく、それどころかニコニコ笑いながら、峰はべつの箱に取りかかった。宮沢とは半世紀、おなじ職場でお互いの家族よりも長い時間を共にしているのだ、宮沢になにを言っても無駄と峰はわかっているにちがいない。

峰は北陸生まれで、二十歳で森岡人形の門を叩いた。その翌年に鐘撞のひとと結婚、さらにつぎの年には息子が生まれた。その息子は三十年近く前に家をでて、それからはずっと奥さんとふたりで、一軒家に暮らしている。

「六十年も前のだから、首が折れていたり、胴体が壊れて立たなくなったりと、もっと悲惨な状態になっているのではないかと案じておりましたが、案外キレイに残っていますな。ねぇ、八代目」

髪付師の久佐間が話しかけてきた。宮沢と峰のあいだの七十三歳の彼は生まれも育ちも鐘撞市で代々、髪付師の家系だ。歳の割には百八十センチ近い長身で、若い頃は役者にならないかと映画会社にスカウトされたほどの甘いマスクの持ち主である。奥さんも鐘撞小町と呼ばれた美人で、いまは市内に三店舗あるパーマネントあやねという、自分の名前を付けた美容院を経営する腕利きだ。アラフィフのふたりの娘も美容師で、長女のほうの娘、つまり久佐間の孫は数年前に結婚をして、小学一年の娘がいた。

久佐間は三人官女のひとりを包みからだしていた。座り姿なので、三人の真ん中に座り、祝儀の飾りの置物である三方を持つ官女にちがいない。

「六十年の半分以上は、箱に入れっ放しだったのが、却ってよかったんだと思いますよ。保管の仕方もきっちりしていますし」

そう応じつつ、恭平がだしているのも三人官女のひとりだ。箱の上に〈三人官女・右〉と書いてある。左右の官女はどちらも立ち姿で顔もほぼおなじのため、見分けがつきにくい。ちがうのは手だ。むかって右の官女は長柄あるいは銚子と呼ばれる長い柄のある酒器を、左の官女は提子なる鍋みたいな器を持つ。持ち物にあわせて、手のカタチがちがうのだ。

箱の中は人形だけでなく、長細い厚紙の箱が入っていた。蓋の上に〈御小道具〉と箔押してあり、右横の端に〈森岡人形〉とも書いてある。おなじ箱の中の人形の小道具が入っているにちがいない。この〈三人官女・右〉であれば長柄だ。ただしどの人形の〈御小道具〉の箱も蓋を開けず、手すらつけなかった。小道具師の須磨子に任せたほうがいいからだ。

「六十年経ってもこの状態で、新たな持ち主の手に渡るのはうれしいですよねぇ。ここで手直しして、さらに五十年百年とこの人形達が生き延びれば、六代目をはじめ当時の職人達も、職人冥利に尽きますよ」

「口を動かさずに手を動かせって、六代目に散々言われてきただろうが」したり顔で言う峰を宮沢が叱りつけた。「どうしていまでも直らねぇんだ」

「私達の人形も、これだけ長く愛されつづければいいんだが」遊木が溜息まじりに言う。恭平が電話をかけてものの十分もしないうちに車で訪れていた。「人形供養の度に、自分がつくった雛人形が交じっていると、心の底からがっかりするよ」

その言葉に宮沢と峰、そして久佐間もはっとした顔つきになり、その手が一斉に止まった。

人形供養は鐘撞市内の最古で最大の寺で、毎年十月にとりおこなわれている。主催は鐘撞人形共同組合で、恭平はその運営委員の一員だ。

「気に入って買ってくれたのだからありがたい。でも家にあっても場所をとって邪魔者扱いされて、十年かそこらで捨てられては、なんのために人形をつくっているのか、わからなくなっちまう」

「どうしておまえはすぐそうやって、マイナスなことばっか言うんだ」

宮沢がいきり立っても、遊木は少しも動じずに、それどころか、なおも言葉をつづけた。

「事実を言ったまでだ。それがマイナスに聞こえるのは、宮沢さんが事実を直視していない、なによりの証拠だ。十年二十年どころか、代々受け継がれる人形をつくれないことを認めて恥じたらどうです？」

「俺はいまだって頭をつくるのも顔を描くのも、ひとつひとつ心をこめてやっている」

「どうだか」遊木が鼻で笑う。「歳と酒のせいで、この数年、腕が落ちちゃいませんかって話さ」

「ざけんなこらぁ」

鼻息を荒くする宮沢を、峰と久佐間で「まあまあ」となだめた。

「遊木さん、いくらなんでも言い過ぎですって」

やれやれと思いながら恭平は遊木を戒める。

先月、フィリピンパブで遊木と揉めたあと、道頓堀飯店でニラレバ定食をおごった際、もうだれとも喧嘩しません、酒も控えますと宮沢は約束をした。だがそれから今日までのあいだ、ふたりはすでに三回フィリピンパブで喧嘩をしており、その度に恭平がママに呼びだされ、仲裁している。ただし昼間に喧嘩をするのはひさしぶりだ。

「そもそも八代目がいけない。こんな老いぼれのクズを甘やかすから、付けあがるんです。クビにしろとは言いません。でもいい加減見切りをつけて、それなりの退職金を渡して、追いだしたほうが森岡人形のためですよ」

「言わせておけば好き勝手なことを」いよいよ堪え切れなくなったらしい。宮沢は手にしていた人形を一旦箱に戻すと、「表にでろっ」と叫んだ。

「望むところだ」

遊木が言い返す。ふたりして表へでようとすると、タイミングを見計らったかのように、ドアが開いた。

「うるさいわねぇ」宮沢と遊木の前に立ち塞がったのは、須磨子だった。「道のほうまでふたりの声が聞こえていたわよ。なに？　また喧嘩？」

潑剌として、まだ艶っぽさが残る声でそう言いながら、須磨子は宮沢と遊木のあいだをするりと抜け、作業所に入ってきた。姿勢がよく、背筋をぴんと伸ばしており、他の職人達よりも小さいはずが、だれよりも大きく見える。

「半世紀以上、いっしょに仕事をしててよくもまあ、まだ喧嘩するネタが尽きないものねぇ。ふたりともボケちゃって、前に喧嘩したことをすぐに忘れちゃうの？」

宮沢と遊木はオタオタするばかりだ。そんなふたりをよそに、須磨子は「熊谷さん、今日はこられないって」と恭平に言った。「曳抜川の土手を電動自転車で走っていたら、美智子さんを乗せた車椅子を押す熊谷さんに会いましてね。デイサービスがお盆でお休みだから、熊谷さん自身が美智子さんの面倒みなくちゃいけないらしいの」

「わかりました。俺のほうでまた連絡してみます」

手足師の熊谷は森岡人形の中で最年少とは言え六十八歳だ。妻の美智子さんは同い年でありながら、二年前に脳溢血で倒れ、左の手足がままならなくなり、軽い認知症も患っていた。

「昔の人形はいまのと比べて大振りで、どっしりしてていいわね」須磨子は腰を屈め、円卓に並ぶ人形の顔を覗きこんでいる。「内裏雛はどちらも貫禄十分だもの。六代目は雛人形には雛人形に必要な大きさがあると言っていたし、七代目もサイズを小さくするのには抵抗があったはずだけど、時代の流れに抗えなかったのよねぇ」

そうなのだ。昭和の昔と比べ、平成を経て、令和のいまの雛人形は段飾りも減って、スマートでコンパクトになった。頭もだいぶ小さくなり、そのせいで表情が付けづらいと、いまでも宮沢と峰はよくぼやいている。

「人形のサイズを小さくするのを私達が反対したら、客のニーズにあわないものをつくってもしようがない、おまんまの食い上げになるだけだ、ここは堪えてくれって、七代目が頭を下げて頼みこんできたことがあったでしょう。あんときは参ったよなぁ」

遊木の話は初耳だった。たぶん恭平がまだ中学か、高校の頃だろう。

「この五人囃子の顔、七代目が描いたんじゃないかしら」だれにともなく須磨子が言った。

「ほんとですか」と恭平が訊ねる。「よくおわかりになりましたね」

「亡くなった旦那に聞いたことがあるのよ。七代目がはじめて手がけた頭は五人囃子だって」

「思いだした」宮沢が言った。「六代目が十五歳になった七代目にこう言ったんだ。昔なら元服で、大人の仲間入りだ、ひとつ大きな仕事を任せてやるって」

「それが五人囃子の頭？」恭平が訊ねると、宮沢はこくりと頷いた。

「宮沢さんは七代目よりも二歳年上でしたよね」と峰が口を挟んできた。「だとしたらこの中に宮沢さんの手によるものがあってもおかしくないわけですか」

「莫迦言うな」宮沢は鼻で笑った。「俺は弟子入りしてまだ二年だった。頭をつくることはあっても、筆を持つようになるまで五年はかかった。それまでは六代目や諸先輩達の仕事っぷりをじっと見ているしかなかった。七代目はちがう。七歳から頭師の修業をしたし、腕もよかった。だからこそ六代目も任せることにしたんだ」

「原型頭からつくったんですか、父は？」ふたたび恭平は訊ねた。

「その頃から七代目は木彫りが得意でしたからね」宮沢が答える。「とは言え六代目に怒鳴られながら、何度となくつくり直していましたよ。なにせ六代目は七代目に当たりが強かった。いま考えると、あれは他の弟子に対する見せしめだったのかもしれません」

「私達だって散々怒られたじゃありませんか。それどころか殴る蹴るが日常茶飯事だった」峰が言った。笑ってはいるが、いまでも少し恨んでいるかのようだった。「軍隊仕込みだから、シャレにならないくらい強烈で、二、三日は腫れていたし、あちこち痣が残ってもいた。パワハラどころじゃない、虐待ですよ、虐待」

「そう言えば八代目は、歳を重ねる毎に六代目に似てきたわよね」

「俺は虐待なんかしませんよ、須磨子さん」

「顔よ、顔」

「私もつねづねそう思っていたんだ」遊木が同意する。「目鼻立ちがそっくりなんだよな」

「言われてみればそうだ」と久佐間。

「六代目よりもずっとマイルドですけどね」と峰も納得している。

六代目の祖父が亡くなったのは恭平が十歳のときだ。記憶にある祖父は好々爺(こうこうや)然としており、孫の恭平にはとても甘かった。峰が言うように、二十代前半からなかばには陸軍にいて、戦地にも出向いたそうだが、そんな話はついぞ本人から聞いたことはなかった。

祖父は女にだらしがなかった。結婚をしてからも直らず、それどころか拍車がかかり、近隣の町にお妾(めかけ)さんを囲っていた。六代目の子だから認知してくれと、赤子を抱いた女性が、森岡人形に乗りこんできたことも珍しくはなかった。父が成人したあとも、祖父は女絡(おんなが)らみで度々問題を起こしていたという。祖母ばかりか父までもが、その対処に追われ、すべては金で解決したそうだが、合計すれば億近い金額になるらしい。しまいには父がブチ切れ、これ以上なにかしでかしたら、親子の縁(えん)を切ると、祖父を怒鳴りつけたそうだ。この話は恭平が高校卒業後、正式に家を継ぐことを決めてから、父に直接聞いた。それ以前に祖父の女癖について、なんとなく耳にはしていたものの、そこまでヒドいとは思っていなかった。

つまり俺には腹違いの兄弟姉妹が、この世界のどこかに何人かいるわけだ。

顔をしかめながら父がそう言ったのを、恭平はよく覚えている。

そんな祖父を反面教師にしたのか、七代目の父は物静かで、真面目(まじめ)なひとだった。息子だけでなく職人に怒鳴るところなどついぞなかった。だれかが問題を起こせば、そのひとを責めるよりも、どうしてそうなったのか原因を探り、今後は気をつけてくださいと注意するだけで、説教さえしなかった。ただし自分には厳しいひとだった。それが父自身の命を縮めたのではないかと、恭平は思っている。

　鐘撞市は江戸時代より、人形の町と言われた。いまもそう名乗ってはいるものの、昭和の最盛期と比べると人形店は五分の一以下まで減っており、今年も数軒、店を畳んでいる。バブルが弾(はじ)け、少子化が進んでいく中、森岡人形の経営も平成のヒトケタから瞬く間に落ちていった。それを父は自分のせいだと思っていた節(ふし)があった。このままでは俺の代で森岡人形が潰れてしまうと父が言うのを、恭平は何度か耳にしたこともある。

「十五歳にして、これだけのモノがつくれるなんて、やっぱり七代目は立派でしたなあ」

　峰が言うと、その後頭部を宮沢が拳でゴツンと殴った。

「痛ぁ。なにするんですか、宮沢さん」

「口じゃなくて手を動かせって、さっきも注意しただろうが」

「昔の思い出に浸っている場合じゃなかったわね」そう言ったのは須磨子だ。「七段飾りだから、嫁入道具揃(よめいりどうぐぞろい)と御輿入(おこしい)れ道具もあるんでしょ」

「それはあっちに」

　恭平が答える。小道具が入った三箱はべつの工房の端に置き、まだ開いていない。三箱はそれぞれ〈一段目から五段目〉、〈六段目〉、〈七段目〉と箱の上に書いてある。

　小道具と一言で言っても、雛人形には一段目だけでも男雛の冠、纓(えい)と笏(しゃく)、太刀(たち)、石帯(せきたい)、女雛の桧扇(ひおうぎ)、さらにふたりのまわりを飾る雪洞(ぼんぼり)、三方揃、金屏風(きんびょうぶ)などがある。二段目の三人官女が持つ長柄、三方、提子、三段目の五人囃子のうち四人が奏でる太鼓、大鼓、小鼓、笛、謡のひとりが持つ扇、四段目の随身ふたりの冠、剣と弓矢、それに飾りの懸盤膳、菱台、五段目の仕丁三人の熊手、ちり取り、箒、その両側にある橘と桜、そして六段目の嫁入道具揃は箪笥、長持、表刺袋、火鉢、針箱、鏡台、茶道具など、七段目の御輿入れ道具は御駕籠、重箱、牛車などといった具合に枚挙に暇がない。このすべてを小道具師がつくるのだ。

「人形の持ち物は人形の箱ごとに入っています」

「人形が持った状態は見たいわねぇ。こうしません？　人形一体ずつ、どこをどう修繕するか、検討していくのはどうかしら。そして修繕後と比べられるよう、前後左右上下を撮影しておくの」

「さすが須磨子さん」だれよりも早く峰が同意した。「早速やりましょう」

他の職人も異論はなかった。恭平にすれば、最初からそのつもりではあったが、わざわざ口にすることでもないので黙っていた。

十五体の人形は保存状態がよく、大きな破損はないものの、よくよく見れば直すべきところはいくらでも見つかった。顔の汚れやひび割れ、髪の乱れ、手の胡粉が剝がれたり、指が欠けたりしているものもあれば、衣装の虫食いや色褪せ、シミ、そして着崩れしているのも何体かある。冠や烏帽子にも形が歪んでいるのがあった。

十五体すべての人形を確認しおえるまでに、昼休みを挟んで、午後三時までかかった。人形の撮影は恭平がおこない、修繕箇所をメモってもおいた。さらにどういう手順で修繕していくかも決めていく。

「顔はぜんぶ塗り直しましょう」宮沢が言った。「修繕するのだけ塗り直して新品同様にしたら、修繕しなくていいのと差ができちまいますからね」

「だったら髪もぜんぶ結い直すとしますか」と髪付師の久佐間。

「衣装もぜんぶ着せ替えだな」これは着付師の遊木だ。

「いつまでに直せばいいんですか」

須磨子が恭平に訊ねてきた。

「相手の方にはひと月以上、修繕の数次第ではふた月かかりますと言ってありますので」

「だったら来月のなかばを目安に進めるとするか。着付けのほうはどうだい、遊木」

「ウチはだいじょうぶだけど」宮沢に答えてから、遊木は須磨子のほうを見る。「小道具はどうなんです？　これ以外にも山ほどありますし、須磨子さん自身、我々より忙しいでしょう？」

「状態を見ないことには判断できないけど、アシスタントの子に手伝ってもらって、ひと月以内におわらせられると思うわ」

「自宅に持っていくのであれば」そう言いながら峰の手には、段ボール箱があった。工房の隅に畳んで置いてあるうちのひとつを持ってきたのだ。「こん中に人形の持ち物の小道具を入れましょうか」

「悪いわね、峰さん」

「なぁに、このくらいお安い御用です」

峰だけではない。他の職人達も人形の箱から、〈御小道具〉の箱をだし、段ボール箱へ入れていく。須磨子と職人達を傍目(はため)で見ると、まるで白雪姫と七人のこびとだった。いまはいない手足師の熊谷を足して五人しかいないにしてもだ。こうして作業をしているいまも、恭平の頭の中では、ディズニー映画でこびと達が唄(うた)うあの歌がリフレインしてしまう。

「八代目、申し訳ないけど、この小道具、あとでウチに運んでくれないかしら」

作業をおえたあと、須磨子が言った。彼女は車を持っておらず、移動手段は電動自転車なのだ。

「了解です」

なんのことはない、俺もこびとのひとりだ。

森岡人形の社用車は恭平が社長になる直前に購入した、六人乗りのミニバンだ。後部座席をすべて倒し、荷物を詰めこんである。会社のよりも、どちらかと言えばボート部のモノのほうが多い。いちばん場所を取っている折り畳み自転車といくつかの荷物を下し、雛人形の小道具一式が入った段ボール箱を積んで、恭平は会社をでた。
須磨子の自宅に着いたのは四時半だった。古き良き昭和の佇(たたず)まいを残した味わいのある家と言

えば聞こえはいいだろうが、外壁は汚れ、ひび割れてもいる。この家に須磨子が嫁いだのは二十三歳のときだった。阿波家は代々小道具師の家系で、四代目の義父と五代目の旦那さんの手伝いをしているうちに、須磨子はめきめきと腕をあげていった。十五年前に夫を亡くしたあともつづけ、いまや鐘撞市でも有数の小道具師と言っていい。市内のみならず日本各地の人形会社が、小道具について、彼女の許へ相談に訪れるほどだ。さらには東京のカルチャーセンターで〈ミニチュア家具のつくり方教室〉なる講座を開き、自らの技術を惜しみなく披露し、好評を得ている。なおかつ五年ほど前から玩具メーカーの依頼で、カプセルトイのミニチュア家具の企画および原型製作までおこない、はじめのうちは雛人形に関するものであったが、最近は和物であればなんでもござれと、さまざまなものを手がけていた。たぶんいまでは森岡人形で小道具をつくるよりも、そちらの稼ぎのほうがいいにちがいない。

ひとまずなにも持たずに玄関前までいき、ドア脇のえらく旧式のインターフォンを押す。

返事がない。

幾度か押してみたが、おなじだった。恭平は玄関を離れ、阿波家のまわりを囲む生け垣に沿って歩き、裏へとまわっていった。生け垣はちょうど恭平の視線より十センチほど低く、やがて見えてきた裏庭には、栗や柿、枇杷といった木が植えられており、どれも青々とした葉が生い茂っていた。昔、この縁側で父と須磨子の亡くなった夫が、立派な将棋盤を挟んで、将棋を指していたのを思いだす。阿波家のふたり息子と遊んでいたこともだ。ここで花火をしたり、ビニールプールに入ったりした覚えもある。ふたり息子は年子で、長男は恭平より二歳下だった。一人っ子の恭平はふたりに兄貴面(あにきづら)できるのがうれしく、実際に彼らは兄のように慕ってくれた。高三で恭平がインターハイに出場したときは、兄弟で応援にかけつけてくれたので、割と大きくなるまで行き来はしていたのだ。ふたりとも東京の大学へいき、東京で就職し、そのまま東京に暮らしている。須磨子は二階にあった息子ふたり、各々の個室のあいだの壁を取り払い、十二畳の一部屋にして、自分の工房にしてしまった。

いるとしたら二階か。

「須磨子さんっ」

生け垣の外側から恭平は声を張り上げて呼んだ。三秒もしないうちに、二階の窓から須磨子が顔をだした。

「あら、八代目」

「玄関のインターフォンを何度か押したんですが、返事がなかったものだから」

「やだ、ごめんなさい。調子が悪いのよ」

「どこか身体(からだ)の具合でも」

電動自転車で移動中、夏の陽射しにやられたのかと思いきや、そうではなかった。

「調子が悪いのは私じゃなくてインターフォン」須磨子はおかしそうに笑った。「年寄りの一人暮らしに客なんかきやしないし、きたってセールスの類(たぐい)だけだから、却(かえ)って都合がいいと思って、そのまんまにしといたんですよ。どうぞ、庭木戸(にわきど)からお入りくださいな」

須磨子はポリエチレンの使い捨て手袋を塡めると、恭平が運んできた段ボール箱を開き、小道具を作業台に並べはじめた。恭平も手袋をもらい手伝う。彼女の律儀で几帳面な性格が反映された工房は、きちんと整理整頓されている。壁には細かい素材を小分けにして収納ができるパーツキャビネットがずらりと並んでいた。引き出しは透明で、中身がわかるよう名札が貼ってある。その数は百を優に超えているだろう。

「アシスタントさんはお休みですか」

「だってお盆でしょ」

須磨子は二十代の女性をふたり、アシスタントとして雇っている。これまで十年近く、彼女の許で修業を積み、小道具師として七人も独立している。それだけ後継者の育成に力を入れているのだ。大したものである。頭師の宮沢をはじめ、他の職人達にはこんな真似はできない。かく言う恭平もだ。

「どうせ宮沢さん達は、休みでもやることないんで、工房にきちゃってたんでしょ」

「俺もです」

「私もよ。朝からちょこちょこ仕事してたの」

須磨子は口角をあげた。細面で切れ長な目に高い鼻、皺はキレイに刻まれ、彼女の品格を高めている。

「このウチに嫁にきてから働きどおしだったでしょ。休日の楽しみ方なんて、イマイチわからなくて困るわ」

「息子さん達はお盆に帰省してこないんですか」

「せっかくの休みに、わざわざ実家に帰ってくることなんかないって言ってあるのよ。それにカルチャーセンターの講座や、玩具メーカーとの打ちあわせで東京にいくときは、どっちかの息子のウチに一泊しているし」

小道具をすべてだしおえると、須磨子はチェーン付きの銀縁眼鏡を外す。そして両眼からビームでも発射しそうなSFチックなデザインの眼鏡型ルーペをかけると、小道具をひとつひとつ手に取り、見ていった。

「懐かしいわぁ」須磨子が突然、声をあげた。「これ、お義父さんの作品にちがいないわ。よくまあ、これだけイイ状態で残っていたものねぇ」

須磨子のお義父さんとは亡夫のお父さん、つまりは阿波家の四代目である。

「六十年前というと、お義父さんがこれをつくったのは四十代なかばね。職人としてはいちばん脂(あぶら)が乗っていて、自分がどこまでできるか、損得関係なくチャレンジしていた頃だわ。これなんてたぶん」

須磨子は貝桶(かいおけ)をふたつ自分の前に持っていった。高さ六センチ程度で、上から見ると六角形の桶だ。その名のとおり、桶の中にはハマグリの貝殻が入っているのだが、ただの貝殻ではない。対になる貝殻の裏側におなじ絵を描いたり、和歌を上の句と下の句に分けて書いたりして、トランプの神経衰弱に似た遊びをする遊び道具だ。二枚貝のハマグリは夫婦和合の象徴として、縁起がいいものと考えられ、江戸時代には大名家の息女が御輿入れするときに、嫁入り道具として貝桶が用意されたらしい。須磨子は貝桶の一個の紐を解き、丁寧に蓋を開くと、中身を紙の上にだした。

「やっぱりね。こっちきてごらんなさいな」

須磨子に言われ、彼女の右隣に移動する。そして名探偵が持っているような大きな虫眼鏡を渡された。桶からでてきたのは数ミリもない貝殻だった。虫眼鏡で見ると、上向きになった裏側に、桜や菖蒲、牡丹などの絵が描かれているのがわかった。

「こりゃ凄い」

恭平は思わず口にする。森岡人形ではいまも注文があれば、須磨子に貝桶をつくってもらうが、さすがに中身は空だ。

「お嫁にきてから、おみおつけの具にシジミをよくつかったものよ。その中から極小のサイズのを取っておいて、こうして貝合わせの素材にしていたの。雛人形の貝桶を開くひとなんていないのにね。どこまで本物に近づけることができるかが、職人としての腕の見せ所だとお義父さんは、しょっちゅう口にしていたわ。それとそう、小道具師の家に生まれたからには、七澤屋には負けられないものをつくりたいって言っていたし」

七澤屋とは江戸時代、上野池之端にあった雛道具屋だ。その雛道具たるや緻密で繊細かつ豪華で、〈値は実に世帯を持つより貴し〉と家を買うよりも高く、庶民には手が届かない高価な代物だ。鐘撞市の人形博物館にも数点、所蔵されている。高価過ぎて、家にあると落ち着かないからと須磨子が義父のコレクションを寄贈したのだ。家一軒ではないにせよ、高級車一台分の値打ちはあったらしい。

「小道具も人形とおなじに写真を撮っておきますか。だったら、俺、手伝いますが」

「自分で撮りながら状態をたしかめるからいいわよ。そういえば」恭平のほうに、SFチックな眼鏡型ルーペをかけたままで、須磨子は顔をむけてきた。「甲冑師（かっちゅうし）の溝口（みぞぐち）さん家の寿々花（すずか）さんって、八代目と同い年で、小中高とおなじだったんでしょう?」

「ええ。でもそんなに親しかったわけでは」

「離婚して子どもを連れて、この春に戻ってきていたのって、八代目はご存じ?」

「一度、人形博物館で見かけましたよ。俺が実演しているところに、娘さんを連れていらしたんです」

「だったら脈がありそうね」

「なんの脈ですか」

「いい? 八代目」須磨子は眼鏡型ルーペを外し、銀縁眼鏡に戻す。「あなたも三十七歳でしょ。いまから結婚するには、よほどの金持ちかイケメンでないかぎり、二十代の女性は無理なの。あなたは十歳しか年下ではないと思っていても、むこうからしたら十歳も年上よ」

「はあ」嫁をもらうのに、若くなければ嫌だなどと言った覚えはない。

「同い年でバツイチで子持ちくらいがちょうどいいわ」

なんだ、ちょうどいいって。自分はともかく溝口寿々花に対して、失礼な言い方ではないか。

「この縁談、進めてもいい？」

「待ってください」恭平は慌ててストップをかけた。「縁談って溝口さんのほうから、そういう話が須磨子さんのとこにきたってことですか」

「ちがうわよ。私のほうから溝口さん家のおかみさんに話を持ちかけたの。そしたら願ってもないことだ、そうすればウチのひとも娘を許すだろうって」

出戻り娘に家の敷居を跨がせるものかと、甲冑師の父親が烈火の如く怒った話は、鐘撞高校ボート部の部員で、溝口寿々花の親戚筋である陽太から聞いている。そのため母子でアパート住まいであることもだ。しかしだ。

「なんで俺と結婚したら父親が許してくれるんです？」

「そうすれば体裁が保てるからでしょうよ。決まっているじゃない」

なにを当たり前のことを訊ねるのだと言わんばかりの口ぶりだ。甲冑師の父親がやたら世間体を気にするほうだと、陽太が言っていたのを思いだす。要するに個人の感情など二の次なのだ。甲冑師の父親に限らず、その妻や目の前の須磨子もである。さらに言えば恭平のまわりの年寄り達はたいがいそうだった。

「寿々花さんは三十七歳だから、いまから子づくりは難しいかもしれないけど、モモちゃんに森岡人形の九代目を継いでもらえばいいわよね」

「それは」

「女の子の当主は駄目だなんて言わないでちょうだい」

そういうことではない。小学校にあがったばかりの子どもまで巻き込まないであげてほしい。

「私はね、森岡人形のためを思って言っているのよ。小道具師としての阿波家は、ふたりの息子は跡を継がずに、五代目の旦那で潰えてしまった。だから私はその技術をアシスタント達に引き継いでいるわ。だけど森岡人形は跡継ぎどころか、頭師としての技術を引き継ぐひともいないじゃないの。あなたの代で潰すつもり？」

　現状維持だけに躍起になって、将来など考える余裕はなかった。その結果、恭平は結婚どころか彼女もできず、森岡人形の職人の平均年齢は七十三歳になってしまった。たとえ跡継ぎがいようとも、十年、いや五年先だって存続できるかどうか怪しいところだ。だからといって、勝手に縁談を進められても困る。

「溝口さんはこの話を知っているんですか」

「まだよ」

「だったら俺から話をさせてください。なによりもまず彼女の気持ちが知りたいんです」

「そう？　それならそれでいいけど、なるべく早くなさいな。お互い若くないんだし、恋の駆け引きなんてしてる場合じゃないわよ」

「キャッチ、ロオォォォォォッ」「キャッチ、ロオォォォォォッ」「キャッチ、ロオォォォォォ

ッ」

威勢のいい掛け声と共に、鐘撞市内を流れる曳抜川をボートが水面を滑るように進んでいく。その様子を恭平は双眼鏡越しに見ていた。

ボートには鐘撞高校ボート部の男子五人が乗っており、そのうちのひとりが進行方向をむき、オールを漕ぐ四人に指示をだしていた。舵手付きクオドルプルである。舵手は二年の櫻田陽太だ。

「櫻田先輩、がんばってくださぁい」

土手の上にいる女子数人が声を揃えて叫んだ。言っちゃったぁ、やだぁ、きゃあ、聞こえたかしらぁと女子同士が言い合っている。かわいいものだ。

インターハイ県予選で好成績をおさめてから、女子生徒が練習を見に訪れるようになった。八月第三日曜の今日も十人ほどの女子が土手に並んでいる。

俺が高校生んときのほうが、もっと数がいたけどな。

ならばどうして三十七歳にもなって結婚をしておらず、カノジョさえいないのだ、と恭平は自らにツッコむ。

いや、そんなことよりも。

双眼鏡でボートの動きを追う。オールがいまいち揃っていない。見ていてじれったいくらいである。それもやむを得ない。インターハイ県予選で、大凡商業と争ったメンバーではないのだ。そのときオールを漕いでいたのは二年ひとりと三年三人だった。しかし三年は受験勉強のため、この夏休みに部を引退する。なので今日を境に一年三人と入れ替わった。舵手のすぐ目の前の漕手をストロークといい、陽太とおなじ二年生にしたのは、うしろの一年三人がその動きにあわせて漕ぐからだ。しかし個々を見れば漕ぎ方は間違っていないものの、オールの動きは揃わずバラバラで、四人がピタリとあうことはほぼなかった。九月なかばには、全国高校選抜の県大会が控えている。ひと月で間にあうかどうか不安だが、ここはひとつがんばってもらうしかない。

じつは昨日今日明日と三日間、九州でインターハイがおこなわれている。しかし県予選で最後まで競った大凡商業の男子舵手付きクオドルプルは早くも昨日、敗退してしまった。

ざまあみろって言うんだ。

いまごろ大凡商業ボート部の監督であるキツネ男は、さぞや悔しがっているにちがいない。その姿を思い描くだけで、恭平は愉快だった。

全国高校選抜の県大会ではその大凡商業とふたたびレースをおこなう可能性が高い。できれば勝って一泡吹かせたいと恭平は心秘かに思っている。

男子舵手付きクオドルプルを含め、県大会には八クルーが参加予定だ。上位四位に入れば十一月の関東選抜大会に進める。いまのところ期待できるのは陽太がひとりで漕ぐ男子シングルスカルだ。二年生コンビの女子ダブルスカルもイイ線いけるだろう。そう考えているうちに胸が高鳴った。人形の顔がじょうずに描けたときでも、こうはならない。

するとパンツの前ポケットで、スマホが震えた。取りだして画面を見ると、三上からの電話だった。高校時代のボート部の後輩で、いまは市立病院で働く内科医である。今朝、電話をかけて折り返し連絡をくれと留守録に吹きこんでおいたのだ。

「なんスか、キャプテン」

三上は二十年近く前とおなじしゃべり方だ。

「おまえ、去年の春にキャンピングカーを買っただろ」

「二回しかキャンプにいってませんけどね」

答えた三上の声は暗かった。当時、つきあっていたカノジョがキャンプにいきたいというので、奮発して購入しながら、二回いっただけで別れてしまった。以来、キャンピングカーの出番はなかったからだろう。

「そのキャンピングカーをだしてくれないか」

「なんスか。女の子誘ってキャンプでもいくんスか。だったらいいスよ」

「ちがうよ。九月なかばに全国高校選抜の県大会があるから、その会場の行き帰り、ボート部の部員達を乗せていってほしいんだ」

会場はインターハイの県予選とおなじ、県内の漕艇場で、鐘撞からだと車で二時間はかかった。ボートの運搬は鐘撞市内の運送会社に、ガソリン代のみの値段でお願いしている。問題は部員達だ。前回までは三年生の親に大型ワゴンの持ち主がふたりいて、部員を運んでもらった。しかしつぎの県大会には三年生が出場しない。一・二年生は十二人、恭平のミニバンは積みっ放しの荷物をだせば運転する自分以外には五人乗れる。残りをどうするか考えた末、三上のキャンピングカーを思いだしたのだ。

「わかりました。キャプテンの頼みとあらば、従うしかありません。かわいい後輩達のため、働かせてもらいましょう。どっちにしろインターハイの県予選でイイ成績だったのを聞いていたので、今度の大会は応援にいくつもりだったんスよ。公式のホームページで確認しましたけど、どの競技も全国でじゅうぶんイケそうなタイムでしたもんね。楽しみにしています」

三上との電話を切ると、あきらかに高校生ではない幼い子の声が飛んできた。六、七歳の女の子で、その隣で日傘をさしているのは、溝口寿々花にちがいない。

「ヨータ兄ちゃん、ファイトォォオオッ」

なにしにきたんだろ。

五日前、須磨子に溝口寿々花との縁談を勧められ、俺から話すと言っておきながら、今日までなにもしていなかったのだ。よく考えれば彼女の携帯電話の番号やメアドは知らないし、ＬＩＮＥの交換もしておらず、連絡のしようがなかったのである。

「なんでヨータ兄ちゃんはボートをこがないの？　エラいから？」

「エラくはないさ」モモちゃんの質問に、陽太は首を横に振る。

「キャプテンだからエラいじゃないッスか」そばにいた一年の部員が冷やかすように言う。三年が引退するにあたって、ボート部では毎年、夏休み前に二年の中から次期キャプテンが選ばれる。今回は満場一致で陽太になったのだ。

「ヨータ兄ちゃん、キャプテンなの？　やっぱエラいんだ」

「ちがうって。他になり手がいないからなっただけ。それとこの休憩がおわったら、俺もボートを漕ぐよ」

　ボート部の部員達は強い陽射しを避けるため、橋の下にたむろっており、そこにモモちゃんが加わった。陽太が呼んだのだ。

　気温が三十五度を超える猛暑日で、しかも屋外での練習の際は、こまめに休憩をとらねばならない。熱中症対策に水分だけではなく塩分補給も必要なので、恭平が自腹で購入してきた塩飴を部員に配って舐めさせてもいる。

　応援にきた子達も橋の下にいた。休憩前に恭平が声をかけて移動させ、水分と塩分を摂るように注意し、きみ達のだれかが熱中症で倒れたら、ボート部の責任になり、大会などの出場停止ばかりか、部の活動ができなくなるかもしれない、と脅し文句も加えた。我ながら嫌なオトナだと思ったが仕方がない。まるきり嘘ではなく、その可能性はじゅうぶんあり得るからだ。ちなみに顧問の今戸先生は、夏休み中の練習に、一度もきたことがなかった。

　あれ、そう言えば。

　モモちゃんは陽太といるが、溝口寿々花がいない。どこだろうと思っていたところ、「あの」と本人が斜めうしろから声をかけてきた。

「あ、どうも」

「私、覚えていますか？」

「え、あ、はい。このあいだ人形博物館で」

「じゃなくて小中高とおなじだった」

「覚えていますよ。溝口寿々花さんですよね」

「そうです。よかったぁ。忘れられているかと思って」

「博物館で見かけたとき、気づいていました」

恭平は少し嘘をつく。

「ＯＢがコーチをしているとは陽太くんから聞いてたの。でも森岡くんだと知ってびっくりしたわ。でもよく考えれば当然よね。インターハイで優勝してるんだし」

「他にやるひとがいないだけさ」

「でも陽太くんは、森岡コーチのおかげで県予選であそこまでいけたって」

「どうかな」

「陽太くんは小さい頃から知っているけど、つまらないお世辞を言う子じゃないわ」

そのときになって恭平は自分と溝口寿々花が、タメ口で話しているのに気づいた。だがなんら違和感はない。

「社長になっているのもびっくりだった」

「なんだかんだで十年やってるよ。溝口さんは？　こっちではなにしてるの？」

「フィギュアの原型師ってわかる？」

「フィギュアの元になる人形をつくるひとだろ」

「そっか。雛人形も顔は木彫りして原型つくるから、わかるよね」

溝口寿々花は小さく笑った。親しくなかったとはいえ、その笑い方が十代の頃と変わらないのに恭平は気づいた。しばらく話をしているうちに、アニメ好きだった彼女が高校の頃からアニメのキャラの人形をつくりはじめ、東京の美大に進学、卒業後は浅草にあるフィギュアの会社に就職、十数年勤めていたことまでわかった。

「今年の三月にそこを辞めて、こっちに戻ってフリーランスの原型師をしているんだ」

離婚の話はでなかったが、恭平はわざわざ言及するつもりはなく、代わりにこう訊ねた。

「どんなのつくっているの?」

すると溝口寿々花は恭平に名刺を差しだしてきた。

「裏側のQRコードを読みこむと、私のインスタグラムにいけて、原型を担当したフィギュアを見ることができるわ」

「わかった。見させてもらう」

そう言ったとき、パンツの前ポケットに突っ込んでいたスマホがピピッと鳴った。十分間、タイマーをかけていたのだ。

「よぉし、みんなぁ」口に手をあて、恭平は部員達に言った。「休憩終了ぉぉ。練習再開だぁ」

「モモッ。いらっしゃい」

「はぁぁい。じゃあキャプテン、がんばって」

「おまえまでキャプテン言うな」モモに言ってから、陽太は立ち上がる。「イッテーアリテ」

「イチニンナシッ」陽太の掛け声に部員達が応(こた)えた。

「ママッ。まだオーエンする?」

「陽太くんがボートを漕ぐところを見てから帰ろうか。それじゃ、森岡くん。がんばって」

3

「景浦典子と申します。こちら森岡人形で間違いありませんよね。社長さんはいらっしゃいます?」

九月第二火曜、朝九時半ジャストに真っ赤なポルシェが森岡人形の前に止まった。ルーフが開いており、左ハンドルを握る人物が、工房の窓から見えた。もしやと思って表にでると、運転席の人物が恭平に手を振って、そう言ったのだ。

「俺が、あ、いや、私が社長の森岡です」

「車、どちらに停めておけばよろしいかしら?」

ポルシェは会社の敷地内にある駐車スペースに入ってもらった。普通車ならば四台停めることができる広さで、職人達が大勢いたころは取りあいになったものだが、いまは社用車のミニバン

一台だけだった。

六十年前の七段飾りの修繕は、ほぼ一ヶ月をかけて完了、依頼人の景浦典子には一昨日の夕方、電話でその旨を伝えた。修繕の出来は写真や動画でも確認できる。でも彼女は直に拝見しますわと言い、車で伺いたいんですけど、停める場所はあるかしら？　とも訊ねてきた。だがよもや真っ赤なポルシェだとは思ってもいなかった。しかも六十歳のはずの彼女は若々しく、五十歳前後にしか見えない。

工房では頭師の宮沢に峰、髪付師の久佐間、着付師の遊木、小道具師の須磨子、そして手足師の熊谷と職人総出で景浦典子を出迎えた。彼女に確認してもらい、なにか問題があった場合、その場で修繕ができたほうがいいと宮沢が言ったからだ。ところが景浦典子が確認したのは男雛と女雛だけだった。その出来に感心したあとだ。

「これだったら他のもキチンと修繕できているはずだもの。確認するまでもありません。みなさんを信頼しますわ」

そう言ってから感謝のしるしとばかりに、恭平を含めた職人達ひとりひとりをハグしていった。みんな呆気にとられ、なにも言い返せず、ぼんやり突っ立っているだけだった。

それから景浦典子は、スマホを取りだし、しばらくしてから、画面に話しかけた。

「ヨシノリィ、母さんいま、森岡人形さんにいるのよ。雛人形さんを直していただいたの。どう？　見えるぅ？」

「母さんの顔しか見えていませんよぉ」

スマホからの返事に景浦典子が首を傾(かし)げる。

「スマホが裏返しです。カメラのレンズを人形のほうにむけないと」

「やだ、私ったら恥ずかしい」恭平に言われたとおりにして、ふたたび息子に話しかけた。「これならどう?」

するとスマホから女性の声がした。ただし英語だ。

「リンダはなんて言ってるの?」

「素晴らしいって。まさに日本の美だってさ」

「日本の美であり技よ」そう言ってから景浦典子は恭平に顔をむけた。「息子の奥さんもあっちで、人形の会社に勤めているんですの」

「それじゃ誤解されると何度言ったらわかるんだ、母さん。人形の会社じゃなくて人形アニメ、いわゆるストップモーションアニメの製作会社です」

「はいはい」景浦典子は息子の抗議を適当にあしらい、話をつづけた。「ひと月前に送った写真と比べて、髪は整って、お顔もキレイになったでしょ。着物も一旦脱がして、もう一度着せてくださったんだから。母さんもここまで元の状態に戻るとは思っていなかったわ。正直言うと手放したくないくらい。でもいいの。可愛(かわい)い孫娘のためだもの。エマちゃんは?」

「もう寝てるって。こっちは夜の十時だよ」

「この方が森岡人形の社長さん」景浦典子が突然、スマホを恭平にむけてきた。「ヨシノリ、知ってた?　雛人形って分業制で一体の人形をつくるのにも頭なら頭、髪の毛なら髪の毛、衣装なら衣装、それぞれ専門につくる職人さんがいるんですって。社長さんは頭専門なんですよね」

「あ、はい」

「こちらの会社は百八十年もの歴史があって、社長さんはなんと八代目。いま見せた人形の顔を描いたのが、この方のおじい様だそうよ」

「ほんとですか」

小さな画面の中で、三十歳前後の男性が言う。景浦典子のひとり息子のヨシノリだ。隣にいる髪と肌と目の色が日本人とはちがう女性が奥さんのリンダなのだろう。なかよく並んだふたりが、ニューヨークにいるとは俄(にわか)に信じられない。

「我が社の雛人形を六十年もの長いあいだ、大事に取っておいていただき、景浦様には感謝しております。祖父をはじめ、当時の職人も亡くなった方が多いのですが、だれしもが、よろこんでいるにちがいありません。現役の私どもも修繕できたことをうれしく思っております」

「景浦家の家宝として、代々受け継いでいきますよ。また六十年後には修繕を頼みますね」

「そうよね」息子の言葉に景浦典子が頷いた。「これまで百八十年もつづいたんだもの。六十年後だって、きっとあるでしょうから」

無理ですよ、六十年後どころか六年後だって怪しいところです、とはさすがに言えなかった。

そのあと景浦典子は職人達を息子夫婦に紹介し、なおかつ息子とプライベートな話を二、三交わし、ビデオ通話を切った。

「さてと」一旦、あたりを見回してからだ。「私はこれで」と言ったかと思うと、景浦典子はそそくさと工房をでていった。恭平達はお見送りをしなければと慌てて追いかけていく。ルーフを開いたポルシェに乗りこみ、景浦典子はシルクと思しきスカーフで頬被りして、サングラスをかけ、キーを差してエンジンを唸らせた。動きに無駄がなく、映画の一シーンを見ているようだった。

「ほんとにどうもありがとう。みなさんには心から感謝しています」

そう言い残すと、景浦典子は走り去っていく。どういうわけか、恭平は自分が取り残されたような気持ちに陥った。

「お嬢様の成長と幸せを見守り、寄り添っていく大切なお雛様です。実際にご覧になって吟味していただき、慎重にお選びくださいませ。我が社は昔ながらの手作業で、お客様のニーズにお応えできるようにと日頃から心がけ、ええと、なんだっけ」

浅井が訊ねると、深見が「古式ゆかしい」と答えた。

「そうだった。古式ゆかしい佇まいでいながら、新たな時代の息吹を感じさせる容姿を持ち備えて、温故知新を具現化した理想的な人形を目指しています」

深見と浅井は森岡人形の事務員だ。経理が主だが、その他雑用全般が彼女達の仕事である。

景浦典子が真っ赤なポルシェで帰っていったあと、恭平は自宅一階の事務所で、運送会社に電話をかけた。鐘撞高校ボート部のボートを運んでもらっている会社で、今回は修繕した七段飾りをニューヨークへ送るのを頼んだ。他にも雛人形の受注数を確認したり、十月の人形供養の件であちこち電話をかけたり、とデスクワークをこなしていた。すると深見と浅井が、森岡人形についての説明の練習をはじめたのだ。

何度聞いても恥ずかしくてたまらない。嘘はついていないにしても、あまりに大仰で美辞麗句が並べられるからだ。だがそのおかげで客の心が動き、人形が売れているのは紛う事なき事実だった。

秋になれば新作が市場にでまわり、注文もはじまる。工房の半分を改装したショールームは、十月から三月の半年間、自社商品の雛人形だけを展示する。その場で注文受付はできるし、在庫さえあれば商品の引渡しもおこなっていた。ネットか電話で事前申し込みをしてもらい、訪れた客の応対は主に深見と浅井がおこなう。

ふたりとも節句人形アドバイザーなる公的に認められた資格を持っていた。社団法人日本人形協会認定で、節句行事や節句人形に関する製作工程、手法技術、歴史的背景まで熟知していなければならず、そのために勉強をして試験を受け、合格しているのだ。受験料と会場までの交通費は森岡人形で負担した。なおかつ有効期限が三年なので、更新手数料も払っていた。

深見と浅井はともに若かりし頃、森岡人形で働いていたが、ほぼ同時に寿退社をしている。その二十年後、祖父の代から働いていた経理の男性が、六十歳手前で体調を崩し、会社を辞めることになった。恭平が社長を引き継いで半年も経たない時期で、どうしたものかと考えた末、深見と浅井に復帰を願ったのだ。子育てが一段落していたふたりはその申し出を受け入れてくれた。

ちなみに深見の夫は地元スーパーに勤務、浅井の夫は個人で電気工事業を営んでおり、人形の仕事には一度も携わったことはない。

「こちらの雛人形は新作の〈梅小径〉と申しまして」

浅井がなおも説明をつづけていると、インターフォンの音が鳴った。

「俺がでますよ」

恭平は席を立ち、壁にある親機のモニターをのぞきこんだ。若い女性だ。髪の毛を頭の上で団子にまとめている。モノクロ画像なので、髪や肌、目の色などわからないが、顔つきからして日本人ではない。

「どちら様ですか」と訊ねてから、恭平はだれか気づいた。

「おはようございます。ドラゴンフルーツから参りましたクリシアです」

やはりそうだ。宮沢に殴られたとき、冷却パックを持ってきてくれた子である。

「宮沢さん、いらっしゃいますか」

「昨日の夜、ドラゴンフルーツにいって、宮沢さん、勘定を払わなかったんじゃありません？」と深見。

「きっとそうだわ。請求にきたのよ」浅井が同意する。「宮沢さん本人に払わせなきゃ駄目ですよ、八代目」

「おはようございますぅ」

恭平が玄関のドアを開くなり、クリシアはぺこりと頭を下げた。黒髪で褐色の肌、紺のスーツを着て、黒いバッグを手に提(さ)げていた。まるで就職活動中の学生のようだった。

「社長さん直々(じきじき)に出迎えていただけるなんて、身に余る光栄です」

クリシアは鞄(かばん)から封筒をだすと、恭平に差しだした。飲み代の請求書にしては大きい。

「履歴書です」

「え？」

「だすの早いですか。申し訳ありません。あたし、ふつうの会社のシューカツははじめてなものですから、どうぞお許しください」

「いや、あの、宮沢に用なんですよね？」

「はい。昨日の夜、お店にきた宮沢さんに、弟子(でし)にしてやるから、明日の午前十一時に森岡人形にきなさい、社長に話を通しておくからだいじょうぶと言われました」

「弟子って頭師の？」

「はい。雛人形の頭をつくる仕事です」

なにを莫迦(ばか)な。

外国人の頭師なんて恭平の知るかぎり、ひとりもいなかった。女性ですら珍しい。

「社長さんも頭師だと宮沢さんから伺っています。先代や先々代には遠く及ばないものの、腕はイイとおっしゃっていました」

はじめて聞く話だ。宮沢にかぎらず、職人のだれからも腕を褒めてもらったことはない。いまのも褒めているとは言い難いが、認めてはくれているのだなと、恭平は少しうれしかった。しかしいまはそれどころではない。

「とりあえず中に入ってもらおうかな。宮沢さんを含めて三人で話をしましょう」

「よろしくお願いします」

クリシアを応接間に通してから、恭平は工房へむかった。宮沢は自分の机で人形の顔に下地塗りをしている最中だった。真剣そのもののまなざしで、声がかけづらい。すると宮沢のほうで、恭平に気づいて手を止めた。

「どうしました、八代目」

「クリシアという子が、宮沢さんを訪ねてきているのですが」

「だれですって」

宮沢が聞き返してきた。トボケているのではなく、ほんとにわかっていないようだった。

「ドラゴンフルーツのクリシアさんですよ」工房には峰と久佐間もいる。ふたりに聞こえぬよう、恭平は声量を抑えた。「昨日の夜、宮沢さんに弟子にしてやると言われたと」

「俺がですか」

「覚えていないんですか」

「昨日はひとりで呑んでいたんですが、途中から記憶がないんです。どうやって家に帰ったかもさだかではありません」

あれだけ呑まないと約束したのに。いや、いまはそれどころではない。

「スーツ姿で履歴書まで持ってきて、あれは本気なんですよ。おいそれと追い返すわけにもいかないので、応接間で待ってもらっています。覚えていないではすみません。詫びるにしたって宮沢さんからきちんと詫びなければ、彼女も納得しないでしょう」

恭平は少し強気にでた。自分で蒔いた種は自分で刈り取ってもらわないと困る。それでもまだ宮沢は腰をあげようとしなかった。

クソジジイが。

「だったら俺からこう言います。宮沢さんが弟子を取りたい気持ちはわかる、だけど社長の俺としては新しいひとを雇う余裕がないので反対せざるを得ない、誠に申し訳ないが今回はお引き取り願えませんかと。宮沢さんは黙っていてもかまいません」

「それならば」

「ではいきましょう」

「そういうわけなんだ、クリシアさん」

工房で宮沢に言ったことを、そっくりそのまま繰り返し、恭平は座卓のむこうに座るクリシアに、深々と頭を下げた。腹立たしいのは宮沢だ。恭平の隣で腕組みをして、眉間に皺を寄せているだけだった。黙っていてもかまわないとは言った。しかし頭くらい下げてもいいではないか。

「だったらだいじょうぶです。新しいひとを雇う余裕がないとは、給料が払えないわけですよね。あたし一年間だけタダで働きます。そのあいだ、人形のつくり方を学ばせてください。それで使いモノにならなければ、クビにしていただいてもかまいません。頭師としてやっていけそうならば、そのときから少しでいいので給料をください。よろしくお願いします」

「いや、でも」

「昨日もおなじ話をしたら、宮沢さんは気に入ったと言ってくれました。その心意気を買った、八代目がなんと言おうと弟子にしてやるとも」

「言ったんですか、宮沢さん」

宮沢は俯き加減でバツの悪そうな顔をしているだけだった。昨夜のことを徐々に思いだしているのだろう。

「あたしが日本にきたのは一昨年の三月です。成田空港からどこへも寄らずに鐘撞にきました。そして翌日にママさんの案内で市内を歩いていたら、いろんな場所に、男のひとと女のひとがペアで、着物を着た人形がたくさん飾ってあるのを見て、とても驚きました」

鐘撞市では毎年、二月後半から三月アタマにかけて、『まちなか雛さんぽ』なるイベントが開催される。駅周辺の商店街の店内だけでなく、公園や神社仏閣、教会などの屋外の階段にも大小さまざまな雛人形が飾られるのだ。その他にも子どもが雛人形みたいな格好をして街中を歩いたり、職人と雛人形の製作体験ができたり、商店街ぜんたいが会場のコンパ、いわゆる街コンをおこなったり、一年以内に結婚した新婚カップルが男雛と女雛に扮して甘酒を振る舞ったり、と二週間近くのあいだ、さまざまな企画が目白押しで、それなりに盛りあがる。クリシアは一昨年の『まちなか雛さんぽ』の頃に来日したのだろう。

「ママさんにそれが雛人形だと教わりました。さらに鐘撞がその人形をつくる町だと聞いて、あたしはなんてロマンチックなんだろうと感激しました。まるで自分がおとぎの国の住民にでもなれた気持ちになったんです。しばらくしてイベントはおわりましたが、そのあとも人形のお店にいって、雛人形を見るのがあたしの唯一の趣味になりました。男女ペアだけではなくて、ふたりのお世話係の三人の女性や、ミュージックを奏でる五人の少年、ボディガード役であるふたりの男性、一般庶民で雑役係の三人の男性がいて、たくさんの嫁入り道具があることも知りました。この春にできた人形博物館にも二日にいっぺんは通って雛人形について勉強しています。お願いです、あたしをここで働かせてください」

恭平は圧倒され、言葉がでてこなかった。

職人になりたい若者から志望動機を聞いたことは何度かあった。もっともらしい言葉を並べるものの、みんな嘘くさく薄っぺらだった。そして長くて一年、短いと三日でやめていった。

クリシアはちがった。熱のこもったその弁舌に、心を動かされている自分に恭平は気づいた。

「宮沢さん、昨日、おっしゃっていたじゃありませんか。このままだと森岡人形は潰れちまう、ひとりでも頭師を育てないと、俺は引退できないって」

「駄目だ」クリシアの話を遮るように、宮沢が言った。

「どうして駄目なんですか」

訊ねたのは恭平だ。駄目もなにもあんたが誘ったのだろうと思ったからだ。

「駄目に決まっているでしょう」宮沢は恭平に顔をむけた。「雛人形は日本人がつくるものです。外国人につくらせるわけにはいかない」

「だったらどうして弟子にしてやるなんて、この子に言ったんですか」

「さっきも話したとおり、昨日は呑み過ぎて途中から記憶がないんです。自分で言うのもなんだが、酔っ払いの戯言に過ぎません。そんな話を真に受けるなんてどうかしていますよ。これだから外国人は困る」

「昨日の夜、あたしに言ったことはぜんぶ嘘だったとおっしゃるんですか」

クリシアは宮沢を真正面から見据えた。

「酒席の話を昼日中に蒸し返さないのが日本の常識だ。これがいい勉強になっただろう。二度とこんな真似をするんじゃない。いいなっ。この話はもうオシマイだっ」

勝手にオシマイにして、この場を逃げるつもりなのだ。あとは恭平がクリシアを言いくるめて追い返すとでも思っているのだろう。

そうはいくものか。

立ち上がろうとする宮沢の手首を、恭平はがっしり摑んだ。

「なんですか、八代目っ」

恭平のただならぬ気迫に、宮沢は驚きを隠し切れずにいた。

「クリシアさんを弟子にしてあげてください。俺も協力するし、峰さんにもお願いします。他の職人達にも助けてもらいましょう。だから頭師として育ててあげてはもらえませんか」

「八代目、俺の話、聞いていましたか」

「だからこそこうしてお願いしているんです。ひととの約束を酔っ払いの戯言だの、酒席の話だのとごまかすことこそ日本人として恥ずかしくありませんか」

「ご、ごまかしてなんか」

「俺はね、宮沢さん。あなたほどの職人であれば、たとえ外国人の女性であろうとも、技術のみならず日本人の心も教えられると思うんですよ」

宮沢の口元が綻(ほころ)びかけている。職人を動かすには褒めるのがいちばんだ。社長になって会得した技である。

「八代目がそこまで言うのであれば」

「あたし、宮沢さんの弟子になってもいいんですね」

「もちろん」恭平は答えた。「ねぇ、宮沢さん」

「あ、うん」

「ありがとうございます。あたし、がんばります。必ず一人前の職人になってみせますっ」

クリシアは右腕の肘(ひじ)を曲げ、顔の横で右手の拳をぎゅっと握りしめた。

「イッテーアリテ、イチニンナシッ、イッテーアリテ、イチニンナシッ、イッテーアリテ、イチニンナシッ」

朝七時に起床、自宅の周辺を十キロほどジョギングしたあと、二階の自室でローイングマシンを漕いでいたところだ。インターフォンの音が鳴った。

「おはようございますっ」

溌剌とした女性の声もする。ローイングマシンから下りて窓を開き、すぐ真下の玄関口を覗きこんだ。

昨日の昼は道頓堀飯店から出前をとり、クリシアを誘って工房で昼飯を食べた。峰と久佐間から異論はなかった。それどころか峰などは殊の外うれしそうに、わからないことがあれば、なんでも教えてあげるよと声を弾ませた。そんな彼を宮沢が叱りつけ、つづけてクリシアにこう言った。

仕事は耳じゃない、目で覚えるものだ、俺のしているのを横で見ていればいい。

「おはようございます、社長さんっ」

恭平に気づいたクリシアが、見上げて両手を振った。

「おはよう。少し早過ぎやしないか」

「でも社長さん、九時前にきなさいって」九時になるまで、まだ四十分以上もあった。「それに弟子はだれよりも早く工房に入って掃除をしておくものだと、宮沢さんがおっしゃっていたので」

たしかに言っていた。それはべつにかまわないのだが、だれかが掃除の仕方を教える必要がある。

だれが？

俺しかいないよな。

Tシャツにパンツ一丁だった恭平は、長袖シャツにジーンズを穿いて、階下へおりていく。玄関のドアを開くと、そこに虎がいた。クリシアのシャツの前面に虎の顔がドアップでプリントされていたのだ。しかも豹柄のスパッツで、大阪のオバチャン顔負けの恰好だ。

「どうしたんだい、その服は？」

「自分のジャージやスウェットは、どれもどこかに穴があいていて外に着ていけるものがありませんでした。ドラゴンフルーツのママさんにその話をしたら、だったらあたしのいらない服をあげるから帰りにウチに寄っていきなさいと言われました。そして十着以上いただいて参りまして、その中でこれがあたしのいちばんのお気に入りです。変ですか」

「よく似合っているよ」としか言い様がない。それよりいまの話を聞いて、気になることがあった。「きみ、ドラゴンフルーツの仕事はつづけるのかな」

「はい。修業のあいだはお金をもらえませんし」

「昨日も言ったが、そうはいかないんだ。アルバイト代として、三ヶ月のあいだは時給千円を払う。そのあと働きによってはアップしていくよ。午前九時から午後五時まで、残業のときにはその分、時給がつく。土日以外はぜんぶこられるのかな」

「はいっ」

「よし。毎月二十日〆で二十五日払いなんだ。あとで振込先を教えてほしい」

「ほんとにそんなにたくさんもらっていいんですか。会社、だいじょうぶですか」

いくらなんでも大袈裟だと思ったものの、ひとを雇う余裕がないと言ったのはだれあろう自分だったのを恭平は思いだした。

「これは言わば先行投資だ」

そう答えてもクリシアにはピンときていないようだった。日本語が流暢すぎて、彼女が外国人であることを恭平は忘れかけていた。そこで改めて言い直す。

「将来、きみが立派な頭師になって稼いでくれれば、いま払うバイト代なんて安いものだよ。そのつもりでがんばって」

「わかりました。ありがとうございます。あたし、がんばります」

「それじゃ、工房へいこうか」

恭平が人形の頭に下地塗りをしていると、斜め前にひとの気配を感じた。宮沢だった。
「八代目、表にでて話したいことがあるのですが」

クリシアは宮沢の机にある道具や材料などに顔を近づけ、猫が匂いを嗅ぐかのように見つめている。なにがあったのかと恭平は首を傾げながら、宮沢とふたりで工房からでた。

「クリシアなんですが」

宮沢はひどいしかめっ面だ。機嫌を損ねているのではなく、困っているようだった。

「なにか宮沢さんに迷惑をかけるようなことを？」

「そういうんじゃありません。でも仕事にならなくて」

「どうしてですか」

「俺の横に立って、じっと見ているんで」

仕事は耳ではなく目で覚えるものだ、俺のしているのを横で見ていればいいとクリシアに命じたのは宮沢自身である。

「それがなにか」

「緊張して手が思うように動かんのです」

なにをいまさら言っているのだ、このひとは。

だが言われてみれば、昔からそうだった。雛人形の陳列即売会の期間中に百貨店やデパート、人形博物館でも人前でおこなう製作実演を宮沢はしたことがなかった。これらは不特定多数のひと達が対象なので、わからないでもない。しかしいまはクリシアひとりきりだ。

「あの子のだけじゃありません。服に描かれたでっかい虎にも見据えられている気がして」

そんなはずがない。

「なんとかしてくださいよ、八代目。ああ言った手前、引っ込みがつきませんし」

知ったことかと見放すわけにもいかず、少し考えてから恭平は言った。

「宮沢さんの手元が映る小型のカメラを設置して、クリシアさんにはタブレットで見られるようにしましょうか」

「できるんですか、そんなこと」

「ええ」と答えたものの、恭平はいまいち自信がない。「来週のアタマまでにはどうにか」

「そのあいだは?」

「俺が雛人形の製作過程をざっと教えます。それから頭師だけでなく、他の職人の仕事っぷりも見てもらうために、挨拶がてら遊木さんに須磨子さん、熊谷さんの仕事場に連れていくとしましょう」

「ぜひそうしてください。あ、それと」

「まだなにか?」

「俺があの子のせいで、緊張して手が動かなくなった話はナイショでお願いします。八代目だけの胸にしまっておいてもらえませんか」

「だれにも言いません」しかめっ面の宮沢を見て、恭平は危うく笑いだしそうになるのをぐっと堪(こら)える。「約束します」

「雛人形の頭はつくり方がふたつあって」

「桐塑頭と石膏頭ですか」

「なんで知っているの？」

「人形博物館で勉強して、ネットでも調べました」

驚く恭平に、クリシアはハキハキと答えた。雛人形の製作過程を教えるため、工房の真ん中にある円卓に、彼女と恭平は距離を置いて座っている。

「ふたつのちがいはわかる？」

「名前のとおり、材料がちがいます。桐塑頭の桐塑は桐の木の粉を生麩糊で練り合わせたもので、石膏頭は石膏です。桐塑頭はずっと昔からのつくり方で、手間と時間がかかるんですよね」

「よく勉強しているねぇ」峰が自分の席から口を挟んできた。

「ありがとうございます。でも峰さん、作業中の余計なおしゃべりは禁止です。宮沢さんにまたどやされますよ」

「ど、どやされるって」

当の宮沢はなにも言わず、作業をしている。それがまた却って怖いらしく、峰は首をすくめた。

「手間と時間がかかると言ったけど、具体的にどういうつくり方かは知っているのかな」

「えっとあの、木で彫った〈原型〉を元に〈抜型〉をつくって、ここに桐塑を入れて、しっかり固まったら抜きだし、できた〈生地〉が完全に乾いたら、磨きをかけて滑らかにして目をはめこみます。これが〈目入れ〉ですね。そして胡粉と膠を混ぜて、薄めにハケで塗る〈地塗り〉、目や鼻、口、アゴなどをやはり胡粉と膠で盛り上げて整える〈置きあげ〉、〈地塗り〉よりも濃いめに塗る〈中塗り〉と進め、そのあと小刀を用いて、目、鼻、口など彫る〈切り出し〉をおこない、さらに胡粉を〈上塗り〉して、眉に口紅、生え際を筆で描く〈彩色〉でできあがりです」

「そのとおり」

人形博物館の展示物やビデオなどの受け売りにはちがいない。しかしじつに熱のこもった説明で、クリシアの人形に対する思いが伝わってきた。

「顔かたちを手作業でやるからこそ職人の個性も際立って、まったくおなじモノはありえないんだ。以前は桐塑頭だけだったのが、半世紀ほど前、一九七〇年頃に石膏頭の技術が確立されてね。シリコンの型に石膏を流しこめば、目、鼻、口のみならず歯や瞼まで、きちんと型通りできるので、安定した品質でおなじ顔をたくさんつくれる。とは言え仕上げるには熟練の技が必要であることには変わりはないけどね。いまでは雛人形のほとんどが石膏頭だよ。じつを言えばウチもつくっている九割がそうなんだ」

宮沢が桐塑頭、峰と恭平が石膏頭の担当と一応、分かれてはいる。だが恭平も社長になってからは八代目として桐塑頭を手がけるようになったし、宮沢が石膏頭をつくることも珍しくない。ただし峰は石膏頭のみだった。なんでも昔、恭平の祖父である六代目に、おまえは石膏頭のほうが性にあっているようだなと言われて以来、石膏頭を極めようと心に誓ったそうだ。どれくらい昔か訊ねると、昔も昔、石膏頭が台頭してきた時分で、峰がまだ二十代の頃だった。

「ゆくゆくはどちらのつくり方も、クリシアさんに覚えてもらうことになるとは思うんだけど、手はじめにひとつ、やってほしいことがある」

「やります。ぜひやらせてください」

クリシアは瞳を輝かせた。宮沢の気持ちがわからないでもない。こんな目でじっと見つめられていたら、緊張もするだろう。

「なんですか、これ」

ボウルの中を覗きこみながら、クリシアが言った。

「昨日から水に浸しておいた膠だよ。元のはこれ」

恭平が持ってきた膠は棒状で、三十センチほどの長さのモノだ。

「ビーフジャーキーみたいですね」

「原料はおなじ牛だよ。ただしこれは牛の皮だ。これをペンチで適当な長さに切って、こうして水に浸けておくと、芯までじゅうぶんふやかすことができる。そしてこれを火にかけて溶かしていく」

工房にはガスコンロと流し台が、横並びに設置してある。恭平とクリシアはいま、ガスコンロの前に並んで立っていた。

「ただし直接火にかけると、温度が高過ぎて駄目になってしまうので、こうして大きめの鍋で湯を沸かし、この中にボウルごと入れて、間接的に熱する」

「湯煎（ゆせん）するってことですね」

「そんな日本語まで知っているの？」

「お菓子をつくるとき、チョコとかをおなじように湯煎して溶かすので、自然と覚えたんです」

以前、職人希望で入社した女性が、湯煎を知らなかった。そんなことも知らんヤツに仕事を教えられるかと宮沢が怒鳴りつけ、その子は三日で会社をやめてしまった。

溶けて液状になった膠を布で漉（こ）して、べつのボールに入れてから、それを円卓に運ぶ。つぎにクリシアとともに自宅裏にある倉庫にいき、擂（す）り鉢（ばち）とすりこぎ、そして胡粉を持ってきて、おなじく円卓に置いた。

「胡粉がなにかは知っているのかな」

「カキやハマグリなどの貝殻でできていて、主に日本画に使う白い絵具ですよね」

これも人形美術館で仕入れてきた知識にちがいない。

「そう。ただし胡粉そのものには接着性がない」恭平は擂り鉢に、胡粉を入れていった。「なのでいまつくった液状の膠を加えて粘り気をだすんだ。そうすれば絵具として使えるし、人形の顔に塗ることもできる」

「なるほど」クリシアは神妙な表情で頷いた。

「ということで、きみには膠を注いでもらいたい。少しずつで、俺がストップといったら止めてくれ」

「おまかせあれです」

そんな日本語をどこで覚えたのかと思いつつ、恭平はすりこぎを手にした。クリシアはボウルを両手で持ち、擂り鉢にむけて斜めに傾ける。

「ストップ」

「はいっ」

恭平は液状の膠が入った胡粉をすりこぎで捏ねていく。滑らかかつ、だまにならないようにだ。

「注いでっ」「はいっ」「ストップ」「はいっ」「注いでっ」「はいっ」「ストップ」「はいっ」

しばらくはその繰り返しだ。捏ねる作業は思った以上に体力を消耗する。額の汗が流れ落ち、目に入りそうになるのをすりこぎを止めて拭う。

「おまじないですか」

「え？」クリシアに訊かれ、なんのことか恭平はわからなかった。「なにが？」

「捏ねているあいだに呟いている言葉です。イッテーアリテ、イチニンナシって」

しまった。胸の内で呟いているつもりだったのが、口から洩れていたらしい。

「これは人形づくりとはまるで関係ない。じつは高校のボート部のコーチをしていてね。そこで使う掛け声だ」

「曳抜川で練習をしている？」

「ああ、そうだ」

「何度か見かけたことがあります。あ、余計なおしゃべりは禁止でした。もっと膠を入れます？」

「頼む」

「あたしも捏ねてみたいんですけど駄目ですか」

数秒考えてから、恭平は任せることにした。

クリシアは膠のボウルを置き、恭平からすりこぎを受け取ると、特別なご褒美をもらったかのように、とてもうれしそうな顔になった。

高校を卒業してすぐ、この仕事に就いて二十年近くが経つ。そのあいだ、はたして俺はこんなうれしそうな顔で、仕事をしたことが一度でもあるだろうか。

4

「昨日、ウチのかみさんの店にきてたんだって」

　工房に入ってくるなり、挨拶もそこそこに、髪付師の久佐間（くさま）がクリシアに話しかけた。朝の九時前で、宮沢（みやざわ）と峰（みね）はまだきていない。

「パーマネントあやねですよね。いきました。ドラゴンフルーツで働くひと、みんな常連です」

　床の掃き掃除をしながらクリシアが答える。九月の第二金曜、彼女が森岡（もりおか）人形で働きはじめてまだ三日目だ。今日もドラゴンフルーツのママさんのお下がりで、ベティブープの長袖Tシャツに、エスニックな柄のサルエルパンツだった。妙なコーディネートではあるが不思議とよく似合っている。こちらが見慣れてきたのかもしれない。

「ウチの一号店とドラゴンフルーツはおんなじの商店街で、百メートルと離れていないからな」

「少しオマケもしてもらえるので助かります」

「そりゃそうさ」久佐間は肩をすくめた。背が高くて甘いマスクなので、そんな外国人みたいな仕草をしても様になっている。「ドラゴンフルーツで働く子は十人を下らない。太い客は手放したくないだけさ。なにせ人形よりも人間の髪をいじっているほうがよっぽど金になる。人形の髪付師が髪結いの亭主ってわけ。あ、八代目。これは不満じゃありませんよ」

「わかっています」

恭平（きょうへい）としてはそう答えざるを得ない。すでに作業机に座り、頭に顔を描いていた。

「クリシアさんはいつも、寛子（ひろこ）にしてもらってんだってな」寛子は久佐間の長女の娘だ。「肩まであった髪をばっさり切ってほしいなんて突然言いだすもんだから、寛子のヤツ、どうしたのって訊（き）いたんだろ」

「はい。森岡人形で働きだして、作業をするのにジャマなんでと答えました。そしたらびっくりされちゃって。そのあと寛子さんが久佐間さんの孫だってことを聞いて、今度はあたしがびっくりしました」

「はは。クリシアさんなら日本文化をしっかり勉強しているから、なまじの日本人がつくるよりもずっといい雛人形がつくれるはずだ、私が太鼓判（たいこばん）を押すって、寛子が言ってたよ」

「ありがとうございます。だけどあんまりハードルをあげられると困ります」

「ちはやぶる神代（かみよ）もきかず竜田川（たつたがわ）」

久佐間が唐突に言った。百人一首だとは恭平でもわかる。だけどどうしてと思っていたところだ。

「からくれなゐに水くくるとは」

　間髪容れずにクリシアが言った。

「瀬を早み岩にせかるる滝川の」と久佐間。

「われても末に逢はむとぞ思ふ」クリシアがふたたび言う。反射的に答えることができるらしい。

「寛子が言ってたのは、ほんとだったんだ。八代目、クリシアさんは百人一首をぜんぶ覚えているんですよ」

「どうして覚えようと思ったわけ？」恭平は心から感心して訊ねた。

「アニメや実写になった百人一首の漫画がありますよね。あれを読んで、日本人は百人一首をソラで言えるのが常識だと思っていました。だから日本で働くとしたら覚えておかなくちゃと」

「でも来日してから百人一首をソラで言うような日本人は、ひとりも会っていないんだよね」

「久佐間さん、いま言えたじゃないですか」

「やだな、八代目。知っているのはいまの二首きりです。落語にでてくるんで、覚えていただけです」

　そう言われても恭平はピンとこなかった。落語もよく知らないからである。するとクリシアが「『千早振る』と『崇徳院』ですね」と言った。

「落語まで知っているんだ？」と久佐間。

「落語家の漫画を読んで知りました。これもアニメと実写になっていて、どちらも見ています。あたし小さい頃から日本のアニメが好きでした。テレビだけじゃなくて、ネットの動画でもたくさん見て、日本語勉強しました」

「参ったね、こりゃ。恐れ入った。ねぇ、八代目」

久佐間に言われ、恭平は頷いた。百人一首や落語だけではない。歌舞伎や狂言、人形浄瑠璃(じょうるり)などもほとんど見たことがなかった。そのくせ日本人の古き良き心を伝えるために、雛人形をつくっていますだなんて、よくぞ言えたものである。

自分がフィリピンに単身でいき、フィリピンの伝統工芸をつくって、生計を立てるなんて無理だ。できるはずがない。そのくせフィリピンから出稼ぎにきているクリシアを、上から目線とまでいかずとも下に見ていたことが、恭平は恥ずかしくてたまらなくなった。

「八代目、掃除おわりました」

「あ、うん。ご苦労」

「今日は着付師さんと手足師さんのところへ、いくんですよね」

頭師(かしらし)の修業をするにあたって、他の職人の仕事も見ておいたほうがいいだろうと、挨拶を兼ねていくことにしたのだ。すでに昨日、小道具師の阿波須磨子(あわすまこ)の許(もと)へは訪ねている。

「遊木(ゆうき)さんのところへは十時で、少し時間があるから」クリシアの肩越しに、久佐間が見えた。自分の机で鏝(こて)をいじっている。「久佐間さん、クリシアさんに髪付師の仕事を教えてあげてもらえませんか」

「髪の毛の材料がなにかは人形博物館で学んできた？」

「絹糸ですよね」

「そう。絹糸を黒く染めて油気を抜いたら、鏝で艶をだすんだ」

久佐間は渋くて低い声で滑舌もよく通りもいい。クリシアもハキハキしているため、ふたりの会話は隣の席の恭平のところまで、はっきりと聞こえてきた。うるさいわけではないので、作業中の峰だけでなく、宮沢も文句を言わなかった。

「髪の生え際、つまり前は額より上、うしろは襟足に小刀で、髪の毛を植え付けるための溝を彫っていく」

「彫るところに目印の線を引いたりしないんですか」

「しない、しない。頭師だって顔を描くのに、下描きなんかしないでしょ」

「でもどの位置にどれだけの深さで溝を彫るか、どうやって決めるんです？」

「決めるも決めないもないなぁ。予め頭師のお三方と、どんな顔でどんな髪にするかは打ち合わせしてあって、そのとおりにするにはどう彫ればいいか、なんとなくのイメージは自分の頭の中にあって、いざ彫るときにその線が見える」

「ほんとですか」

「気がするだけだ」久佐間が快活に笑う。「でもまあ、自分を信じて彫るしかない。では溝彫りをした頭に髪を植え付けてみようか。電気コンロに乗せているのはなにかわかる?」

「鏝ですよね」

「そう。鉄の部分を熱した鏝を、髪の毛となる絹糸に押し当て伸ばすことで、その曲がりを直せる。やって見せよう」

平たくした黒い絹糸の束に鏝を当てる久佐間の姿が、恭平の目の端に見えた。それを何度か繰り返してからだ。

「先を切りそろえて必要な長さに切る。そしたら揃えたままでカタチが崩れないよう置いといて、糊を準備と」

「糊の原料はなんですか」

「私は強力粉を水で溶かして炊いて、自分好みの固さの糊をつくっている。さてその糊を髪の先に塗って、いよいよ頭に貼り付けていくとしようか。よく見ててね」

「はい」

「糊のついた髪の先を溝より少しむこうに付ける。で、溝に髪を錐で押しこむ」

久佐間は説明をしながら、手際よく進めている。その手元をクリシアは瞬きをするのを忘れたかのように凝視していた。

「どう？　ぜんぶ押しこめたでしょう」

「お見事です」

「褒めるのはまだ早い」久佐間は小さく笑った。「和紙を縒って、細く糸のようにしていく。これを紙縒りと言うんだけど知ってた？」

「いえ、はじめて知りました」

「この紙縒りを溝に入れて髪の毛を固定するんだ」

その作業を久佐間はいともたやすくこなす。五十年ものあいだ、髪付師をつづけてきたからこそ成せる技だ。

襟足のほうの髪も付けおえてから、久佐間が訊ねた。

「クリシアさんはおすべらかしはわかる？」

「雛人形の髪型ですよね」

おすべらかしは漢字で書けば御垂髪である。前髪を膨（ふく）らませ、髪ぜんたいを頭のてっぺんで束ね、その末を背中まで長く垂らした髪型だ。皇族の女性が伝統的な儀式に参列する際、十二単（じゅうにひとえ）を身にまとい、おすべらかしになる。

「おすべらかしみたいにふっくらした髪型をつくるには髪の量が足りない。そこで使うのが、この張抜（はりぬ）きだ。和紙を貼りあわせ、おすべらかしのカタチに模したこれを、頭に膠（にかわ）でくっつける。そして髪を結っていくんだけど、八代目」久佐間が恭平のほうをむいた。「そろそろ遊木さんとこへいかないとマズくないですか」

「ああ、はい」約束の十時まで十五分なかった。

「ではつづきはまた今度で」

「ありがとうございました」

クリシアは久佐間に深々とお辞儀をする。

社用車である六人乗りのミニバンは、後部座席をすべて倒し、あれこれ荷物を積んであるので、クリシアには助手席に座ってもらい、遊木の自宅に着いたのは十時ちょうどだった。

自宅一階には遊木夫婦と三人の息子、上から一輝(かずき)、光二(こうじ)、晃三(こうぞう)、そして長男の嫁の六人が働いており、壁面のラックに人形用の反物(たんもの)がぎっちりと収納されているため、だいぶ手狭で、恭平とクリシアが入ると、なおのこと窮屈だった。それぞれ自分の机で人形の身体や衣装の製作に余念がない。衣装の縫製は奥さんが担当で、ミシンの音は絶え間なくつづいている。

「よろしいですか、クリシアさん。人形に衣装を着せるだけが着付師の仕事ではないんだ。職人がつくってきた頭、手、小道具をひとつにしてカタチづくらねばならない。つまり一体の人形の姿は着付師の腕にかかっておるのです」

遊木はやたら厳かでもったいぶった口調で言った。これまでドラゴンフルーツでさんざん醜態をさらしているのだ。いまさらかっこつけても無意味に思う。しかしクリシアは神妙な面持ちで聞きいっていた。

「これがなにかわかりますか」

遊木は机に太さ八センチほどの円柱の木材を置く。

「雛人形の胴体(どうたい)になる木です」

クリシアは即答した。遊木は虚を衝かれた表情になり、その顔を恭平にむける。

「八代目がお教えになったのですか」

「教えていませんよ。クリシアさんは日本にきてから、鐘撞市内にある人形会社のショールームをすべて見て回り、人形博物館にも足繁く通って、雛人形について勉強していたそうです。いつか自分もつくりたいと考え、ネットにアップされている雛人形のメイキング動画を見て、イメージトレーニングもしていたとかで」

「胴体は藁を束ねてつくるのがほとんどなのに、これは桐の木なんですね」恭平の言葉を証明するようにクリシアが言った。「木を使ったほうが均一な太さと固さが保てるし、衣装を歪みなく、しっかり着付けることができる。しかも型くずれせず、きれいな姿でいられて、なおかつ桐は湿気に強く防虫効果があるんでしょう?」

「ほんとよく勉強してるじゃん。えらいなぁ」

背後で晃三が言った。ふりむかずとも声だけでわかる。三兄弟の末っ子で、恭平より年上の四十歳の独身である。

「ではつぎにこちらを」

遊木が机にだしたのは〈胴〉と呼ばれている人形の芯材だ。縦にした桐の木に、真一文字に伸ばした両腕が付いて、衣装は赤い長袴を穿いただけで頭も付いていない。

「手に取ってご覧ください」

クリシアは両手で持ち、上下左右様々な角度から、しげしげと見つめている。好奇心に輝く目に嘘はない。彼女は本気で雛人形について学びたいのだとわかる。それが遊木にも伝わっているようだった。

「この中は」クリシアは人形の腕に触れながら言った。「針金なんですよね」

遊木は深々と頷く。

手足師の熊谷がつくった手を、一本の太い針金の両端に付けてある。これを桐の木のうしろに入れた切れ目に差しこみ、腕になる部分はまず藁を、つぎに紙を巻いて太くしてあった。この状態で衣装を着せていき、頭まで付けたら、最後に〈振り〉をつける。腕を曲げてポーズを取らせることをそう言うのだ。僅かな角度で、人形の姿かたちはちがってくるため、着付けの中でもっとも難しく、できるようになるまでに二十年以上かかる作業だ。

「ありがとうございます」クリシアが遊木に胴を戻す。

「衣装をつくるのも着付師の仕事だということも」

「知っています」

「雛人形の中でいちばんお金がかかるのが衣装です。それだけ他の職人よりも責任が重いと言ってもいい」

遊木に異論はない。だが着付師本人が言うのはどうなんだと恭平は思う。自分の仕事に誇りを持っているからこそだと言えば、そうかもしれない。だがそれを酒席でも口走るから宮沢と喧嘩になるのだ。

「雛人形の着付けには、ひとが着る着物をミニチュアで限りなく再現し、人形に着せる〈本仕立て着付け〉と、上半身と下半身が繋(つな)がっていない着物を貼りあわせていく〈並着せ〉の二種類があるんですよね」

「そんなことまで知ってるとはたいしたもんだ」

「うっせぇぞ、晃三」

三男のボリューム大きめの独り言を注意したのは、次男の光二だ。

「一般的に流通している雛人形の八割以上は並着せです。この工房でもおなじくらいの割合ですが、私個人としては、平安時代からの定められた様式を忠実に再現してこその雛人形だと考えておりますので、できればすべて本仕立て着付けにしたい。しかし手間はかかりますし、それだけのお金もいただかなければ割にあわない。そうなると値段にも反映し高額になるので、お買い求めになる方の数も限られてしまう。難しいところです。ただし誤解しないでいただきたいのは、並着せでも手を抜くような真似(まね)はしません。上下が繋がっていないので、あわせる部分は帯などで隠すなり工夫をこらしています。それに重要な上着の裏打ちは和紙で袋張りをしていますし、カタチを整えたり、ボリュームを持たせたりするための詰め物は綿や木、藁といった自然物です。ウレタンや発泡スチロール、コルクなんて使いたくない。平安時代にはなかったわけですからね」

遊木の口調が熱を帯びてきた。説明ではなく、持論を展開しているだけに過ぎない。愚痴(ぐち)あるいは不満と言ってもいい。恭平にすればこの十年、何度も聞かされてきたことでもあった。

「平安王朝の栄華と気品を保ちつつも、二十一世紀の現代人の感覚にあわせた衣装をつくらねばなりません。素材は蚕(かいこ)の繭(まゆ)からの生糸(きいと)だけでつくったいわゆる正絹(しょうけん)が主ですが、柄をどうするかで、いつも頭を抱えてしまう。ひとが身につける反物や帯地を仕立てることもあれば、織物の製造元、いわゆる織元さんに依頼する場合もあります」

「森岡人形さんの雛人形の衣装って、コンサバティブでシンプルだけどエレガンスなんですよね。ゴージャスなものよりずっと、ハイソサエティでセレブな雰囲気が漂っていて、あたしは大好きです」

「そうですか」横文字だらけでも褒めてくれているのはわかったらしい。神妙な顔を保とうとしながらも、遊木の口元はあきらかに緩んでいた。「金襴(きんらん)は派手でキラキラしていますが、値段は高くありません。あなたの眼が正しい。最近は日本人だって、若いひとにはとくに理解してもらえないのに、外国人のあなたがあのよさがわかるとはたいしたものです」

「あれだけの衣装を生地から選んでおつくりになっているなんて素晴らしいです。あたし、遊木さんを超リスペクトします」

「リスペクト?」

「尊敬ってことです」妙な顔をする遊木に、恭平は教えてあげた。

「私は引き継いだ伝統を忠実に守り、絶やさぬよう未来へ伝えるために日々、努力をしているだけで、職人として当然です。だが最近の職人はこの当然ができない。じつに嘆(なげ)かわしい」

これもまた十年のあいだ、恭平は何度となく聞かされてきたことだ。遊木がもっとも嫌うのは櫻田(さくらだ)人形のやり方だった。櫻田人形の作務衣(さむえ)を着たひとを街中で見かけようものなら、呪(のろ)い殺すのではないかというくらい鋭いまなざしで睨みつけた。とくに目の敵にしているのは、現社長の櫻田大輔で、常識はずれで規格外の雛人形で荒稼ぎをしているのが許せないのだ。気持ちはわかる。しかし伝統に囚われてばかりでは売上げに結びつかないのも事実だった。

そのときミシンの音がぴたりと止まった。

「あなた」聞こえてきたのは遊木の奥さん、節子の声だ。

「はいっ」遊木はすぐさま返事をした。それも背筋をピンと伸ばしてだ。

「手柄を独り占めしないでちょうだい。衣装の生地や柄を決めているのは、あなたひとりじゃないでしょ。家族で話しあって決めているじゃない」

節子は遊木よりも五歳下の六十九歳、身長は百五十センチ足らずで、ぽっちゃりとした身体つきだ。恭平が物心ついた頃には、もっと痩せていて、おとなしく控えめで、おっとりしたひとだった。だがいまいち頼り甲斐のない旦那を支えながら、男の子三人を育てるうちに、はっきりとモノを言い、テキパキと動くようになり、場を仕切ることができるひとに変わっていった。いまやこの工房を切り盛りしているのは遊木ではなく節子である。

「ファミリーで決めているんですか」クリシアはふりむき、節子に顔をむけた。

「生地や柄だけじゃないわ。衣装の着せ方や見せ方、人形の振りについても、家族の合議制なのよ」

「家族で力をあわせる、とてもステキなことです」

「ありがと。フィリピンパブで働いているって聞いていたから、どんな子だと思っていたけどイイ子じゃない」節子はにこりと微笑んだ。「あなたっ」

「はいっ」節子に呼ばれると、遊木はまた背筋を伸ばして返事をした。

「この子は雛人形について、とおりいっぺんのことは自分で勉強しているんだし、あなたがつまらない御託を並べるのは時間の無駄よ。実際にあなたが実演して見せてあげたら？　そのほうがクリシアさんにとって、ずっとためになるわ」

「遊木さんのお話、つまらなくないです。とてもためになります」クリシアが真顔で言った。「でもつくるところも見たいです。宮沢さんがおっしゃってました。仕事は耳ではなくて目で覚えるものだと。ぜひお願いします」


そして遊木は女雛を一体つくってみせた。その様子を自分の眼に焼き付けんばかりに、クリシアはじっと見入り、完成したときには拍手までしていた。本気で感動しているのは表情を見ればわかった。恭平もだ。着付師の仕事を目の当たりにするのはひさしぶりで、一瞬もためらわずして、寸分の狂いもなく手早く丁寧に衣装を着付けていくさまは、驚嘆を禁じ得なかった。七十四歳という年齢を考えれば尚更である。

だがそれだけではおわらなかった。家族全員が作業を中断し、遊木の机をぐるりと囲んで、できあがったばかりの女雛について、各々が意見を言った。これがなかなかに手厳しい。襟元の重ね方が甘い、裾重ねはもっと厚くすべきだった、裾の裏地の幅をより均等に重ねられるはずじゃないの、振りがこぢんまりしている、こことこことここに皺（しわ）ができてしまったのがもったいない、もっと撫で肩のほうがいい、と容赦ない。しかし遊木は口をへの字に閉じ、家族の意見に耳を傾けていた。

「ずいぶん手厳しいですね、みなさん」

ひととおり意見が出揃ったところで恭平が言うと、節子が答えた。

「ウチのひとは着付師として腕がいいのはたしか。でも職人は自惚（うぬぼ）れが強くて独りよがりになりがちで、自己満足に浸ってしまい、手癖がついてマンネリ化しちゃうこともあるの。だから駄目なところは駄目、ここはこうするべきだって言ってあげないと、せっかくの腕も意味がなくなってしまうのよ」

「頭師同士でこんなことをしようものなら、峰さんはまだしも宮沢さんなんかヘソを曲げて、つぎの日には工房にこなくなります」

「このひとだって、言う相手が家族だから仕方なく我慢しているのよ。でしょ？　あなた」

「昔はな」遊木は苦笑いで答える。「でもいまはもっともだと思うことが増えてきたさ」

「もう正午ね。八代目、今日、このあとは？」

「午後に熊谷さんのところへお邪魔するつもりですが」

「よかったらウチでご飯食べていきなさいよ。クリシアさんも。ね？」

工房の隣にあるダイニングキッチンに移動して、八人掛けの食卓を囲んだ。おのおの席が決まっており、長男の一輝には中学二年の姉と小学五年の弟の子どもがいるが、平日の今日は学校なので、恭平とクリシアはふたりの席に座った。

「クリシアさん、食事は口にあうかな。和食が食べられるのか、心配だったんだけど」

「だいじょうぶです」光二に訊かれ、クリシアは素直に答えた。「あたし、和食が大好きです。煮付け、とてもおいしいです」

「よかった。小松菜（こまつな）の白和（しらあ）えに出汁（だし）巻たまご、茄子（なす）の揚げ出し、玉ねぎと人参の鰹節（かつおぶし）サラダ、みそ汁の具は豆腐とレタスね」次男の光二は献立の名前を挙げていく。「これ、ぜんぶ俺がつくったんだよ」

「お料理、得意なんですか」

「我が家は昼と晩の食事を当番制でつくっているの」節子が口を挟んできた。「月曜は私、火曜は真弓（まゆみ）さん、水曜は一輝、木曜は光二、金曜は晃三、土曜はお父さん、日曜の昼は出前、夜は外食よ」

「二十年以上も前に、ばあさんが亡くなって、母さんひとりでメシの支度（したく）をしてたけど」一輝が話を引き継ぐ。「母さんは着付け以外にも材料の入荷や織元さんとの交渉など仕事が山ほどあるし、家事もやらねばならない。ならばと俺ら兄弟三人でメシの支度だけでもやろうってことになったんだ。だけど俺達も学校を卒業して、家の仕事を手伝うようになり、それぞれ忙しくなってきた」

「ちょうどその頃、私がお嫁にやってきて」つぎに話しだしたのは一輝の嫁、真弓だ。「私が毎日、食事をつくりましょうかって言ったら、お義母さんに反対されたんです。女だから食事をつくらなくちゃいけないなんて、前近代的な発想はよくない、いっそのこと家族全員で当番制にしようって」

「それまで包丁を握ったこともないのに、親父までやらされる羽目になっちまった」光二がにやつきながら言った。

「この十年、カレーしかつくっていないけどね」晃三がくすくす笑う。「ルーはいつもハウスバーモントカレーの中辛」

「でも親父のカレーを食うと、今週も一週間がんばったなって思うだろ」

一輝がフォローする。しかしとうの遊木は我関せずとばかりに黙って箸を動かすだけだった。

遊木が羨ましいですよ。家に帰れば灯りが点いていて、食卓を囲んでメシを食う家族がいる。道頓堀飯店で宮沢がそう言っていた。彼の気持ちが痛いほどわかる。遊木家にとって家族でメシを食うのは、ありきたりの日常にちがいない。だが恭平の日常にはぜったいに起きないことだ。そもそも家族がいない。この先、できるかどうかも疑わしい。

溜息がでそうなのを堪え、みそ汁を啜る。すると隣でクリシアが鼻を鳴らしているのに気づいた。

「どうしたの、クリシアさん」真弓が驚きの声をあげた。「なに泣いているの？」

「ごめんなさい」クリシアは頰の涙を拭う。「みなさんとこうして食事をしていたら、フィリピンにいるファミリーを思いだしました。あたしのファミリー、みなさんとよく似ています。言いたいことはなんでも言うし、喧嘩もよくします。でもなかよしです」

「ウチはそんなになかよしじゃないぜ」

一輝が言うと家族みんなが笑った。遊木も声こそださないが、にんまりしている。これこそ、なかよしの証拠だと恭平は思う。やはり羨ましい。自分だって子どもの頃には、おなじような家族団欒があった。それが永遠につづくと思っていたが、いまでは広い家にひとりきりだ。

「日本にきてから、フィリピンに戻ったことは？」

「ありません」真弓の質問にクリシアは首を横に振る。「ときどきテレビ電話で話をする程度です」

「クリシアさんのファミリーは何人家族？」とこれは節子だ。

「ママときょうだいがあたしを入れて七人です。でもパパはそれぞれちがいます」

遊木がげほげほと咳払いをした。クリシアの発言に驚き、啜ってたみそ汁が、気管支に入ってしまったらしい。

「あたしのママ、男のひとに優しくされるとすぐ好きになって、子どもができるとポイされちゃうんです。それを七回繰り返しました。あたしがいちばん上で、ママが十五歳のときに生まれたのですが、パパがどこのだれだかわかりません」

遊木家のひと達は箸を止め、クリシアのほうを見ている。恭平もだ。クリシアが家族の話をしたのはこれがはじめてだ。生まれ育った町でなに不自由なく暮らす自分には、想像がつかないくらい大変な人生を、この子は送ってきたのではないか。無邪気に思える明るさも、人懐っこい性格も、生きていくうえでの術かもしれない。

「七人の子どもをお母さんひとりで養うのは無理、なのであたし、十六歳で働きにでました」

クリシアは日本でも有数の玩具メーカーの名前を言った。フィリピンにあるその工場で働き、日本のアニメキャラの人形をつくっていたという。

「フィリピンにいた頃から、私達とおなじ人形師だったわけね」と真弓。

「人形といっても二、三百円の食玩やカプセルトイで、流れ作業で顔を描くだけです。人形師だなんて恐れ多いです」

「でもクリシアさんが顔を描いた食玩やカプセルトイを買って、よろこぶ子どもがいるんでしょ。だったら立派な人形師よ。ですよね、お義父さん」

「うん、ああ」真弓の問いに、遊木が頷く。

「そうよ」と同意したのは節子だ。「クリシアさんがつくっていた食玩やカプセルトイのほうが、雛人形よりもずっと多くの子どもに愛されたはずだもの」

「ありがとうございます」

クリシアはうれしそうに礼を言う。そして彼女は来日したばかりの頃、『まちなか雛さんぽ』のイベントを見て感銘を受けたことを話した。やがて自分も雛人形をつくりたいと考え、ネットで調べたところ、雛人形は部位によって職人がちがうことを知った。自分は工場で人形の顔を描いていたので、頭師ならばできるかもと思ったのだと、恭平も初耳のことまで披露した。

クリシアの話に遊木家の人々は耳を傾けていた。人懐っこいだけでなく、ひとを引きつける力が彼女自身にはあるのかもしれない。この子のためになにかしてあげたい気持ちにもなるのだ。

「ファミリーで思いだしたわ」節子が恭平に顔をむけた。「八代目は宮沢さんに孫ができる話、聞いてる?」

「ええ、本人から。節子さんも宮沢さんに?」

「ちがうの。このあいだ昼間に駅前の商店街で、舞ちゃんが声をかけてきたのよ」

「いつの話ですか」恭平はたしかめるように言った。

「先週の火曜日よ。お母さんの命日で、墓参りにいってきて、さっきまでお父さんといっしょだったって言ってたわ」

言われてみればその日、宮沢は午後出社だった。深酒をすると、よくあることなので気にしなかったが、娘と連れ立って、奥さんの墓参りへいっていたのか。

「それこそあの子のお母さんの葬式以来だから七、八年振りだったけど、全然変わっていなくてね。でも私、舞ちゃんのお腹が少し膨らんでいるのは見逃さなかったの。おめでた? って訊ねたら、よくわかりましたねって。そりゃあ、三人も子どもを生んでればわかるって。はは。そしたら来年の春、舞ちゃんに子どもが生まれたら、宮沢さんがいまのウチを引き払って、西伊豆で暮らすことになったって言うのよ」

「え？」

舞に同居を勧められた話は宮沢本人に聞いた。そのとき彼はこう言ったのだ。

俺がいなくなったら、八代目はお困りでしょ？

「莫迦(ばか)言うな」

遊木だ。怒鳴ってもいなければ、声高(こわだか)にもなっていない。いつもと変わらぬ声量だ。それでも部屋の隅々(すみずみ)にまで響き渡っていた。

「でもお父さん、娘の舞ちゃんが言ってたのよ」

「ただの願望を話しただけに過ぎんさ。いいか。生涯、職人でいようって、宮沢さんと私は昔に約束したんだ。男同士の約束を宮沢さんが破るはずがない」

職人は生涯、職人なんだぞ。

宮沢も似たようなことを言っていた。

それにしてもだ。つい先日、宮沢のことをこんな老いぼれのクズ、退職金を渡して追いだしたほうが森岡人形のためだと言っていたのは遊木である。

相反するふたつの気持ちが、遊木の中で常に渦巻(うず)いているのかもしれない。五十年以上も共に仕事をしてきたのだ、お互いいいところも悪いところも知り尽くし、信頼もしていれば、憎悪に近い感情を抱くこともあるのだろう。ただ単に仲がいいだけが友情ではない。

節子はそれ以上なにも言わず、他の家族も宮沢について話そうとしなかった。

「宮沢さんは頭師をリタイアするんですか」

遊木の家をでて、ミニバンが曳抜川に架かる橋を渡っているあいだ、助手席に座るクリシアが訊ねてきた。

「いや。遊木さんも言ってただろ」ハンドルを握る恭平は否定してから、すぐさま付け加えた。「だけど宮沢さんには訊かないでくれないかな」

「どうしてですか」

「そういうことは本人が言いだすまで待たないとね」

「はあ」返事をしながらも、クリシアがいまいち納得していないのは顔を見ればわかった。そして橋を渡り切ったところで、さらに訊ねてきた。「宮沢さんがリタイアすると言ってきたら、八代目はどうしますか」

「いきなりは困るな。来年の雛人形の製作がはじまっているし」

「それは会社の都合ですよね」

恭平を咎めるかのように、クリシアの語調が少し強くなった。そんな彼女ははじめてだったので、恭平はいささか焦った。

「一応、俺は社長だ。会社を第一に考えないと」

「では質問をチェンジします。職人をつづけていくのと、リタイアしてファミリーと暮らすのと、宮沢さんにとってハッピーなのは、どちらだと思いますか」

「そりゃあ、宮沢さん次第で、俺には」わからないとつづけることはできなかった。クリシアが顔を恭平にむけ、睨みつけていたのである。どちらかひとつ選ばないかぎり、許してくれなさそうだ。

「職人はいくつになってもより高みを目指していかねばならないんだよ。遊木さんも言ってただろ。職人は生涯、職人なのさ」

「ファミリーと暮らすよりも、ひとりで仕事に打ちこんだほうがハッピーだとおっしゃるんですか」

「ハッピーかどうかはさておき、それが職人の業（ごう）ってものなのさ」

「ゴー？」クリシアはきょとんとした顔つきになる。「なんですか、ゴーって」

なんだろ。

改めて訊かれると恭平もわからなかった。だがそうは言えない。

「逃れられない運命ってことさ。たとえ他にハッピーなことがあったとしても、仕事に殉（じゅん）じなければならない。それが職人なんだ」

そこまでのものかと、恭平は自分自身につっこむ。クリシアはと言えば正面に向き直ると、眉間に皺を寄せ、黙りこくってしまった。

曳抜川を渡って角を曲がる度に道が細くなっていく。やがて昼なお暗い鬱蒼とした竹藪の中にある舗装されていない道を入っていった。その先にあるこぢんまりした一軒家に、熊谷は妻の美智子さんとふたりで暮らしているのだ。

ふたりのあいだには子どもはいない。何度か流産した末にあきらめた話を耳にしたことはあるものの、熊谷本人にたしかめようとは思わなかった。そのせいかはわからないが、美智子さんは子ども好きで、恭平も小さい頃によく遊んでもらった。会うときには必ずお菓子をくれるので、美智子さんのポケットには、どうしていつもチョコレートやビスケットが入っているのか、不思議に思ったものだ。わざわざ準備してくれていることに気づかなかったのだ。

父が亡くなり社長を継いでからも、一人暮らしは大変でしょうと、タッパに詰めた料理を持ってきたり、服のほつれや外れたボタンを直してくれたり、家の掃除や洗濯までやってくれることもあった。そんな美智子さんが認知症を患い、恭平の顔を見てもだれだかわからず、戸惑う表情になるときがある。元気だった頃に、きちんとお礼を言っておけばよかったと後悔するばかりだ。

「いらっしゃい、八代目」

玄関で出迎えてくれた熊谷は、いつもどおり表情に乏しく、目をあわせようともしなかった。

「お邪魔します。この子が電話で話したクリシアさん」

「よろしくお願いします」

クリシアは右手を差しだした。握手を求めたのだが、熊谷はその手を握ろうとしない。ペコペコ頭を下げながらくるりと背をむけ、歩きだしてしまった。恭平は靴を脱ぎ、慌ててそのあとを追う。クリシアもだ。

美智子さんはデイサービスでいないのだろう。熊谷ひとりきりの家は、賑やかだった遊木のところとは打って変わって、しんと静まり返っていた。廊下の先にある襖を開き、和室へと入る。そこが工房なのだ。熊谷は机の前にしゃがみ、身体を小さく丸めた。

「つくっているとこを見てて、わからないことがあれば訊いてください」

「仕事は耳ではなくて目で覚えるものですものね」

クリシアがそう言っても、熊谷は答えずに作業をはじめていた。六畳の部屋は材料や工具などに占領されており、クリシアが熊谷の右斜めうしろに座るのが精一杯で、恭平は立ったまま、上から覗きこむしかなかった。

雛人形の手の材料は桐だ。予め細く裁断しておき、その先を鑿や彫刻刀で削り、錐で小さな穴を開け、和紙を巻いた針金を差しこむ。これが指になるのだ。さらに削って手のカタチに近づけていく。熊谷はその作業をいともたやすく進めていった。

「それって膠をあわせた胡粉ですか」

クリシアの唐突な質問に、熊谷はびくりと身体を震わせた。仕事に打ちこむばかりにクリシアや恭平がいたことを忘れていたのかもしれない。

「あ、うん、ああ」

「頭に塗るのとおなじ？」

「そ、そう」熊谷の右手には彫刻刀ではなく、刷毛(はけ)が握られて、机の上には白い液体の入った丸い缶が置いてある。削りの作業を一旦おえ、塗りの作業に取りかかるところなのだ。「でも塗るというよりも盛ると言ったほうが正しい」

「盛るとはどういうことです？」

「桐と針金でつくった手は人間ならば骨だ。膠をあわせた胡粉で肉付けしていく」

熊谷は淡々とした口調で答える。感情を表にだすのがヘタクソなのだ。口数も少なく、必要最小限の話しかしない。

「それでは一度ではできませんよね」

「三度は盛る。さらに何度も入念に塗り重ねたのが」熊谷は斜めうしろにある棚に並べた人形の手を一本取って、クリシアに見せた。「これ。親指はべつとして、他の指は四本くっついている。なので指のカタチをはっきりさせるためになおも削ると」熊谷が棚から、べつの手を取る。「こうなる」

「え」それを見るなり、クリシアは息を飲んだ。「指の先の爪まで彫ってあります」

「爪がない指はおかしいでしょう」

「それはそうですが」

「爪に色を塗ってようやく出来あがる」

「ここに色を塗るなんて信じられません」

クリシアの気持ちはわかる。人形の爪は0コンマ何ミリの世界なのだ。

「そう言われても困る。私は五十年やってきた」

「ここまで凝るのは、やはり職人としてのゴーですか」

「業だなんてだれが言った？」俺ですとは、恭平は言い辛かった。「いくらなんでも大袈裟過ぎる」

「ならばどうして」

「私には他に金を稼ぐ手段がない。金をもらうからには一生懸命やる。それだけだ」


帰る間際だ。玄関まで見送りにきた熊谷が、「これ」と小さな白い袋を差しだしてきた。袋には地元の神社の名前が刺繍されている。

「昨日、美智子と近所を散歩していたら、その神社に寄ろうと言いだして、参拝のあと、必勝祈願のお守りまで買いました。そして坊ちゃんに渡してくれと」

坊ちゃんとは恭平だ。会社を継ぐ前まで、職人達にはそう呼ばれていた。

「坊ちゃんならぜったい勝てる、一等賞になるはずだと、八代目がボート部だった頃のことを言うんです。ときどきあるんです、昔といまがごっちゃになることが」

「でも明日、俺がコーチしているボート部が、大会に出場するんです」

全国高校選抜の県大会だ。鐘撞高校ボート部から全八クルーが出場する。

「そうでしたか。こんな偶然もあるんですな。ぜひがんばってください」

5

美智子さんのお守りは効果抜群だった。

全国高校選抜の県大会では、男子舵手付きクオドルプルが四位、男子シングルスカル二位、女子ダブルスカル二位の成績をおさめ、十一月上旬に開催される関東選抜大会の出場権を手に入れることができたのだ。これは六月なかばのインターハイ予選につづく快挙と言ってもいい。

陽太の功績は大きかった。なにしろ男子舵手付きクオドルプルの舵手および男子シングルスカルは彼なのだ。だが男子舵手付きクオドルプルは漕手四人のうち三人が一年生、女子ダブルスカルのふたりも一年生というのも、恭平にはうれしかった。来年の夏以降、陽太がいなくても勝つことができる可能性がでてきたからだ。

ちなみに三上のキャンピングカーは、予想以上に好評だった。一・二年生の部員達はだれが乗るか、ジャンケンで競ったほどである。三上はすっかり気をよくして、いつでも呼んでくださいと恭平に言った。

関東選抜大会はおなじ会場だ。ここで上位三位を獲得すれば、来年三月、静岡で開催される全国高校選抜に進むことができる。そうなったときには静岡までキャンピングカーを走らせますと、三上は息巻いていた。

「みんな持ったかぁ」

「はぁい」

キャプテンである陽太の問いかけに、部員数名が答える。なにを持ったかと言えばボートである。ここは鐘撞高校ボート部の艇庫で、いまから舵手付きクオドルプルのボートを運びだすところだ。左右四人ずつで男五人女三人、その中に恭平もいた。

恭平が高校の頃のコーチは、生徒とボートを運んだりせず、いつも腕組みをして睨みを利かせているだけだった。それだけ部員の数が多かったのだ。いや、あのコーチだったらいまの人数でも手を貸すことはなかっただろう。

「イッテーアリテ」陽太が言うと、みんなで一斉に「イチニンナシッ」と応え、ボートを持ちあげた。

艇庫をでてまずは土手にむかうのだが、緩やかな坂のため地味にしんどい。土手までのぼり切ったら右に曲がる。キレイに舗装された道でジョギングや犬の散歩コースのため、人通りがそこそこあるので、できるだけ端を歩いていく。すれちがうひとに「がんばって」「応援しているわよ」と声をかけられることも珍しくない。

「県大会、よかったね。関東選抜も期待しているよ」

見知らぬ年配の男性にそう言われ、恭平と部員一同は「ありがとうございますっ」と答えた。県大会をおえてまだ二日目なのだ。

「げっ」陽太が妙な声をだした。「マジかよ」

どうしたと声をかけるよりも先に理由がわかった。作務衣(さむえ)姿の男性がこちらにむかって歩きながら、手を振っている。陽太の父親、櫻田(さくらだ)人形の社長、櫻田大輔(だいすけ)だ。

「なにしにきたんだよ、親父(おやじ)」

土手と河川敷を結ぶ階段を下っていくところで、大輔が合流するなり、陽太が悪態をつく。いつもの穏やかな彼とはまるでちがうので、他の部員達は驚きを隠し切れずにいた。

「こりゃまたずいぶん重いな」息子の問いに答えず、大輔は恭平のうしろにまわり、ボートに手をかけた。「お嬢ちゃん達、だいじょうぶかい」

突然、話しかけられた女子部員三人は戸惑いを隠し切れずにいる。

「邪魔(じゃま)すんなっつうの」

「邪魔なんかしてないさ。むしろ手伝ってあげているだろ。ねぇ、お嬢ちゃん達」

「そうやって部員に話しかけるのが邪魔なんだよ。もういっぺん訊(き)くけど、なにしにきた？」

「用があるのはおまえじゃない、恭平くんさ」

「俺にですか」

「会社にいったら、こっちだって言われたもんでね」

階段を下りおえて河原を進む。川辺までさほどの距離ではないものの、石だらけの上を歩くので、足を速められないのがつらい。

「いまから部活だぜ。コーチだって親父の相手なんかしていられないさ」

「十分、いや五分で済む話なんだ」

「だったらわざわざこなくたって、電話なりメールなりで済ませられるだろ」

陽太の苛立ちは募るばかりだ。しかし父親のほうはそれを面白がるように、呑気な口調で応じる。

「直接会って話したほうが、コミュニケーションを円滑に図れるんだ。電話やメールだと二度手間三度手間になって、物事が先に進まないことのほうが多い。お嬢さん達も覚えておきなさい」

「部員に話しかけるなって」

「このボートを運びおえたら話を伺います」親子の会話に恭平は割りこんだ。これ以上、放っておいたら喧嘩になりかねない。「ここまでご足労いただいて追い返すわけにもいきません。陽太、任せてもいいだろ」

「わかりました」

ふて腐れながらも、陽太は素直に答えた。

「どう？　ウチの息子」

ふたりだけになってすぐに、大輔が訊(たず)ねてきた。

「真面目(まじめ)でイイ子ですよ」

「真面目なのは母親似なんだ。からかうとああやって怒るところなんざ、いよいよもって母親そっくりだ」

大輔は身長百八十センチ、体重九十キロ以上と大柄で恰幅(かっぷく)がいいのに威圧的ではない。愛嬌(あいきょう)たっぷりで、ところかまわず、だれにでも話しかける。ひとだけではなく散歩中の犬や猫、さらには店頭に並ぶ人形にもだ。

「俺になんの用ですか」

「確認したいことがあってね」

「人形供養(くよう)でしたら、先週、寺にいって打ちあわせしてきましたが」

「いやいや。仕事の話じゃないの」

「だったらなんですか」

「ここでボート部の練習があると、スズちゃんがモモちゃんを連れて見にきてるらしいじゃない」

「スズちゃんって、溝口(みぞぐち)さんとこの娘さんですか」

「そうさ。溝口寿々花（すずか）。俺、従兄なんで昔からスズちゃんって呼んでいるんだ」

そうだった。大輔の父親である櫻田幸吉（こうきち）の十五歳年下の妹が、溝口寿々花の母親なのだ。

「何回かきてますが、それがなにか」

「スズちゃんはきみに会いにきてるんじゃないの？」

「ちがいますよ。陽太の応援です」

「ほんとに？　きみとスズちゃん、つきあっているんじゃないの？」

「まさか」

「なんでつきあわないの。バツイチの女はイヤ？」

「とんでもない」

「だったらいいじゃん。つきあいなよ。よかったらもらってやってくんないかな。スズちゃんのお母さん、つまりは俺の叔母（おば）さんがそう言うんだよぉ。そもそもが小道具師の須磨子さんのアイデアらしいんだけどね。俺もいいと思うんだ。ね？　どう？」

「その話、須磨子さん本人からも聞きました」

「じゃあ、なんでつきあわないのさ。いい子だぜ、スズちゃんは。ウチって本家なんで、お盆になると親戚一同が集まるわけ。そんときスズちゃんを呼ぼうとしたら、親父さんに叱られるんでいけないって言うんだよ。かわいそうでしょ。スズちゃんが小さい頃から見てきた俺が太鼓判（たいこばん）押すよ。それともきみ、結婚を考えている交際相手がいるの？」

「いません」

「威張(いば)って言うなよ。いいかい？　三十五歳以上の男性が結婚できる確率は三パーセントなんだってさ。百人のうち三人しかできないの。きみはこの先、その三人になれる自信があるのかい」

ありますとは答えられない。

「きみ、自分でスズちゃんに気持ちを訊くって須磨子(すまこ)さんに言ったらしいじゃない」

そこまで知っているとは。

須磨子と溝口寿々花の母親はふたりの様子を窺っていたのだろう。だがまるで進展しないので、恭平の許(もと)に大輔を送りこんできたにちがいない。

「どう？　訊いてみた？」

「まだです」

じつを言えば乗艇練習でここにくる度に、溝口寿々花が訪れるのが秘かな楽しみだった。言葉を交わしたのは練習の合間にある休憩だけ、ぜんぶあわせても三時間程度に過ぎない。だがお互いタメ口で、気兼ねなしに話せる相手はひさしぶりで、頭も心もほぐされた。大袈裟(おおげさ)に言えば、溝口寿々花と話しているあいだだけ、本来の自分に戻ることができたようにさえ思えていたのだ。その際、食事なりなんなりに誘って、気持ちを訊ねるつもりではいた。しかし夏のあいだはできぬまま、秋をむかえてしまったのである。彼女のインスタグラムをフォローするのが精一杯だった。

「しようがないな」大輔は呆(あき)れつつ、苦笑まじりで話をつづけた。「スズちゃんときみが結ばれれば、溝口の叔父(おじ)さんも文句はないだろうし、森岡(もりおか)人形に跡取りができる。溝口の叔母さんや須磨子さんの言うとおり、すべてが丸く収まるってもんだ。悪くない話だと俺も思う」

「いや、でも」

「最後まで話を聞きなって。だけど世間体とか家の存続ばかりを優先して、おのおのの気持ちが置いてけぼりっていうのは如何せんマズい。そんな家庭、ウマいことといくわけないからね。どうだろ。俺が機会をつくるんで、スズちゃんの気持ちを訊いたらどう？」

「機会というのは？」

「スズちゃんがフィギュアの原型師なのは知ってる？」

「本人に聞きました」

「その技術が雛人形づくりに活かせないか、スズちゃんを講師に招いて、今度の土曜、勉強会を開くことになってね。鐘撞市内の職人が若手中心に十人ほど集まるんだけど、よかったらこないか。講座のあと、スズちゃんとふたりきりにしてやるからさ。あ、でももしかして土曜はボート部の練習があったりする？」

「中間テストのために、明日以降の二週間は部活が休みなんです」

「そうなの？　陽太のヤツ、学校の話を俺にはしないんだ。こないだの土日、隣の市で大会があったのも全然知らなくてさ。店の売場にいたら、今日は息子さんの応援にいかないんですかって、社員に言われてはじめて知ったんだぜ」

「十一月には関東選抜大会に出場します。この大会で上位三位を獲得すれば、来年三月の全国高校選抜の代表権が得られます。ぜひ応援に」

「親父っ」遠くでオールを運ぶ陽太が、鋭い声を飛ばしてきた。「俺の悪口言ってるだろ」

「言ってないって。自意識過剰だぞ、おまえ」息子に叫んでから、大輔は恭平のほうをむいた。

「それじゃあな。土曜の件、よろしく」

「みなさんはフィギュア原型師というと、粘土を捏ねて人形をつくるものだとお考えだったと思います」

九月の第三土曜、櫻田人形本社の最上階である五階の一室だ。フィギュア原型師の溝口寿々花を講師に迎え、勉強会がはじまった。参加者は五十歳前後から二十代後半の職人が男女あわせて十人ほどで、廊下側の壁際にパソコンが三台、置いてある。

「私も以前はそうやって原型をつくっていましたが、数年ほど前から3D彫刻ソフトを用いて、パソコンで原型をつくるようになりました」

パソコンで原型をつくる？

恭平だけではない。まわりの者も頭の上にハテナマークを浮かべていた。だがそれは溝口寿々花にすれば、予め想定済みだったらしい。にこやかに微笑みながら、高さ十五センチほどのフィギュアを手の平に載せていた。

「これは小学校一年生の私の娘が考えたモモキュアです。親バカと笑われるかもしれませんが、娘の描いた絵がいい出来だったので、私がデジタル原型で立体に起こし、3Dプリンタで出力したものです。順番にご覧になってください」

手元にきたフィギュアは、ツインテールにした髪はピンクで、顔の半分はありそうな大きな瞳もピンク、セーラー服のようだがスカートはヒラヒラのフリルの衣装もピンク、背中のランドセルもピンク、そんな三頭身の女の子が両手に日本刀を持って、ポーズを決めている。商品としてじゅうぶん通じるものと言っていい。

「このフィギュアは、ひとの手で色を塗ったのではありません。一千万色以上の色が再現できるフルカラー3Dプリンタでデータを出力しました」

そんなことができるのか。モモキュアは細かいところまで色分けができていたし、おなじ色でもきちんと濃淡がついており、なおかつ眼球など透明な部分もあった。

「そのプリンタをお持ちなんですか」参加者のひとりが訊ねた。

「とんでもない。一台二百万円はする代物です。出力サービスの会社にお願いして、プリントアウトしてもらいました。ではつぎに3D彫刻ソフトについて、説明させていただきます。どうぞこちらに」

溝口寿々花は壁際にある三台のうち、真ん中のパソコンの前に座るなり、慣れた手つきでキーボードを叩きだす。参加者がそのまわりを取り囲む。

「これがモモキュアの3Dモデルです」モニターにモモキュアと寸分違わぬ立体的なイラストがあらわれた。「いまから超高速で巻き戻していきますので、とくとご覧くださいませ」

モニターの中で、モモキュアは瞬く間に色が消えていき、やがて身体ぜんたいはグレー一色に、顔は目と鼻と口の凹凸だけとなり、両腕をさげて足を揃え、棒みたいにまっすぐ突っ立っているだけになった。

「これが3DCGの基本形、つまりは雛形である素体データです。見た目どおりに〈マネキン〉とも言います。そして」かちゃかちゃとキーボードをいじると画面の左上に手描きの絵がでてきた。「娘の元絵です」

「この〈マネキン〉にどうやって手を加えて、人形のカタチにしていくのかな」

恭平は言った。頭に浮かんだ疑問が、口をついてでてしまったのだ。

「いい質問ですね」溝口寿々花はキーボードを脇によけ、黒くて四角い板を自分の前に置いた。

「このペンタブレットを使います。試しにやってみますか」

「いくらなんでもいきなりは」

「フィギュアの原型をつくれとは言ってません。どんなものか、試しに触ってみてくれればいいだけです」

そう言うと溝口寿々花は備え付けのペンを右手に持ち、その先をペンタブレットに幾度か当てた。すると画面が切り替わり、真ん中にグレーののっぺらぼうの顔があらわれた。

「どうぞお座りになってください」

溝口寿々花が立ち上がる。こうなればやむを得ない。恭平は椅子に腰を下ろし、彼女が差しだすペンを受け取る。

「いま画面にあるのが粘土だと思って。これを捏ねて、自分の思うようなカタチにしていきます。そのためにはまず、ペンの先っちょで、ペンタブレットに触れてみましょう」

言われたとおりにしてみたところ、モニターに浮かぶのっぺらぼうの右上に、ぽつんと小さな十字型の点がでてきた。

「この点がペン先です。ペンを一旦あげて、右耳の上に移せますか」

画面を見ながら、ペンタブレットの上で幾度か繰り返す。するとどうにか十字型の点を右耳の上に移すことができた。

「いい感じですよ。ではペン先を右斜め上に、ぐいと移動させてください」

言われたとおりに動かすと、耳の先が十字型の点に引っ張られるように伸びていく。

「お、おおおっ」

恭平は驚きの声をあげた。参加者から好意的な笑いが起きる。溝口寿々花も笑っている。恭平は恥ずかしかったものの、嫌な気分にはならなかった。

❀

三台のパソコンを職人達が入れ替わり立ち替わり使って、３Ｄモデルのつくり方を溝口寿々花に教えてもらった。勉強会と言いながらも、イイ歳をした大人達が、新しい玩具を手に入れた子どもみたいに、二時間以上も夢中だった。

「最後になにか質問はありませんか」

おわりかけに長テーブルに戻った参加者に、溝口寿々花が訊ねる。

「これで雛人形の3Dモデルをつくって、フルカラー3Dプリンタで出力も可能なわけですか」

「実際、おやりになっている会社もあります。マスコットみたいな愛らしい雛人形ですが」職人のひとりの問いに、溝口寿々花がにこやかに答えた。「この技術を仕事に活かしたい方がいらっしゃれば、私にぜひご連絡ください。いくらでも相談に乗りますし、ご協力致します。使い方は無限です。いま体験していただいたように、3D彫刻ソフトで自ら原型をつくるだけではなく、過去の人形をスキャンしてデータ化もできます。最先端技術を用いて、伝統の技術を昇華させてみてはいかがでしょうか。そうすれば鐘撞の未来が切り開けるはずだと、私は信じています」

勉強会をおえ、みんなと帰ろうとしたところを、「恭平くん」と呼び止められた。大輔だ。「ちょっといっしょにきてくんない?」
むかった先はおなじ五階の似たような部屋だった。なにか用かと思いきや、「ここで待っててね」と大輔は去ってしまった。ひとり取り残された恭平は、スマホを取り出し、溝口寿々花のインスタグラムを見ることにした。プライベートの写真や動画は一切なく、彼女が原型を担当したフィギュアの紹介のみだ。『オバケデイズ』の他にもさまざまなアニメのキャラクターの原型をつくっており、いずれも恭平にとって、見たこともない代物で、その出来には驚かされた。『血煙荒骨城』というアニメのキャラクターがいくつかあり、その中でも〈極楽浄土之介〉なるキャラは、宝塚顔負けのギンギラで複雑怪奇な衣装を着ているうえに、片足立ちで剣を構え、

さらには強い風に吹かれているさまを繊細かつ精密につくっていた。見事な職人技で、芸術の域に達していると言っていい。雛人形の頭ひとつつくるのに、ヒイヒイ言っている自分が恥ずかしくなる。できればひとつでも購入したいところだが、安くて一万五千円、高いものになると五万円台なのだ。それに大概のものは予約制で、売り切れてもいる。いまは『血煙荒骨城』の暗闇谷絶望之丞のフィギュアが予約受付中だが、税抜きで三万円、しかも発売予定日は半年も先だった。

「森岡くん」その声に恭平は我に返る。溝口寿々花が部屋に入ってきていたのだ。「私に用ってなに？　大輔さんに言われてきたんだけど」

恭平は答えに詰まった。勉強会のあと、溝口寿々花とふたりきりになれるように取り計らうと大輔が言っていたのを、恭平はいまさらながら思いだす。しかしよもやこんなカタチでとは想像していなかったし、そもそも心の準備ができておらず、どう切りだしたものか、あたふたしてしまった。

「今日はご苦労様。とても勉強になった」

「最後のほうはテンションあがって、鐘撞の未来が切り開けるはずだなんて言っちゃったけど、みんな引いていなかったかしら」

「そんなことはないさ」

恭平は少し嘘をついた。溝口寿々花がそう言ったとき、職人達のだれしもが戸惑いの表情で、否定はしないが肯定はできない雰囲気だったのだ。

３Ｄモデルのつくり方を教わっているときは、あんなに夢中だったのにもかかわらず、仕事に活かせるかどうかはまたべつなのだ。たとえ自分が乗り気で勉強したくても、師匠にあたる職人が快く思わないかもしれない。それが自分の父親ならば尚更だ。パソコンなんぞいじっている暇があれば、ひとつでも多く頭をつくれと言われてしまうのが関の山だろう。

「大輔さんは？　櫻田人形で３Ｄモデルを導入して、３Ｄプリンタで人形をつくろうとはしてないの」

「すでにやってる会社があるって、さっき私、言ったでしょ。そこでの売上げを見て考えるみたい。ああ見えて大輔さん、石橋を叩いて渡る慎重派なのよ。経営者としては正しいわ。森岡くんこそどうなの？　やってみようと思わない？」

からかい気味だが、目は真剣そのものだ。誠意を持って答えなければ許してもらえそうにない。

「人形の頭をつくるのに、桐塑の代わりに石膏を使いだしたのはほんの五十年前だ。３Ｄプリンタで色づけまでされた頭だって、当たり前になる日がきても不思議じゃない。俺自身はいまのうちに勉強すべきだと」

「ほんとに？　私に用って、それ？」

「あ、うん」溝口寿々花の勢いに押され、恭平は頷いてしまった。「３Ｄモデルのつくり方を詳しく教えてくれないか。頭だけでもつくれるようにしたい」

「私が森岡くんの会社にいって教えてあげてもいいよ」

「そうしてくれると助かる。だけどタダというわけにはいかないよな」

「そんなの気にしなくていいわと言いたいところだけど」溝口寿々花は小さく笑った。「いただけるものはいただくわ」

「よろしく頼む」

「早速、来週の土日、どっちかどう?」

「土曜は人形供養の打ちあわせがあるんで、日曜にしよう」そう答えたあと、はたと思いだしたことがあった。「溝口さん、こういうのができるってことは、パソコン関係強いんだよね」

「強くはないわ。必要にかられてやっているだけ。でもなんで?」

「固定したカメラの映像をべつの場所でスマホかタブレットで見るのって、できる?」

「簡単よ。ネット経由でスマホやタブレットに接続できるネットワークカメラというのがあるわ。でもなにするつもり? 犯罪には加担できないわよ」

「そんなわけないだろ。頭師志望の子がウチでバイトをはじめてね。勉強のために、仕事を見てもらっていたら、間近でひとが見ていると作業に身が入らないと頭師が言うもんだからさ。彼の手元を映して、バイトの子にはスマホかタブレットで見てもらおうかと」

「そのバイトってドラゴンフルーツで働いているフィリピン人?」

「よく知っているね」

「だって森岡くん、会社の車にその子を乗せて、鐘撞市内を走りまわっているの、あちこちで目撃されて噂になっているわ」

「いやいや」恭平は慌てて否定した。溝口寿々花が咎めるような口調だったのだ。「彼女を車に乗せていたのは、ウチの職人のところに挨拶回りをしてただけで」

「でもその子を助手席に座らせていたんでしょ」

「ウチの車はうしろにあれこれ荷物を載せている。だれを乗せるにしても助手席にならざるを得ない」

事実だ。なのに恭平は言い訳をしているような気分に襲われてきた。

「それじゃあ、森岡くんとその子はなんでもないのね」

「当然だ。そんなふうに邪推するヤツがいるのか」

「みんなよ」

「きみもか」恭平はつい力んで言ってしまう。

「私はちがうと思ってた。だって森岡くんって高校んときもそうだったもの」

「なにが?」

「じゃあさ、森岡くんは高校んとき、カノジョいた?」

「ボート部が忙しくて、それどころじゃなかった。コクられたことはあってもぜんぶ断った」

「でもこの町には高校時代、森岡恭平のカノジョだったたっていうひとはゴマンといるわ」

「そんな莫迦な。どうして」

「森岡くんはひとがよくて、他人に優しい。そのうえ天然」

「俺が?」

「って自覚のないのがまさに天然の証拠よ。ごく自然にだれにでも公平に接しちゃう。女の子達にもそうだった。挨拶をすれば挨拶を返してくれるし、声をかければきちんと答えてくれる」

「そんなのふつうだろ」

「森岡くんにとってはふつうでも、女の子にすれば特別なことだったのよ。大好きな森岡くんが挨拶を返してくれた、答えてくれたって、みんな舞い上がっていたもの。それにさ。コクった相手を断るときも、できるだけ傷つけないよう言葉を選んでいなかった？」

「それはそうさ。せっかく俺に好意を持ってくれるひとに、不快な思いをさせたらかわいそうじゃないか」

「おかげでだれもが、森岡くんは私を大事に思ってくれている、やっぱり私が好きなんだって勘違いするのよ」

恭平は返す言葉がなかった。よかれと思ってしてきたことを糾弾(きゅうだん)するように言われ、自分の中でじょうずに処理できなかったのである。

「要するに森岡くんは誤解されやすいタイプなのよ。天然だからワキが甘くて無防備だしね。それは自覚しておくべきだわ」

言いたい放題だ。でも恭平は怒る気にはならなかった。

「だけど外国人をすんなり受け入れて、頭師に育てようとするところは森岡くんらしくて素敵だと思う」

「すんなりってわけじゃないさ」恭平はクリシアが宮沢(みやざわ)に直談判(じかだんぱん)した話を手短かにした。

「あのひと、ウチのお父さんより年上だよね。それでまだフィリピンパブにいってるわけ？」

ひとりの夜が寂しいのだと話したところで溝口寿々花が納得するとは思えなかった。それだけ彼女の語気は鋭かった。

「経緯はどうあれ、クリシアは本気だった。鐘撞市内にある人形会社のショールームを見て回り、人形博物館に二日にいっぺんは通って、雛人形について勉強をしててね。実際、頭が桐塑頭と石膏頭の二種類あることや、胴の芯材に藁と桐のいずれかを使うなんてことまで知っていた。修業だからタダでいいと言うんだが、そうもいかないのでバイトとして雇っただけだ」

恭平が話しているあいだに、溝口寿々花の表情は和らいでいた。そしてこう言った。

「面白そうな子ね。その子にも3Ｄモデルのつくり方を教えてあげましょうか。今後、なにか役立つかもしれないし」

「頼むよ。彼女のぶんのお金は俺が払う」

そのときになって、恭平は自分がなにをすべきかを思いだした。

溝口寿々花の気持ちを訊かねば。でもどう切りだしたらいい？　俺と結婚する気はないか？ちがう。それではプロポーズになってしまう。そもそも俺は溝口寿々花と結婚したいのではない。いっしょにいて楽しい。いまもそうだ。できるだけ長くふたりでいたいと思う。だとしたらそれはやはり、つきあいたいということなのか。この歳でつきあうのであれば当然、結婚は範疇にあるべきだろう。

「それじゃ私、そろそろ帰るね」

まずい。

「溝口さんは車?」

「車なんて持ってないって。自転車も買えないし、移動はもっぱら歩き」

「俺の車に乗っていきなよ。ウチまで送ろう」

車の中で話をしよう。だがそうはいかなかった。

「私の話、ちゃんと聞いてた?」溝口寿々花は呆れ顔だ。「私を車に乗せたら、今度は出戻りのシングルマザーにちょっかいだしてるって噂が広がるでしょ」

「いや、でも」

そのときノックの音がした。大輔が様子を見にきたかと思いきや、そうではなかった。ドアが開いて入ってきたのは意外な人物だった。

「あら、幸吉伯父さん」

大輔の父にして現役の頭師、鐘撞人形共同組合の理事長で、鐘撞のゴッドファーザーと呼ばれる櫻田幸吉だった。白髪ではなく禿頭なので、おなじマーロン・ブランドでも『ゴッドファーザー』のドン・コルレオーネより、どちらかと言えば『地獄の黙示録』のカーツ大佐に酷似している。

「やっぱりスズちゃんかい。この部屋の前を通ったら、聞き覚えのある声がしたんで、もしかしたらと思って」

「お邪魔しています」恭平は慌てて頭をさげた。

「土曜も働いているの、伯父さんは？」

「ああ」幸吉は会社の実務からは手を引いているが、現役の頭師なのだ。三階に彼の工房がある。ここにいるのは意外でもなんでもない。「きみ達こそなにしてる？」

「フィギュアをつくる技術を雛人形の製作に活かせないか、さっきまで私が講師で、勉強会を開いていたんですよ。大輔さんに聞いてません？」

「大輔のヤツ、会社の話を俺にはしないんだ」

陽太のヤツ、学校の話を俺にはしないんだ。

大輔が言っていたのを恭平は思いだした。ある意味、似た者親子だ。

「その恰好はなぁに？」

溝口寿々花が訝しそうに訊ねた。それも無理はない。幸吉はゴルフウェアっぽい服に、薄汚れた割烹着という、妙ないでたちだったのだ。

「仕事のときには、いつもこうさ」

「櫻田人形は、揃いの作務衣を着なくちゃいけないんじゃないの？」

「冗談言っちゃいけない。あんなセンスが悪くてかっこ悪い服、だれが着るもんかね。だいたい職人でもないくせして作務衣なんざ着たがる大輔の気が知れん。それも自分だけならまだしも、社員全員に着せるなんて正気の沙汰とは思えんよ」

孫の陽太とおなじ意見だ。彼も揃いの作務衣について、ダサくてキモいと言っていた。

「それよりスズちゃん、つい先だっておまえさんが原型をつくった人形を買わせてもらったぞ」

フィギュアのことにちがいない。

「ほんとですか」

「かわいい姪っ子に嘘なんかつくはずあるまい。『血煙荒骨城』の極楽浄土之介ってヤツだ」

「あれって三万円以上しますよね」恭平はつい言ってしまった。

「それだけの価値はある人形だったさ。インスタでスズちゃんの原型を見て、実物を買わなければと思い、すぐ予約したんだ。他にも十体以上買って、どれも仕事場に飾っておる。先週もアマゾンで、『血煙荒骨城』の暗闇谷絶望之丞を予約注文しておいたよ。発売予定日が半年も先だが、それまで生きていようと励みになった」

「幸吉伯父さん、私のインスタ見てるんですか」

「フォローもしている。あんだけのものをつくれるのは、やっぱり甲冑師である溝口家代々のデーエヌエーだな」幸吉はディーではなくデーと発音した。それに比べてウチの大輔ときたら、櫻田家のデーエヌエーは顔かたちだけで、中身はブキッチョな女房のを引き継いでしまったもんだから、頭のひとつもつくれん。情けない話だよ。そうだ。モモちゃんは？」

「母と映画を見にいっています。じきに帰ってくるんで、私もお暇するところだったんです」

「今度、連れてきておくれ。陽太も高校生ともなると、じいさんの相手などしてくれんでな」

「わかりました」

それでは私はこのへんで、と溝口寿々花は軽く頭を下げ、ドアにむかって歩きだす。恭平もいこうとすると、「ちょっといいかい」と幸吉に呼び止められた。「話があるんだ。きてくれんか」

幸吉に連れてこられたのは屋上だった。周囲に高い建物がなく、鐘撞市街を一望できた。煙草を吸うため、三階の工房からエレベーターで五階まできて、屋上へあがる階段にむかう途中、さきほどの部屋の前を通ったのだと言う。

「このビルは莫迦息子が全面禁煙にしちまってね。煙草が吸えるのはここしかないんだ」

幸吉が苦々しく言うのを聞きつつ、恭平は間近に流れる曳抜川を見下ろした。川面にはボートが数艇、走っている。県庁所在地にある国立大学のボート部が練習しているのだ。オリンピック出場を有望視される選手が何人かおり、監督やコーチはオリンピック経験者だった。四年半前、ボート部のトレーニングメニューを相談しにいったところである。

「恭平くんは一義くんよりも清治さん似だな」

煙草の煙を吐き、幸吉は徐に言った。一義は恭平の父で、清治は祖父である。父をくん付けで呼ぶのは幸吉のほうが少し年上だからだ。

「目鼻立ちがそっくりだ」

「ウチの職人達にも言われました。年を重ねるにつれ、似てきていると」

「でも中身は一義くんそのものだよな。真面目でひとがいい。頼まれ事はなんでも引き受けてしまうところもそうだ」

幸吉が理事長を務める鐘撞人形共同組合には二十にものぼる部署がある。人形供養や『まちなか雛さんぽ』などの行事の運営をおこなう部署もあれば、イベント企画部、地域ブランド推奨部、人形伝統文化保存部、人形歴史編纂部、技術継承者育成部などさまざまだ。組合員はいくつかの部署を兼ねており、その中でも恭平は約半分の部署に所属し、こき使われていた。ウチの部署もやってくれない？　と頼まれ引き受けてきた結果、そうなったのだ。

そんな話をするために、ここに連れてきたのかと思っていると、幸吉は話題を変えた。

「きみんとこで、フィリピーナが働きだしたって、聞いたんだけどほんとかい」

「ドラゴンフルーツで働いている、クリシアという子です。頭師になりたいから修業をさせてほしいと言うので、バイトとして雇っています。一昨年に日本にきて、『まちなか雛さんぽ』で雛人形を見たのがきっかけで、頭師になりたいと思ったそうです。市内にある人形会社のショールームをすべて見て回り、人形博物館にも足繁く通い、いつか自分でもつくりたいと、ネットにアップされている雛人形のメイキング動画を見ていたとかで」

外国人を雇ったことで、なにか文句を言われるのかと思い、恭平は慌てて言い連らねた。

「あの子、歳はいくつだい？」

「二十四歳ですが」履歴書にはそう書いてあった。

「二十四？」首を傾げて、「清治さんはいつ亡くなったっけかな」とまるでちがうことを訊ねてきた。珍しいことではない。幸吉はよく話が飛ぶのだ。

「俺が十歳のときなので、二十七年前になります」

「だったらちがうか」

「なにがです?」

　恭平が訊ねても返事はない。黙って煙草の灰を携帯灰皿に落としている。その視線は曳抜川のほうをむいていた。

「コーチのきみがここにいるんだから、あのボートは鐘撞高校のじゃないよなぁ」

　また話題が変わった。恭平は気にせず、県庁所在地にある国立大学の名を教えた。

「恭平くんは、その大学にスポーツ推薦でいくはずだったんだろ」

「ええ、まあ」インターハイで優勝したあと、そういう話はあるにはあった。

「道頓堀飯店で、一義くんと偶然でくわしたとき、いきなりその話をしだしたことがあったんだ。息子がオリンピックに出場するかもしれんと、うれしそうだったよ。控えめなあのひとには珍しく、自慢げでもあったな」

　俄には信じ難かった。大学へいかなかったのは、親父に反対されたわけではない。森岡人形の八代目を継ぐつもりだったので、自ら丁重にお断りをしたのである。それに関して後悔したことはない。だがもしあのとき大学にいっていたら、どうなっていただろうと、考えることはあった。

「陽太はどうだい?」

「がんばっていますよ」

「十一月に関東の大会にでるって聞いたんだが」

「その大会で上位三位に入れば、来年三月には全国高校選抜に出場できます。日本一も夢ではありません」

　ボート部について話すと、どうしても熱がこもってしまう。ところがそんな恭平に対し、幸吉は冷ややかにこう言った。

「日本一にでもなったら、きみのように大学から誘いがあるかもしれんのだろ。そりゃ困るよ。陽太には一刻も早く、頭師になってもらいたいんだ。そのためには高校をでたらすぐ、修業をはじめなきゃならん。大学なんぞいっても、莫迦息子みたいにつまらん知恵がつくばかりで役に立ちゃしないからな」

「陽太くん本人もそのつもりなんですか」

「つもりもなにもない。早いとこ、継いでもらわんと、私も八十を過ぎて、教えるにしても五年持つかどうかだ。時間がないんだよ、時間が」

　要するに陽太の気持ちは二の次か。個人よりも家を重んじるのは幸吉だけではない。恭平と溝口寿々花を結婚させようとする須磨子達もそうだ。そうでもしなければ保てない伝統など、結局は滅びるだけだと恭平は思う。事実、それだけが理由ではないにせよ、鐘撞ではつぎつぎと人形店が廃業している。でもそんな話をしたところで無駄だろう。彼に限らずこの町の老人になにをどう言おうとも、考えが改まるはずがない。

「そこでひとつ、きみにお願いがある。陽太は恭平くんには全幅（ぜんぷく）の信頼を置いていて、尊敬もしている」

「まさか」

「陽太本人が言っていた。森岡コーチは職人と経営者の両立ができている。しかもそのうえボート部の指導で手を抜くこともない」

「どれも中途半端で、まわりのひとに支えられながら、どうにかやっているだけです」

「そうやって謙遜するところもいいらしい」

「謙遜じゃない、事実です」

「なんにせよ陽太は私や莫迦息子より恭平くんの言うことを聞くはずだ。そのうち将来についても相談するだろう。そしたら大学へはいかずに、頭師の修業に励むよう勧めてほしい」

どうして俺が、と口にださずとも顔にでたようだ。

「きみしか頼るひとがいないんだ。頼む」

幸吉はすがるような目で恭平を見ている。これでは断りようがない。

「わかりました。言うだけは言ってみます」

面倒な役を引き受けてしまったものだ。結局、頼まれれば嫌とは言えないのである。

幸吉は二本目の煙草に火を点けていた。

「それじゃあ、俺はここで」

「待ってくれ。肝心な話をまだしておらん」

これ以上、どんな話があるのだろう。

「きみは市立病院の三上先生と知りあいなんだってな」

「高校時代のボート部の後輩です。理事長こそどうして彼を？」

「私の担当医で、すっかりポンコツになったこの身体（からだ）を、月に一度は診てもらっておるんだ」

「三上がなにか？」

「いい医者だよ。身体のどこがどう悪くて、これに効くこういう薬をだしますと、丁寧に教えてくれてな。それでもいまさら禁煙しろなんて無駄ですよねと言うところが気に入っている。でな。今月のアタマ、いつもどおり三上先生に診てもらいにいったら、その帰り、病院の玄関ホールに、きみんとこの宮沢さんがいたんだ」

「宮沢さんが病院に？」

信じ難かった。病院嫌いで年に一度の健康診断さえ、頑（かたく）なに拒むひとである。

「三十代なかばくらいの女性と、人目を憚（はばか）ることなく喧嘩していたんだ。聞くとはなしに話を聞いていると、病院なんかにいる場合じゃない、女房の墓参りにいかねばと、宮沢さんは言っていてな。女性は娘さんだとわかった。彼女が朝方に家を訪ねたところ、宮沢さんが血を吐いて倒れていたそうだ」

「今月のアタマというのはいつです？」

「三上先生に診てもらうのは毎月第一火曜の午前九時だ」

着付師の遊木（ゆうき）の妻、節子（せつこ）が駅前の商店街で舞（まい）に声をかけられた日にちがいなかった。

「やはりきみは知らなかったんだ、このことを」

「はい。宮沢さんからはなにも聞いていません」

「だろうと思った。あのひとはそういうひとだものな。きみにはもっと早く話そうと思っていたんだが、なんだかんだで延び延びになってしまって申し訳ない。会社ではどうだい、宮沢さんは？」

「至って元気にしていますが」

「娘さんに連絡をして、話を聞いてみるといい。なにかあってからじゃあ遅い。ひとの葬式にでるのはいい加減、飽きた。宮沢さんも死ぬなら、私が死んだあとにしてもらいたい。坊主のお経を聞くのは一年に一度、人形供養のときだけでたくさんだ」

そして幸吉は溜息とともに、煙草の煙を吐いた。

「はい、ビッグ・ウェンズデーです」

スマホのむこうから、男性の声が聞こえてきて、恭平は一瞬戸惑った。

「森岡人形の森岡と言いますが、舞さんはいらっしゃいますか」

「森岡人形って鐘撞市の？」

「そうです。舞さんのお父さんが働いている会社の社長なのですが」

「ああ、お義父さんの」そうか、舞の旦那(だんな)か。「少々お待ちください」

櫻田人形から帰ってすぐ、事務所で舞の年賀状をさがして、そこに記してあった電話番号にかけたのだ。

「恭平兄さん？」

しばらく『エリーゼのために』が流れたあと、聞こえてきたのは擦り傷だらけだった子どもの頃と大差ない、舞の声だった。

「なに、いきなり？　お父さんがどうかした？」

「いや。でも宮沢さんについてなんだが」

幸吉から聞いたことを手短かに話すと、「やだもう、恥ずかしい」と舞は声をあげた。

「市立病院であんだけ怒鳴りあっていれば、地元のだれかしらに目撃されていても当然か」

「それで宮沢さんが吐血した原因は？」

「端的に言えばお酒の呑み過ぎよ。外食ばかりで栄養のバランスを考えずに、偏った食事をしていることもね。そう言えばお父さん、恭平兄さんのボート部の後輩に診てもらってた」

「三上か」

「そうそう。それでね。病院のあと、母さんの墓参りにいって、お父さんを実家に送って、駅前の商店街に立ち寄ったの。そしたら」

「遊木さんとこの節子さんに会ったんだろ」

「なんだ、その話も聞いたのね」

「そのとき来年の春に子どもが生まれたら、宮沢さんが西伊豆で暮らすことになると」

「そのはずだったのよ。お母さんの墓の前で、自分が言いだしたくせしてさ。つぎの日、やっぱり八代目に迷惑をかけることになる、しばらくは引退できないって、電話してきたわ」

「きみは納得したのか」

「納得するはずないでしょ。説得しても無駄だと思ってやめといただけ」舞の声がキツくなった。「その代わり、来週にでも鐘撞にいって、お父さんにはガラケーからスマホに変えてもらうわ。位置情報が共有できるアプリを設定して、父さんがどこにいるか、わかるようにするの。朝晩一回、自分を撮った写真を送れとも言うつもり」

「すまないな」舞の勢いに、恭平は詫（わ）びてしまう。

「だいたいさぁ、頭師が三人しかいないって、どういうこと？　しかもお父さんは七十七歳で、峰（みね）さんも七十歳になるわよね。恭平兄さんだって三十七歳じゃん。そのあいだの世代の職人はなんでいないの？　つまりは会社として職人を育ててこなかったわけじゃない？　ってことはお父さんがあの歳でも働かなくちゃいけないのは、恭平兄さんのせいでもあるよね」

返す言葉がない。舞の言うとおりだ。頭師を目指すフィリピン人が働きだしたことは、黙っておいたほうがいいだろう。なにを今更と言われるにちがいない。

「ごめん」しばらくして舞の詫びる声がした。「母さんが亡くなって七年、お父さんをひとりで放っておいたあたしのせいなのにね。恭平兄さんを悪者にしているんだ」

「きみは旦那さんもいて、離れて暮らしていたんだし、仕方がないよ。悪いのはやっぱり俺だ。後継者を育てなかったこともそうだが、おなじ職場で働いていながら、宮沢さんの体調の変化に気づかなかったのもまずかった。大いに反省するよ。許してくれ」

「いちばん悪いのはお父さんだよ。いくらひとりが寂しいからって、毎晩呑んでれば、そりゃあ身体を壊すに決まってる。三上先生にも酒を控えたほうがいいって言われたのよ。そしたらお父さん、この歳で好きなこともできないのかだって。いままで散々、好きなことしてきたくせに、まだやり足らないだなんて、図々しいにもほどがあるっつうの。そう思わない、恭平兄さん」

何百何千の瞳が自分に注がれている。そんなはずはない。ただの気のせいだ。それでも恭平は不気味でたまらず、ネクタイを少し緩めた。

人形の数は二千体にものぼる。お雛様が五割、端午の節句の金太郎や鎧兜などが三割ほど、あとはアニメや漫画のキャラクター関係のぬいぐるみ、その他フランス人形やビスクドールなんてものまであった。

ここは鐘撞市内で最古にして最大の寺の本堂だ。十月第一土曜、人形供養がおこなわれている。朝十時に受付を開始し、いまは住職による読経がはじまるところだ。本堂には五十人ほど、喪服姿のひとが整然と並んでいた。鐘撞人形共同組合の面々で、森岡人形は恭平と宮沢、遊木の三人だ。

恭平は受付を担当していたが、いましがたそこを抜け、本堂に移動してきたばかりだ。その途中、「八代目っ」と呼ぶひとがいた。クリシアだった。身に付けた喪服は自分のではない。ドラゴンフルーツのママが持っていないので、久佐間の娘に借りることになった話を一昨日、工房で聞いている。須磨子に峰、久佐間、遊木の家族とともに焼香の列に並んでいたのだ。熊谷がいないのは、デイサービスが休みなので、奥さんの面倒を見なければいけないのだろう。

　本堂では最後列の端に立った。読経とともにおこなう焼香をするため、境内には長い列ができていた。人形二千体すべての持ち主が、きているわけではない。多く見積もってもその二十分の一程度だろう。当日の今日に、供養してほしい人形を持ってきたひともいるが、たいがいは宅配便だ。そのために倉庫をひとつ、借りていた。宅配便の場合は一辺が約五十センチの段ボール箱一箱、あるいは四十五リットル程度の袋一袋につき一口五千円のお布施となる。人形供養の運営委員である恭平は、送られてきた箱の中身を確認する役目だった。お布施は寺に払うので、組合には一文にもならず、つまりはボランティアだ。箱や袋を開封し、人形がぎゅうぎゅう詰めにされているのを見ると、さすがに気が滅入り、そのあと沸々と怒りが湧いてきた。それが森岡人形の雛人形となれば尚更で、送り返してやろうかという衝動を抑えたことが何度もあった。

　そもそも人形供養とは人形の魂を抜き、物へと返す御芯抜きの儀式である。つまりそれまで人形にはまだ魂があるのだ。なのに箱にぎゅうぎゅう詰めにするなんて、ヒド過ぎる。恭平は修復しないまでも、カタチだけは整え、箱に入れ直してあげた。

　住職があらわれ、読経をはじめる。恭平は宮沢と遊木がどこにいるか探したが、参列者の九割方が白髪で、うしろからだといまいち見分けがつかなかった。

「年寄りばっかだな」隣で囁くように言ったのは大輔だった。今日はさすがに作務衣でなく喪服だ。「人形業界ぜんたいがそれだけ高齢化しているってわけだ。これに加えて世の中は少子化しているし、先細りは否めない。老い先短いジイサン達はそれでもかまやしないが、俺らや、さらに先の世代にしたら、死活問題だぜ」

大輔を横目で見ると、左斜めのほうを上目遣いで睨んでいた。視線の先にいたのは幸吉だった。白髪ではなく禿頭なので、すぐにわかったのだ。

「親父のヤツ、陽太を頭師にしたいらしいんだ」

「そうなんですか」と恭平はトボケるしかなかった。二週間前、おたくの会社の屋上で幸吉さん本人に聞きましたとは言えない。

「大学なんかいかなくていい、そんなの時間の無駄だと、陽太に言ったこともあったんだぜ」

いま話すことでもないだろうにと思うものの、恭平には黙らせる手立てがなく、聞いているしかなかった。

「俺に言わせれば、職人になるための修業こそ時間の無駄さ。いや、誤解しないでくれ。親父の弟子(でし)になっても、親父のように頭ができる保障はどこにもない。ならば俺みたいに大学の経済学部か商学部にでもいって、一般企業に就職して、世間を知ったうえで、ウチを継いでもらったほうが百倍マシだ。だいたい人形業界は斜陽産業で、息子の代には人形以外で稼ぐ手立てを考えなければならん。そのとき人形の頭しかつくれないような人間じゃ困る」

高校をでてすぐ父親に弟子入りした身としては、なんとも言い難い。しかし言わんとすることはわかる。それはきっと恭平自身、そのことを少し後悔しているからだろう。

なんにせよ父親を亡くし、子どももいない恭平には、ぜったいに起きない揉(も)め事だ。大輔の話を聞きながら、遊木家と昼食を共にしたときとおなじ寂しさを感じ、羨(うらや)ましくもあった。家族について悩むのは、独り身の恭平にすれば贅沢(ぜいたく)にしか思えない。

「陽太くん自身はなんと？」

「それがはっきりしないんだ。そもそもアイツは俺がなにを言っても聞く耳を持たん。それどころか俺の意見とは反対のことをしたがる。そこでひとつ、きみにお願いがあるんだ。頭師になんかならずに、大学へ進学するよう、陽太に勧めてくれないか。きみしか頼るひとがいないんだ。頼む」

あんたら、なんだかんだ言って親子だよ。

二週間前、幸吉におなじことを言われたばかりだ。すがるような目で見ているのも、大輔と幸吉はおなじだった。こうなればこちらもおなじ返事をするしかない。

「わかりました。言うだけは言ってみます。でもあとは陽太くん次第ですし」

「そりゃそうさ。わかっているって」

住職の読経がつづく中、参列者のだれかが啜り泣いていた。三列前で肩を震わせているひとのようだ。

あれって宮沢さんじゃないか。

ごぉぉぉんと鉢に似たカタチの鐘を住職が鳴らす。それが焼香をはじめる合図なのだ。境内に並んでいた参列者が本堂に行儀よく入ってくる。

「スズちゃんとはウマくいってるみたいだな」大輔がまた話しかけてきた。「３Ｄモデルの家庭教師なんて、恭平くんもなかなかやるね」

先週の日曜、溝口寿々花が３Ｄモデルを教えに、恭平の自宅を訪れていたのだ。ただし一階の事務所で教えてもらったし、一対一ではなくクリシアもいた。といった話をしても、大輔はニヤつくだけだった。

溝口寿々花には他にもしてもらったことがある。３Ｄモデルの勉強をおえたあと、工房に移動し、宮沢の作業机にネットワークカメラを付け、その映像をタブレットで見ることができるよう、セッティングしてもらったのだ。この一週間試しているが、これといった問題は発生していない。宮沢は緊張せずに作業を進めているし、クリシアははじめのうちタブレットを眺めているだけだったが、やがてそれを見ながら、宮沢の動作を真似て、筆を動かすようになった。ネットワークカメラは溝口寿々花がネット通販で購入したものなので、その代金プラスお礼として、恭平は五千円払った。

「ひでぇじゃねぇかよぉ」突然、境内の隅々まで響く叫び声がした。宮沢だ。肩を震わせていたのは、やはり彼だった。「俺達が丹誠こめてつくった人形を置く場所がない、邪魔だって捨てちまうなんてあんまりだ」

「みんなが見てます、宮沢さん。落ち着いてください」

遊木の声もした。宮沢の隣にいたのだ。

「これが落ち着いていられるかっ。おまえは人形が可哀想だとは思わねぇのかよぉ」

「思います。でも仕方がないでしょうが」

「仕方がないだと。ふざけんなっ」宮沢が遊木を小突いた。「おまえは人形に対する愛がないのか。だから着付師は駄目なんだ」

「それってどういう意味ですか。頭師のほうが人形に対する愛が深いとでも言いたいのですか」

「決まってるだろ。人形は頭こそが命だ。つまり人形に魂を注ぎこむのは頭師ってことさ」

「胴をつくり、着物を着せて、振りをつけていく、そうした着付けの過程で、人形に魂が宿っていくんだ」

「頭を付けなきゃ、人形にならねぇだろ」

「身体がなければ人形とは言えるもんか」

宮沢と遊木の声は次第に大きくなり、お互い相手の胸倉を摑(つか)んだ。遂(つい)に取っ組みあいをはじめたふたりを避けるため、整然とした列が崩れていく。騒ぎに気づいているのかどうだか、住職は読経をやめようとしない。

「なにやってんですかっ」恭平は近寄っていき、ふたりのあいだに割りこんだ。

「止めないでくれ、八代目っ。今日こそ決着を」

「望むところだっ。てめえなんぞ叩きのめしてやるっ」

遊木に宮沢が言い返す。酒臭かった。吐く息だけでなく、全身からも臭いを発しているのだ。

「宮沢さん、朝、呑んできたんですか」

「ち、ちがう。昨日呑み過ぎたんで、酔い覚ましに迎え酒を呑んだだけだ」

「呑んでるじゃないですか」

いちばん悪いのはお父さんだよ。

宮沢の娘、舞が言っていたのは正しかったと認めざるを得ない。すると恭平の頭に一気に血がのぼってきた。自分でも顔が赤くなっていくのがわかるほどだ。

「前に言ったでしょ、八代目。こんな酔っ払い、いつまでも雇っているのがいけないんだっ」

「なんだとこの野郎っ。家族にチェックしてもらわなくちゃ、ろくに仕事もできない野郎がなに言ってやがるっ。てめえこそ職人やめちまえっ」

「いい加減にしてくださいっ」恭平はふたりを怒鳴りつけた。人前のうえに寺の本堂で人形供養の最中である。しかし我慢は限界に達していた。「これ以上喧嘩をするなら、ふたりとも辞めてもらいます。明日から人形をつくらなくてもけっこうです」

宮沢と遊木は動きを止め、恭平に顔をむけた。

「峰と八代目のふたりきりで、どうするおつもりで」

「わかりません。でもなんとかやってみます。遊木さんは奥さんに頼んで、遊木さん抜きで家族の方につくっていただきます」

「そ、それだけはどうぞお許しを」遊木が嘆願するように言う。

「勘弁してくださいよ、八代目」宮沢も悲愴な声をあげた。「俺達、人形を奪われたらなんにも残らない。空っぽになっちまう」

「だったらどうしてこんなときに喧嘩なんかするんですか。あの人形達は、今日でこの世とオサラバしなくちゃいけないんですよ。なのに最後に見るのが人間同士の醜い喧嘩だなんて、それこそ可哀想でしょうが。だいたい人形に魂を注ぎこむのは頭師だとか、着付けの過程で人形に魂が宿るだとか、よくもまあ、恥ずかしげもなく言えたもんですね。自惚れもいいところだ。我々職人は人形のカタチをつくるだけでしかありません。そこに持ち主が愛情を注いでくれてこそ、人形は魂を持つことができるんです。より深く愛してもらえるよう、人形をつくってこそ職人だとは思わないのですか」

6

「だいじょうぶッスか、キャプテン」

三上の問いに、だいじょうぶだと返事をしようとしたが、声がでなかった。口がカラカラに渇き切っていたのである。恭平は慌ててペットボトルの水を口に含む。

「自分が出場してたときより緊張してないッスか」

三上の指摘どおりだ。ふだんより脈拍が速くなっているのが、自分でもわかった。鼓動が高鳴って息苦しい。手の平には汗が滲んでいた。

十一月最初の土日の二日間、鐘撞の隣の市にある漕艇場で、高校ボート部の関東選抜大会が開催されている。鐘撞高校ボート部は県大会を勝ち抜いた女子ダブルスカルと男子シングルスカル、そして男子舵手付きクオドルプルの三種目、それぞれ一クルーずつが出場した。

女子ダブルスカルは、インターハイ予選でも好成績を残した一年生コンビだ。今大会では昨日の午前に予選を一位で勝ち抜いたが、二日目の今日、決勝戦では五位でおわってしまった。男子シングルスカルはキャプテンの陽太である。彼も昨日の午前に予選一位、今日の午前に準決勝も一位と好成績だったのに、ほんの三十分前にあった決勝では残念ながら四位だった。

今大会では上位三位でなければ、来年三月の全国高校選抜の代表権が得られない。つまりどちらの種目もそれを逃したわけだ。

残る男子舵手付きクオドルプルは昨日の午前、予選D組が二位で、その午後におこなわれた敗者復活戦B組で一位となり、決勝進出が叶った。そしてまさにいま、今大会のトリを飾る男子舵手付きクオドルプルの決勝戦がはじまろうとしているところなのだ。

ここは伴走路のスタート地点だ。恭平はジャージ姿で自転車に跨がっていた。他の高校の監督やコーチもおなじように待機中だった。恭平の場合、昨日今日とこれまで七ゲームあったので、七〇〇〇メートル走ったことになる。ジョギングとローイングマシンで、身体を鍛えてきた甲斐があったと言っていい。

そこへ三上がひょっこりあらわれた。昨日今日とボート部のためにキャンピングカーをだしてくれたのだ。客席で部員達や鐘撞高校の生徒達に交じって、応援もしている。

ボート競技のタイムは、風向きに風速、波の高さ、水の流れといった自然のコンディションや漕艇場の水深に大きく影響される。九月なかばにおなじ会場でおこなわれた県大会は強めの風が吹いていたせいで、男子舵手付きクオドルプルのタイムはあまりふるわなかった。そんな中、鐘撞高校ボート部はどうにか四位に滑りこんだ。

今回は昨日も今日も曇り空だが、風がない穏やかな天気のため、三分台後半のチームは予選落ちしていった。鐘撞高校ボート部の場合、予選は三分三十三秒五九で二位、敗者復活戦は三分三十二秒四八で一位を取ることができた。だがこれから争う他の四校は三分三十秒前後で、勝ち進んできている。

ボート競技は六レーン設けられており、鐘撞高校ボート部は第三レーンだ。他の四校はこの十年、インターハイ出場を争っている強豪校ばかりだ。そしてすぐ隣の第二レーンは宿敵、大凡商業である。六月のインターハイ県予選では接戦の末に一位を譲り、九月の県大会でもむこうが一位で、我が鐘撞高校は四位、さらに今大会では昨日の予選D組で争い、一位の座を奪われてしまった。いい加減、このへんで雪辱を果たしたいところだ。

「心配いりませんって、キャプテン。彼らならぜったいやってくれます。信じてやりましょうよ」三上は双眼鏡を両目に当てていた。「舵手とストローク以外の三人は一年生なんですよね。ボートをはじめて八ヶ月も経っていないのに、ここまでこられただけでも立派ッスよ」

スタート位置に並んだ五艇のボートのうしろには、ステイク・ボートなるボートが付いている。それに乗ったボート・ホルダーと呼ばれるひとが深く頭を垂れて、各ボートの船尾を摑み、スタートを待っていた。

「ちょっと貸してくれ」

三上が差しだす双眼鏡を受け取り、第三レーンにいる鐘撞高校ボート部にむけた。舵手である陽太の顔だけ見えた。笑っているようにも見える。これからのレースをとことん楽しんでやろうとでも思っているのかもしれない。すると恭平も気持ちが自然と和らいでいった。

先週アタマには今大会の日時と場所を、陽太の父である大輔(だいすけ)にメールで報(しら)せておいた。ただし昨日今日とやってきたのは、大輔の奥さんだけだった。溝口寿々花(みぞぐちすずか)とモモの母子も二日連続で訪れている。

陽太を応援する黄色い声が耳に入ってくる。曳抜川(ひきぬきがわ)での乗艇練習より力がこもっており、人数も増していた。漕艇場には観客席はなく、応援に訪れたひと達は各高校でひとかたまりになって、河原の好きな場所に陣取っている。参加校の中で鐘撞高校はあきらかに女子の数が多い。二十年前、高校生だった恭平の人気をすでに上回っているかもしれない。

「フレェエエエッ、フレェエエエッ、カァァネエエツゥゥキッ」

女子の声援とともに、しゃがれた男性の声がした。だれかと思い、恭平は双眼鏡をそちらにむける。

宮沢(みやざわ)さん？

応援団よろしく両腕を伸ばしたり曲げたりもしている。そんな彼の掛け声にあわせ、陽太ファンの女子も手を叩(たた)いていた。今日の昼休みがおわった直後、宮沢をはじめ職人が揃(そろ)ってあらわれたのだ。熊谷(くまがい)は奥さんを車椅子に乗せて連れてきており、クリシアもいた。

「キャプテンが叱ってくれたおかげで、宮沢さん、お酒やめたんスよね」

「叱ってなんかいないさ」

「でもこのあいだ病院にきたとき、宮沢さんが言ってましたよ。あんなに怒った八代目ははじめてだって」

人形供養の最中、喧嘩をした宮沢と遊木にクビを宣告したのは本気だった。しかし人形供養がおわった直後、須磨子があいだに入って手打ちとなり、宮沢には断酒の約束までさせた。それでも夜な夜なドラゴンフルーツには通っているが、ビールにチューハイ・サワー、梅酒にワイン、焼酎、日本酒、ウイスキーとあらゆるノンアルコール飲料を日替わりで呑んでいるらしい。クリシアの情報だ。

「それじゃあ俺、みんなのとこ戻って応援しますんで。気をつけてくださいッスよ、キャプテン。夢中になって自転車で転ばないように。怪我でもしたら、本業に差し支えます」

「わかってるって」

三上が去ったあとだ。恭平はジャージのジッパーを下げて前を開き、首に下げたお守りを左手で握りしめた。もちろん美智子さんのお守りである。このおかげで県大会を勝ち抜き、こうして関東選抜に出場できたのだと、だれにも言ったことはないが、心秘かに思っている。まだまだ効果を発揮してもらわねばならない。

あの子達を全国高校選抜にまで連れていってくれ。

「鐘撞さんっ」

こうした大会で高校の名前で呼ばれることは珍しくない。キツネ男だった。大凡商業の監督である。いつの間にか真横にいたのだ。

「鐘撞さんとこの部員もしぶといですよねぇ。敗者復活戦を勝ち抜いてくるとは、思ってもいませんでしたよ」

「俺も驚いていています」

恭平はつくり笑顔で答え、ジャージのジッパーをあげて、お守りが見えないようにする。

「それはそうだ。高校時代にインターハイで一度優勝したきりの素人同然、いや、素人そのもののあなたがコーチをしてて、ここまで勝ち進むのはほとんど奇跡ですもんね」

よくもまあ、平然とした顔で嫌味が言えるものだ。ある種の才能だと認めざるを得ない。キツネ男はさらに言葉をつづける。

「運も実力のうちとは言いますが、そろそろその運も使い果たしたところでしょう」

うるせぇ、このヤロー。おめぇんとこなんかインターハイであっさり負けて帰ってきたじゃねぇか。

「運かどうかは、試合を見ていただければわかります」

恭平は怒りを押し殺して静かに言う。

「ほう」キツネ男は目を細め、よりいっそうキツネに似た顔になった。「でも鐘撞さんのとこは予選が三分三十三秒五九、敗者復活戦が三分三十二秒四八ですよね。どちらの数字も我が校を含めた四校よりも劣っているのに、その自信はどこからきているんです？」

マジうぜぇな、コイツ。

しかしウチのチームの記録が○・何秒までソラで言えるのは、それだけ気にかけている証拠だと恭平は気づいた。要するに小心者なのだ。

「それはお教えできません」

そう言って恭平は余裕のある笑みを浮かべる。するとキツネ男の顔が一瞬にして強張った。

「なにか秘策があるのか」

「だから教えられませんって」

そんなものはない。

勝とうとするな。ベストを尽くせばいい。

陽太と四人の漕手へのアドバイスはそれだけだ。ほんとは勝ってほしいが、つまらぬプレッシャーをかけるのもかわいそうだと思ったのだ。

川のほうでスターターが赤い旗をあげているのが、目の端に見えた。キツネ男の相手などしている場合ではなかった。双眼鏡をポーチにしまい、ハンドルをがっちり摑んで、ペダルに足をかける。会場が一瞬にして静寂に包まれる。宮沢の声もしなくなった。

いよいよだ。ふたたび脈拍が速くなる。

「アテンション、ゴォッ」

スターターの号令とともに赤に白いバッテンの旗が振り下ろされる。ボート・ホルダーが船尾を放し、五艇がスタートした。恭平も自転車を漕ぎだす。他校の監督やコーチもだ。そしてそのだれしもが、「ハイレート、ハイレート」と選手達に声をかけていた。恭平もである。レートとは一分間に何回漕げるかという数字なのだ。

鐘撞高校ボート部は順調な滑りだしだった。なにせ一〇〇メートルを越えたところで二位である。しかも三位よりもトップの大凡商業に近い。

「マジか」恭平はうっかり声にだして言ってしまう。この段階で三位ならば上等と思っていたのだ。「たいしたもんだぞ、おまえら」

ボート競技の場合、スタートから二〇〇メートルのうちに、少しでも前へでたほうがいい。なにしろボートは舵手以外、漕手はうしろむきで進まねばならない。つまりなるべく早く順位をあげ、競いあうボートが見えたほうが気持ちも優位に立てるのだ。

「いいぞぉ、その調子だっ。焦るなっ。いまのペースでじゅうぶんいけるぞぉっ」

鐘撞高校ボート部の漕手四人は一糸乱れぬ動きでオールを漕いでいる。いわゆるユニフォーミティができていた。陽太も落ち着き払った様子だ。

焦っているのは俺だけか。

いや、もっと焦っているひとがいた。

「なにチンタラやってんだぁ。ここで差を広げなきゃ駄目だろうがっ。本気ださんか、本気を」

キツネ男だ。自転車もボートの順位どおりなので、陽太の前を走っている。ほとんど罵声だ。大凡商業の部員を気の毒に思いながらも、恭平は鐘撞高校の部員にむかって大声を張りあげる。

「強く漕がなくていいっ。重心と体重を安定させろっ」

そうすれば安定したリズムで漕げるので、艇は安定し、速度が速まっていく。県庁所在地にある国立大学のボート部の監督に教えてもらったことだ。そのために体幹を鍛える、効果的なトレーニングも学んだ。

やがて二〇〇メートルに入ると、どのチームもレートを落とし、オールを漕ぐ動作がゆっくりになった。セトルダウンだ。ここから六〇〇メートルはチームの基本の速度を保ちつつ漕いでいく。これをコンスタントという。長い距離を一定の速度で進むために、漕手はそのあいだ有酸素運動で最大限の力を発揮しなければならない。部活のトレーニングでは、この強化に時間を割いている。これまた県庁所在地の国立大ボート部の監督の教えだ。

自分が高校の頃は体幹とか有酸素運動なんて言葉は耳にしなかった。鬼コーチの口からでてくるのは主に、努力・根性・忍耐だった。自分達のトレーニングにどんな意味があるかなんて考えもせず、ただひたすら鬼コーチに竹刀（しない）で叩かれるがまま、従っていただけだった。

当時はあれでもよかったのだろう。しかし時が経つにつれ、他校がより効果的なトレーニング法を取り入れていく中、バージョンアップせずに昔のままの練習をつづけていたせいで、鐘撞高校ボート部は弱小化していったのだ。恭平が卒業して五年後にはインターハイどころか、県大会でも予選落ちをするようになり部員も激減した。それでも鬼コーチは自分の方針を変えなかった。OBになったあとも、恭平は曳抜川での乗艇練習に顔をだし、鬼コーチと話すことがあった。だがその度に、近頃の高校生は辛抱が足らない、すぐ諦める、まったくもってなっとらんと鬼コーチが文句を並べ立てるので、自分が叱られている気分になり、足が遠退（とおの）いてしまった。

持病の腰痛が悪化し、鬼コーチが辞めたと聞いたのは、恭平が社長になる前で、訃報（ふほう）が届いたのは社長になって一年以上が経ってからだ。そのときはよもや自分がボート部のコーチになって、こんなふうに自転車でボートの伴走をするなんて思ってもいなかった。

「フレェエエッ、フレェエエッ、カァァネェエツゥゥキッ」

宮沢の声がふたたび聞こえてきた。

「しっかりしろぉ、力が水に逃げてるだろうがぁ」キツネ男が悲鳴に近い声で言った。「鐘撞なんぞに追いつかれたら承知しないぞお」

言ってくれるじゃねぇか。

しかしキツネ男の焦りが伝染したみたいに、大凡商業の漕手の動きに乱れがでていた。翻（ひるがえ）って我が鐘撞高校の漕手の動きは、ぴたりと一致しており、無駄な力みがない。ボートは上下左右微動だにしておらず、他校と比べていちばん安定していると言っていいだろう。水面を浮いているかのような走りは、見ていて気持ちがいい。

「その調子でいけっ」恭平は声をかぎりに言った。「まわりを気にする必要はない。自分を信じろっ」

やがてラスト二〇〇メートルとなった。ラストスパートだ。ふたたび各チームともにオールを漕ぐ回数が徐々に増え、漕手の動きが忙しくなる。鐘撞高校のボートは安定感に加え、力強さが増してきた。水を切り裂いてまっすぐ進み、大凡商業を追い詰めていく。

「漕いで漕いで漕ぎまくれっ。ここで負けたら、いままでの練習がぜんぶパァになるぞっ。それでもいいのかっ。限界突破だ、限界突破」

キツネ男が怒鳴り散らす。まるで脅しだ。そのせいで萎縮（いしゅく）したのか、三番の漕手がオールの先を水にとられ、ボートが横揺れを起こし、瞬く間に速度を落としてしまう。その横を鐘撞高校のボートが抜けていった。

「いいぞ、おまえ達、サイコーだっ」

恭平は腰を浮かせ、自転車を立ち漕ぎする。そしてキツネ男を追いこしていく。

「お先ぃっ」

つい言わなくてもイイことを口走ってしまう。だが浮かれてもいられなかった。トップに躍りでたものの、それまで三位以下だった三校も次々と大凡商業を追い越していったのだ。

一位だったのが二位に、三位まで落ちたかと思いきや、盛り返して二位に、いよいよ一位かと思ったところで四位だったボートがごぼう抜きをして一位に、これを必死に追いかけ、遂(つい)には残り一〇〇メートルで、大凡商業以外すべてが横並びになった。鐘撞高校の漕手四人は一糸乱れぬ滑らかな動きを崩していない。ただしレートが落ちてきている。

「信じろっ、自分を信じろっ。俺もおまえ達を信じるっ、ベストを尽くすだけでいい、それだけでいいんだっ」

残り五〇メートルだ。横並びの接戦がなおもつづく。少しも気が抜けない。

曇り空の切れ間から光が射し、ゴールのあたりの水面が黄金色に輝き、あたかも勝者を待ち受けているかのようだ。

あの光の下へ〇・一秒でも早く辿り着いてほしい。

「イッテーアリテ、イチニンナシッ」恭平は叫んだ。声が擦(かす)れてきたが、気にしてはいられない。「イッテーアリテ、イチニンナシッ、イッテーアリテ、イチニンナシッ」

工房での作業中にうっかり呟（つぶや）いてしまい、おまじないですかとクリシアに言われた。そのときは否定したものの、トップになって来年三月の全国高校選抜に出場してほしいと願いながら言っているのだから、おまじないと変わりがない。

「イージオールッ」

ゴールをしたときに舵手が言う掛け声だ。これで漕手はオールを空中に停止し、漕ぐのを止める。だがひとりではなく、たてつづけに四人の舵手が発した。どのボートが一位だったのか、目測ではさっぱりわからない。恭平は自転車を止め、ポーチから双眼鏡を取りだし、目に当てる。

「イージッ」

陽太の掛け声で漕手はオールの先を水面に落とす。その表情はとても満足げだった。そして恭平のほうに顔をむけると、胸の前で右手の親指を立てた。

「おめでとう、おめでとう、もひとつオマケにおめでとうございます」

「何度おめでとうと言えば気が済むんだ」

上機嫌の宮沢に遊木がツッコむ。それだけで座がわっと盛りあがった。

「おめでとうは何度言ったっていいのさ。言う俺も気持ちがいいし、言われたほうも気持ちがいい。こんな素敵な言葉が他にあるものかい」

「我がボート部の男子舵手付きクオドルプルが一位を獲得できたのは、宮沢さんをはじめ、みなさんの応援のおかげでもあります」そう言いつつ恭平は立ち上がる。「ほんとにありがとうございました」

「ありがとうもイイ言葉だな。うん」そして宮沢は恭平にビール瓶を差しだしてきた。「ささ、グラスを空(から)にして」

「宮沢さん」須磨子の鋭い声が飛んでくる。「お酒を無理矢理呑ませるのはパワハラよ」

「無理矢理じゃありません。なにしろ自転車を走らせ、叫んでいたから、喉(のど)はカラカラです」

それを証明するかのように、恭平はグラスに三分の一ほど残ったビールを空にする。そこへ宮沢がビールをなみなみ注いだので、これも一気に呑み干す。歓喜の声があがり、手を叩くひともいれば、口を大きく開いて笑うひともいた。宮沢と遊木は自分の席に戻っていった。

関東選抜大会で鐘撞高校ボート部の男子舵手付きクオドルプルが一位を獲得し、全国高校選抜出場の切符を手に入れることができた。そして閉会式をおえ、ボート部の部員達と会場をあとにしようとしたところ、恭平のスマホに、小道具師の須磨子からLINEが届いた。今日の勝利を祝して森岡(もりおか)人形の職人達で、呑み会をおこないます、場所は道頓堀飯店(どうとんぼりはんてん)なので、ぜひとも八代目にきてほしいとの内容だった。どうしてあなた達が祝賀会をするのですかと、胸の内で思ったものの、祝いの酒は呑みたかった。

社用車でもあるミニバンは、部員を学校まで送ったあと、自宅に置いてきた。三上も呑み会に誘ったのだが、今夜は夜勤ッスから、と断られてしまった。夜勤にもかかわらず、キャンピングカーをだしてくれた彼に、恭平はいたく感謝した。

歩いて道頓堀飯店へむかうと、呑み会ははじまっていた。職人達は全員揃っているうえに、遊木の家族は総出、久佐間も妻に娘ふたり、孫娘の寛子に曾孫娘まできていた。熊谷の奥さんもいれば、事務方の深見と浅井、クリシアもいたし、溝口寿々花と娘のモモもいる。ぜんぶで三十人近くが、道頓堀飯店の一階の半分を占領しており、例年の呑み会よりも盛り上がっていた。恭平は駆けつけ三杯のあと、さらにいま一杯呑まされたところだ。五時過ぎに着いて、まだ十分も経っていない。

恭平があらわれると、ここにどうぞと須磨子が立ち上がり、座っていた席を譲ってくれた。すると右隣が溝口寿々花だったのだ。むかいには手足師の熊谷と彼の妻、美智子さんが並んでいる。モモはべつのテーブルで、久佐間の曾孫娘と楽しそうにおしゃべりをしていた。溝口寿々花によれば、この春からふたりはおなじ小学校のおなじクラスで仲がよく、お互いのウチに遊びにいくこともときどきあるという。

「だいじょうぶ？　森岡くん」

「このくらいどうってことないさ」

溝口寿々花に言われ、そう答えながらも、自分が酔っているのに気づいた。ビール四杯なんてたいした量ではない。だが昨日今日の疲れがでたようだった。

「空きっ腹にお酒はよくないって。なんか食べたほうがいいよ」

溝口寿々花がなおも言う。昼は緊張と興奮で喉を通らず、コンビニのおにぎり一個をペットボトルのお茶で流しこんだだけだった。それを思いだすと一気に空腹感が襲ってきた。恭平は箸を持ち、目の前の唐揚げを頬張る。冷めていたがじゅうぶんウマい。

「おいしいかい？」

目の前で熊谷が言った。恭平にではない。炒飯（チャーハン）を小さなスプーンで掬（すく）い、美智子さんの口まで運んであげていたのだ。

熊谷が無愛想なぶん、美智子さんは世話好きで働き者だった。宴会の席ともなれば、あちこちのテーブルをまわり、酒や食べ物が足りているかどうか訊（たず）ねてまわっていたものだった。ほんの二年前である。いまは穏やかな笑みを浮かべてはいるものの、昔のような覇気はない。

「お優しいんですね」

「優しいもなにもありません」溝口寿々花に言われ、熊谷はいつもどおり淡々と答える。「私以外に妻の面倒を見るものはいませんので」

「会場までいくのに大変だったでしょう」恭平は訊ねた。

「妻がこうなってから近所は散歩しますけど、遠出をしたことはないんで、どうしようかとは思ったんですよ。だけど妻に訊（き）いたら、いってみたいと言いましてね。遊木さんとこの三男坊の車に乗せてもらいました」

帰りも家まで送ってくれる約束をしたという。三男坊の晃三（こうぞう）は下戸（げこ）なのだ。いまもよそのテーブルでコーラを飲んでいる。

「でもいってよかったです。妻が大変よろこびましてね。がんばって応援していました」

「楽しかった」

「そうかい。私も楽しかったよ。あんなふうに大きな声をだしたのはひさしぶりだったからなぁ」

「フレッフレッキョーヘイッ、フレッフレッキョーヘイッフレッフレッキョーヘイッ」

美智子さんが小声で言った。俺を応援してどうするんですかとは恭平は訂正しなかった。

「今回、舵手付きクオドルプルをはじめ、ウチの部員が好成績を叩きだせたのは、美智子さんが買ってくれたお守りのおかげですよ。大会の最中はこうして」恭平はジャージのジッパーを下げ、首にかけたお守りを見せた。「肌身離さず持っていました」

「お役に立ててなによりだわ」美智子さんがにこりと微笑む。その笑顔は昔となんら変わりがなかった。「でもね、坊ちゃん。お守りはきっかけに過ぎないのよ。これを持っていればがんばれるって気持ちになっただけ。練習を積み重ね、実力をつけてきたからこそ、坊ちゃんは一等賞をとれたのよ。これで坊ちゃんは大学にいけるのよね。そしたらつぎはオリンピックだって、七代目が言っていたわ。ねぇ、あなた」

「言ってた、言ってた」熊谷はしきりに頷く。「よく覚えていたね。いつも物静かな七代目には珍しく興奮気味だった。よほどうれしかったんだろうな」

「そりゃそうですよ。息子がオリンピックにいくんですもん」

「まだまだ先だよ。今日のは関東の一等賞で、これから全国で一等賞にならないと駄目なんだ」

「そうだったの？　がんばって、坊ちゃん」

「あ、はい。がんばります」

美智子さんの頭の中では、現在と過去が入り混じっているにちがいない。熊谷はそれを指摘しないどころか、ごくふつうに受け入れていた。ふたりの話を聞いていると、自分がまだ高校生で、今日までの二十年近くなどなかったように思えてくる。

「全国の大会はいつどこであるんですか、八代目」

「来年の三月で、場所は静岡です」

「静岡？　そりゃまたえらく遠いですなぁ」

「フレッフレッガンバレガンバレ」

ふたたび美智子さんが言った。あたかも夫を励ましているかのようだ。とうの熊谷もそう聞こえたらしい。

「そうだな。私もまだまだがんばらなくちゃな」

すると右隣から洟を啜る音がする。溝口寿々花がハンカチで目頭を押さえていた。

「なに？　どうしたの？」

「おふたりを見ていたら、こんな素敵な夫婦もいるんだなって、泣けてきちゃったの。最近、涙もろいんだ、私。ごめん。だいじょうぶ」

涙もろいのは事実だろう。だがそれだけが理由ではなさそうだ。溝口寿々花が昨年の秋に離婚をしたことも、関係しているのではないか。だがそれをたしかめる術を恭平は持ち合わせていないし、わかったところで、どうすることもできない。

「お疲れ様でした、八代目っ」

遊木だ。恭平の左隣に座り、持ってきたビールを差しだしてくる。やれやれと思いつつ、恭平はグラスにまだ半分残っていたビールを呑み干す。

「応援しているとき、まわりの坊ちゃん嬢ちゃんに聞いたんですがね」空のグラスへビールを注ぎながら、遊木が言った。「来週の土日、曳抜川でボートの体験会があるそうで」

「ええ。鐘撞高校の文化祭で、ボート部のだし物なんですよ」

恭平が高校の頃、ボート部は文化祭に参加せず、練習に励んでいたものだった。コーチに就任したときのボート部はなぜか、たこ焼き屋を出店しており、恭平も毎年、焼くのを手伝わされた。それが去年からボートの体験会に変わった。提案したのは一年生だった陽太だ。なかなか好評で、これに参加してボートに興味を持ち、この春、鐘撞高校に入学し、ボート部に入った部員が三人もいた。

「それって私もボートに乗れます?」

「もちろん。参加者は小学生以上ならばだれでもで、上限はありませんので」

ボートは舵手付きクオドルプルで、これに参加者はふたりだけ、残り三人は恭平および部員が乗って指導することも説明したところだ。

「あなたもお乗りなさいな」美智子さんが旦那(だんな)の熊谷に勧めた。「そしたらあたし、応援してあげる」

「そうかい。だったら乗ってみようかなぁ」

「私も乗りにいきます」溝口寿々花も言う。「モモも乗りたいだろうし」

「俺も乗るぜ、ボート」

そこへ宮沢があらわれた。左手に空のグラス、右手には椅子を持ってきて、遊木と恭平のあいだに無理矢理割りこもうとする。

「なにするんですか」

「うっせぇな。黙って場所をあけろ」

遊木が言い返そうとすると、「喧嘩はいけないわ」と美智子さんが注意した。遊木はしぶしぶ左に寄り、宮沢が椅子を置いて座る。そして溝口寿々花に「ノンアルコールをもらえますか」と言った。

「不思議なもんで、ひとと呑んでいるとノンアルコールでも身体が火照(ほて)ってきて、酔った気分が味わえます。ビール以外にもあれこれ試しましたが、どれも本物の酒と変わりゃしません。もっと前から呑んでおけばよかったと後悔するくらいです。はは」

実際、宮沢は酒を呑んだかのように赤ら顔だ。溝口寿々花がノンアルコールビールをグラスに注ぐと、うまそうに呑んだ。つぎに宮沢がビール瓶を持ち、恭平に差しだしてくるので、またグラスを空にして、ビールを注いでもらう。すると遊木が手拍子をして、唄(うた)いはじめた。

♪今日もお酒が呑めるのはぁ
八代目のおかげですぅ

八代目よありがとう
八代目よありがとう♪

自然とまわりのみんなもいっしょに唄い、手拍子をする。森岡人形の呑み会でよく唄われる歌なのだ。それに合わせてビールを呑み干すと、手拍子が拍手に変わった。恭平は両手を挙げ、それに応(こた)える。

「ありがとうございますっ」

そう言って、端っこの席で立ちあがるひとがいた。

え？　恭平は我が目を疑った。

「今戸(いまど)先生？」

二十代なかばの彼はボート部の顧問だが、ボートどころかスポーツ全般が苦手だった。そのせいか、青白い肌とぽっちゃりした体つきをしている。当然ながらボートについてはルールさえもよく知らず、練習は恭平に任せっきりだった。大会にもきたことがなかったのに、昨日今日の関東選抜大会には訪れ、在学生達とともに応援していた。だがいまのいままで、この席にいたなんてまるで気づかずにいた。

「どうしてここに？」

「勝手についてきちまったんですよ」宮沢が告げ口をするように言う。「あの兄ちゃん、ほんとに学校の先生だったんですな」

「彼を知っているんですか」

恭平は訊ねた。どこに接点があるか、わからない。

「ドラゴンフルーツでちょくちょく見かけます」

なんとまあ。

「クリシアがいちばんのお気に入りで、彼女をもっと知りたいからとタガログ語を習いはじめて、いまでは店の子達と日本語抜きで会話ができるほど上達したくらいで。でも」宮沢が声をひそめた。「クリシアはまるで相手にしてない。岡惚れってヤツですよ」

「森岡コーチッ」今戸先生が駆け寄ってきた。青白いはずの顔は真っ赤っ赤で、目まで充血している。「昨日今日と大会を観戦して、ぼく、モーレッツに感動しましたっ。優勝できた五人だけではなく、部員達が輝いて見えました。すべてはあなたのおかげです。なにもせずにいた自分が恥ずかしくてたまらない。ぼくは教壇に立って、勉強を教えるだけが教育だと思っていました。でもそれは大きな間違いだった。ぼくが教えた授業なんて、高校を卒業したら忘れてしまいます。でもボート部での日々は一生の思い出になるにちがいありません。あなたこそ本物の教育者だ」

「俺はあの子達になにか教えたわけではありません」今戸先生の熱量に、恭平は気圧されながらも言った。「すべては部員達ががんばった結果で、俺はちょっと手助けをしただけですよ」

「ぼくはちょっとの手助けもできない駄目教師です」

「自分で駄目だなんて言ったらオシマイですよ。よく考えてください。俺は今戸先生みたいに英語を教えられません。いいですか。雛人形は頭に髪、衣装、手足、小道具とべつべつの職人がつくり、ひとつにまとめて一体の人形ができます。己の役目を十二分に果たすことで、世の中ができている。そういうものです」

おまえはどうなんだ。

耳元でもうひとりの自分が囁く。

おまえは己の役目を果たせているのか。

「森岡コォォォチィイイッ」

ふたたび叫ぶと今戸先生は恭平に抱きついてきた。

勘弁してくれ。

「ひとつお願いがあります」

「俺に？　なんでしょう？」

「ぼくにボートの漕ぎ方を教えてもらえませんか。一応、ボート部の顧問ですので、漕ぎ方くらいはマスターしようと思うんです」

いまさら？　しかしせっかくのやる気を無下にするのもかわいそうだ。

「三月には全国高校選抜もありますし、部員達の練習を優先するので、その合間でよければ」

「もちろんです。よろしくお願いしますっ」

7

「イイ感じイイ感じ」溝口寿々花が励ますように言う。「このへん、もっと丸くならない？」

「こうですか」

クリシアはペンタブレットの上でペンを動かす。今日の彼女は白地にペンキを何色もぶちまけたような柄のパーカと、紫色のパンツといういでたちだ。いつもどおりドラゴンフルーツのママのお下がりなのだが、この程度だと、ずいぶんおとなしめに見えた。

「そうそう、上手上手。二ヶ月足らずでここまでできればたいしたもんだわ」

「ありがとうございます」

並んで座るふたりの前にはパソコンのモニターがある。その中には二・五頭身の男の子が立っていた。『オバケデイズ』の主人公、エンリョーくんだ。カタチはできているが、まだ彩色して

いないので、その全身は粘土のような色だった。

溝口寿々花による3Dモデル教室は九月の第四日曜からはじめたものの、十月には人形供養、十一月には最初の土日にボート部の関東選抜大会、その翌週の土日は鐘撞高校の文化祭と行事つづきで、二回目は十一月のおわりになってしまった。そして十二月なかばの今日が三回目だ。土曜であっても工房では宮沢に峰、久佐間がフルで働いている。今年の新作で、男雛と女雛だけの親王飾りである〈梅小径〉が、思った以上に受注が入ってきたため、追加製作に踏み切った。桐塑頭だが宮沢ひとりでは間にあわず、恭平も手伝うことになり、例年にも増して忙しくなっている。そんな中を抜けだしてくるのは、心苦しかったが、そのぶん朝六時には工房で作業をはじめて、一日のノルマの三分の一はおわらせておいた。

工房の半分を改装したショールームもオープンしており、こちらでも休日を返上し、深見と浅井が節句人形アドバイザーとしての本領を存分に発揮しているはずだ。十二月に入って平日でも数組、土日ともなると十組以上が訪れていた。ただし購入あるいは予約注文の客はまだ少ない。鐘撞市内の人形店を数カ所巡り、どこの雛人形にしたらいいのか、選んでいる最中なのだ。

「それじゃ今日はここまでで」溝口寿々花が言った。ちょうど正午をむかえたところだった。

「森岡くん、つぎはいつにする?」

「年内にあと一回、お願いできるかな。俺は無理でもクリシアだけでも」

「お願いします」クリシアが言った。「早く自分ひとりでできるようになって、会社のお役に立ちたいです」

「感心、感心。その意気よ」溝口寿々花はうれしそうに笑う。

三回目にしてクリシアにだいぶ差をつけられてしまった。恭平も二・五頭身のエンリョーくんをつくっているのだが、なんとか顔らしきものができる段階だった。その点、クリシアは飲みこみが早く、溝口寿々花の手を煩わせずして、エンリョーくんの全身を完成させていたのである。

「クリシアさんはやる気があって、物覚えが早いから教え甲斐があるわ」

「俺だってやる気はあるし、物覚えも早いほうさ。手が追っつかないだけだ」

「そんな強がり言わなくていいって」溝口寿々花は恭平の肩を二、三度軽く叩いた。「森岡くんもオジサンの割にはマシなほうよ」

「ひとをオジサン扱いするな。俺達同い年だろうが」

森岡人形ではいちばん若いし、ボート部の連中といれば気持ちも若くなる。だが三十代なかば過ぎは立派なオジサンだ。それを言ったらきみはオバサンだろと言いかけたが、女性に対して失礼だと思い、やめておいた。

「そうだ、森岡くん。明日は乗艇練習あるの？」

「明日は晴れて気温も高いっていうから、なんとかできそうかな」

本来ならばこのあいだの日曜と火曜に乗艇練習のはずだったのだが、どちらも気温と水温が低過ぎて、中止にせざるを得なかった。恭平が高校生だった頃は、粉雪が舞って川に薄い氷が張っていようとも鬼コーチの号令の下、ボートをだしていたものの、いまはそうはいかない。

「だったら明日、ボートに乗っけてくれる？」

ああ、そうか。

十一月の第二土・日におこなわれた鐘撞高校の文化祭で、ボート部のだし物は曳抜川(ひきぬきがわ)でのボート体験会だった。学校で予約申し込みをしてもらい、部員が曳抜川までお送りをして、舵手(だしゅ)付きクオドルプルに乗ってもらうのだ。

これが去年に増して、大盛況だった。ボート部はその前週に関東選抜で優勝し、全国高校選抜への進出を決め、校内ではちょっとしたスターになっており、元からの陽太(ようた)人気に輪をかけ、ひとが押しかけてきた。しかし舵手付きクオドルプルは二台しかなく、一台につき参加者はふたりで、一時間で十二人乗せるのがやっとのため、両日共に午前中で予約が一杯になってしまった。

森岡人形の職人達は土曜の朝一番に意気揚々(いきようよう)ときたので、全員乗ることができた。クリシアもである。ところが溝口寿々花がモモを連れて訪れたのは、日曜の昼前で、だいぶ予約が埋まっていた。結局、モモひとりが参加し、溝口寿々花は他のひとに譲ったのである。そのとき予約の受付をしていたのが恭平で、いつか必ず乗せるからと、彼女に約束していたのだ。

「昼休みだったらだいじょうぶだって、陽太くん、言ってたわ」

アイツ、勝手なことを。だが約束は約束である。

「いいよ。乗せてあげるよ」

「ほんとに？　やった」溝口寿々花はガッツポーズをとった。「楽しみにしてるね」

「おふたり、ほんと仲いいですよね」クリシアが言った。「子どもの頃からですか」

「話をするようになったのは、この四ヶ月くらいよ。小中高の頃は話をしたことなんかほとんどなかったもの。とくに高校のときなんて、森岡くんはボート部のキャプテンで、私はアニメ研究部の副部長だったからね。いまの言葉で言えばリア充と陰キャだから接点がなかったのよ。私にすれば森岡くんなんて、タレントやアイドルみたいな、ちがう世界の住人だった」

「八代目がモテモテだった話は聞きました。朝には決まって、家の前に女の子が何人か待ち伏せして、手づくりのお弁当やお菓子を八代目に渡していたって」

職人達が話したにちがいない。

「それはもう大変だったのよ。曳抜川でボート部が練習をしていると、森岡くん目当てに鐘撞高校のみならず他校の女の子達がわんさかやってきていたんだから。陽太なんか比じゃなかったわ」

「その話も聞きました。あの土手にいつも五、六十人の女の子がいて、インターハイで優勝したあとは百人以上にもなって、あまりの混雑ぶりにお巡りさんがやってきたって。ほんとですか」

「ほんと。一時期は、ボート部の乗艇練習を見にいってはいけないって、学校からお達しまででてね。それでも川沿いにあるマンションの外廊下やビルの屋上で、双眼鏡や望遠レンズを使って森岡くんを見ていた子もいたのよ」

もう勘弁してくれ。

昔のモテ話くらい虚(むな)しいものはない。聞いていて辛くなってきたのだ。拷問(ごうもん)に近い。

「そんなにモテていたのに、どうして八代目、結婚していないです？　モテすぎて女に飽きたのですか」

クリシアが言う。冗談や冷やかしではなく、本気で不思議がっているのは表情でわかった。

「私もこっちに戻ってきていちばん驚いたのは、森岡くんが独身だってことだな。陰キャの私でさえバツイチだっていうのに」

「あたしはてっきり、おふたりがつきあっていると思っていましたけど、どうなんですか」

クリシアの率直な質問に、恭平はたじろいでしまう。しかし溝口寿々花は「ない、ない」とあっさり否定した。

「どうしてですか。みんながみんな、ふたりはお似合いだって言っています」

「そのみんなも、さっき言っていたひと達？」

「はい」溝口寿々花の問いに、クリシアは素直に頷く。そしてなんのためらいもなく話をつづけた。「溝口さんが八代目と結婚をして、ふたりに子どもができなくてもモモちゃんが九代目を継いでくれればいい、そうすれば森岡人形は安泰だとも」

無邪気に話すクリシアの口を、できれば塞いでしまいたかった。だがもう遅い。

「森岡くんもそう思ってる？」

間髪容れずに溝口寿々花が訊ねてくる。表情も口調も変わっていない。しかし目の奥に怒りに似た感情が潜んでいた。

「いや、そんな」

声が裏返ってしまう。二、三度咳払いをして言い直そうとしたができなかった。溝口寿々花が立ちあがり、「私、帰るね」とコートを着ていたのである。

事務室をでていく溝口寿々花のあとを、恭平は慌てて追いかける。

「待ってくれ」

恭平の声に振りむこうともせず、溝口寿々花は表へ飛びだすようにでていってしまった。これ以上追っても無駄だろうし、たとえ引き止めてもなにを言えばいいのか、思いつかない。恭平は玄関で立ちすくむ。

「あたしが溝口さんを怒らせましたか」

背後でクリシアが申し訳なさそうに言うのが聞こえる。

「怒らせたのは俺だ。気にしなくていい」

恭平は太い溜息(ためいき)をつきながら答えた。すると締めつけられているかのように、胸が痛くてたまらなくなった。

三十七年間の生涯で唯一のカノジョと合意の上で別れ、すっきりするかと思いきや、いまと似た症状が起きた。カノジョを失ったことが予想以上に痛手だったのだ。それが失恋だと気づいたのはしばらく経ってからだった。

だとしたら、いまの俺も失恋をしたのか。

はじまってもいなかった恋なのに。

「イッテーアリテ、イチニンナシッ、イッテーアリテ、イチニンナシッ、イッテーアリテ、イチ

ニンナシッ」

鐘撞高校ボート部の一・二年生あわせて十二人とともに曳抜川の土手を走っているうちに、ようやく身体（からだ）が温まってきた。

天気予報は見事に外れた。晴天に恵まれ、春を思わせるポカポカ陽気のはずが、空はどんよりとした雲に覆われているだけでなく、北風が吹きつけ、身を切るような寒さだった。水温も低いため、乗艇練習は中止となった。

土手を五キロほど走ったあとは学校に戻って屋内トレーニングに励む。鐘撞高校はごくフツーの普通科の公立高校なので、体育会系の部活や体育授業のためのトレーニングルームがない。屋内で部活をするためには、体育館倉庫からトレーニング器具一式を部員総出で運びだし、体育館の片隅か教室でおこなう。今日は一階の視聴覚教室だった。

年明けの一月にはローイングマシンの全国大会が実施される。水上でのレースは一〇〇〇メートルだが、この大会では倍の二〇〇〇メートルをローイングマシンで競いあう。鐘撞高校ボート部はこれに参加する。恭平もだ。年齢・性別・体重カテゴリに応じて、さらにはボート競技の経験がなくてもだれでも参加できるのだ。全国大会と言っても会場は県立体育館で、参加者も県内のひとに限られている。よその地域でもおこなわれ、各地の記録を集計し、全国のランキングはしばらく経ってからわかる。

順位は上位であることが望ましい。だがそれよりも自分のいまの実力がどの程度かを確認し、これを踏まえて今後の練習に役立てるようにと、部員達には伝えていた。

「イッテーアリテ、イチニンナシッ、イッテーアリテ、イッテーアリテ、イチニンナシッ」

　土手を右に曲がり、緩やかな坂を下る。学校までこのまま列を成して走っていく。

「コーチッ」艇庫の手前で、先頭を走る恭平に部員のひとりが声をかけてきた。「今戸（いまど）先生がきてません」

　ともにスタートしながらも、三分も経たないうちに息を切らしたため、自分のペースで走っていいですよと言ったのは恭平だった。

「コーチ、今戸先生を忘れてました？」

　べつの部員が言うと、クスクスとみんなが笑った。

「そんなはずないだろ」とは言ったものの、指摘どおりである。このまま放っておくわけにはいかない。「俺、引き返して土手で今戸先生を待つから、きみ達は先に学校へ戻っててくれ」

　恭平は土手にでる。今戸先生と思（おぼ）しきひとが見えたものの、豆粒程度だった。

　どれだけ遅れているんだ、あのひと。

　スポーツ全般が苦手なのは知っていたが、そもそも基礎体力がほぼゼロなのだ。ボート部の部員だけでなく、鐘撞高校の全生徒および同僚の教師達から嘲笑（ちょうしょう）を浴びても、愚直につづけている。そしてどういうつもりか、一月のローイングマシンの大会に出場すると言いだした。二〇〇〇メートルどころか五〇〇メートルを漕（こ）ぎ切るのがやっとにもかかわらずだ。だが止めても言うことを聞きそうにないので、出場の申し込みはしておいた。

「コーチ」陽太だ。坂をのぼって、恭平の隣に立つ。「今戸先生、まだまだですね」

「どうした？」

「訊きたいことがあるんで、引き返してきました。部員がいる前ではちょっと」

「なんだ？」進学のことかと思いきや、まるでちがった。

「スズ姉さんとなんかありました？」

あまりに予想外のことを言われ、恭平は動揺しながらも、それがバレないよう注意しつつ、

「べつになにも」と短く答えた。「なんでそう思う？」

「歳が近いせいか、スズ姉さんはぼくの母親と仲いいんです」それは恭平も知っていた。陽太の母親、つまり大輔の妻は絵美と言い、溝口寿々花の話に時折でてきていたのだ。彼女は絵美姉さんと呼んでいた。「一昨日もウチにモモちゃんを連れて、遊びにきたんで、今度の日曜は乗艇練習だから、ボートに乗れるチャンスかもって言ったんです。そのときはめちゃくちゃ乗り気だったのに、昨日の夕方、やっぱりいかないとＬＩＮＥがきたもので。結局、乗艇練習は中止になったわけですが」

「どうしてそれで、俺と溝口さんになにかあったと思った？」

「ＬＩＮＥで絵文字やスタンプもなく、文字だけで、それも十文字以内のときのスズ姉さんは、怒ってる証拠です。喧嘩とまでいかずとも、揉めたりしてませんか、スズ姉さんと」

「言葉の行き違いというか、考え方の相違があったんだが、それが原因かもしれない」

今戸先生はまだまだ辿り着かない。すると陽太がべつの質問を投げかけてきた。

「別れた旦那がどんなヤツだったか、スズ姉さんに聞いたことありますか」

「いや。そういう話はまったく」

「嫌なヤツでした」陽太は吐き捨てるように言った。「鐘撞に訪れるのは、冠婚葬祭と盆正月くらいでしたが、どんなときも決まって襟なしのスーツを着て、顔がトカゲに似ていたので、親戚のあいだではエリナシトカゲって、呼ばれていました。肩まで伸ばした髪をうしろで縛って、おしゃれだか無精だかわからないヒゲを生やして、胡散臭い男で」

　都心であればいくらでもいるだろうが、鐘撞市内を歩いていれば悪目立ちする恰好にはちがいない。

「仕事は映像関係ですと自慢げに言いはするものの、具体的になにをしているのかを訊ねても、いろいろやっているので一言では言えないとか、話してもおわかりいただけないでしょうとか、お茶を濁すばかりでした」

「なんでそんなヤツと溝口さんは結婚したんだ？」

「スズ姉さんは東京への憧れが強くて、だから東京の美大に進学して、東京の会社に勤めて、東京のひとと結婚したんです。でもエリナシトカゲは東京といっても西の果てにある山奥の生まれだったそうですが。その他にいろいろとメッキが剝がれて、本性が明らかになり、このままだとロクなことがないと離婚に踏み切ったと」

「溝口さんがきみに話したのか」

「ぼくの母親に話しているのが、自然と耳に入るんです」

その割には詳し過ぎる。聞き耳を立てていたのかもしれない。

「スズ姉さん、なにかにつけてコーチの話をするんですよ。このあいだも関東選抜のときは自転車を漕ぐコーチが気になって、あんなに走ってだいじょうぶなのか、他のチームの自転車とぶつかったりしないのか、心配で落ち着いてボートの応援ができなかったって話していました。コーチを憎からず思っているにちがいありません。曳抜川での乗艇練習によくきていたのが、なによりの証拠です」

「俺も溝口さんはイイひとだと思う」

「だったら」

「落ち着けって。でもお互いイイおとなだし、それぞれの境遇がある。気持ちだけで動けないいんだ」

「そんなこと言ってるから、いつまでも」陽太は口を噤(つぐ)んだ。結婚できないんですよ、とつづいたにちがいない。

「きみこそなにか悩み事はないのか」

「そうですねぇ」陽太は首をひねる。「いまいちばんの悩みは、シングルスカルが少しでも速くなればってことです。三月の全国高校選抜は優勝を目指して、舵手(コックス)としてがんばります。でもできれば来年夏のインターハイに舵手付きクオドルプルだけでなく、シングルスカルでも出場したいんです」

他にはないのかと言いかけたところだ。

「もう少しですっ、今戸先生」陽太が声を張りあげた。

今戸先生は百メートル先を走っている。ほとんど歩くのと変わらぬ速度だ。

「だったら今日、そのための強化トレーニングを考えるとしよう」

恭平が言うと、陽太は「よろしくお願いします」と爽やかに答えた。「それとコーチ、いまの時期、人形づくりで忙しいですよね」

「それはまあ」

「今日は乗艇練習ではなくなったんで、俺達部員だけでなんとかなります。一応、今戸先生もいるし、午後は帰っていただいてもかまいませんよ」

だれかが鼾をかいている。

ひとり、いや、二、三人はいそうだ。

年寄りばっかだなと、人形供養の際に大輔が言っていたが、まさにそのとおりだ。

ここは人形博物館の二階の会議室で、鐘撞人形共同組合の理事会がおこなわれている。午後二時にはじまり、じきに一時間が経つ。

口の字に並んだ長テーブルを、理事である人形店の会長または社長が三十人以上囲んでおり、三分の一はコクリコクリと船を漕いでいた。司会進行役としては注意したほうがいいのかもしれない。しかし恭平自身、何度となくあくびを嚙み殺している。

昨日はボート部の練習だったが、陽太の提案に甘え、午後には工房に戻り、作業ができたので、大いに助かった。しかし今日は今日で、この理事会で三時間は取られるため、朝五時から頭をつくっていたのだ。

理事会は二十以上にものぼる各部の部長による報告が主だ。いずれも報告書を読み上げるだけなのだが、それがつづくと眠くなるのも当然だった。いまは広報宣伝部の部長である理事の番だ。七十代前半のぼそぼそとした彼の声は、よりいっそう眠気を誘った。聞こうとすればするほど、瞼（まぶた）が重くなっていく。

「各種媒体によるＰＲのみならず、県庁が音頭（おんど）取りとなって官民一体で実施している伝統工芸品キャンペーンにも積極的に参加し、販路拡大にも努めて参りました。そしてまた人形づくりの技について、少しでも一般の方に知っていただこうと、東京の映像会社に五分程度の紹介動画を作成してもらい、ホームページおよびユーチューブなどで公開し、好評を博しております。普及推進事業についての報告は以上です」

「ありがとうございました。いまの報告に質問がある方はいらっしゃいますか」

会がはじまって七回、恭平はおなじことを言っているものの、だれも質問はなかった。今日だけではない。いつもそうだった。

「ではつぎ」と進めようとしたときだ。

「はいっ」人一倍、大きな声が恭平のうしろから聞こえてきた。そのせいで何人かが目覚めたほどである。クリシアだ。「質問があるのですが、よろしいでしょうか」

長テーブルや椅子を並べたり、報告書を理事の人数分コピーしたり、お茶のペットボトルを配ったりといった細々とした作業を手伝ってもらうために、連れてきていたのだ。片付けもしてもらうので理事会がおわったらＬＩＮＥで報せる、それまで博物館を見学していたらどうかと恭平が提案したところだ。

ここで理事会を見ていてもいいですか。

見ていても楽しいもんじゃないぞ。

それでもかまいません。

念のため、理事長の櫻田幸吉にお伺いを立てると、あっさりお許しがでた。

今日のクリシアは極彩色のセーターの上に、背中で龍虎が争うスカジャン、そして実物大の薔薇がプリントされたワイドパンツだ。いつにも増して、パンチが効いたいでたちだが、ドラゴンフルーツのママのお下がりではない。本人がネットで買ったのだという。もともと、こういう派手なファッションが好きだったわけだ。そのいでたちで、クリシアは恭平のうしろに置いた椅子に座り、見ているだけでなく、会議中には手帳になにやらメモっていた。

「なにかね、お嬢さん」

幸吉が訊ねた。スキンヘッドで睨みを利かしている顔つきは、いよいよもって『地獄の黙示録』のカーツ大佐のようだった。

「はい。紹介動画についてです。人形のつくり方がコンパクトにまとめてあってわかりやすく、しかもオシャレでカッコイイので、あたし、ユーチューブでほぼ毎日、見ています」

「ほんとかい」広報宣伝部の理事がうれしそうに笑う。「ありがとう」

「ところがアップして九ヶ月以上経つのにもかかわらず、再生回数が三百回にも達していません。しかもその八割方はほぼ毎日見ているあたしです。これではとても好評を博しているとは言えないのではありませんか」

「嘘をついたのか」

幸吉が言った。低くて地鳴りのような声が会議室の隅々まで響き渡り、眠っていたひと達も一斉に目を覚ます。一気に緊張感が高まる中、広報宣伝部の理事は瞬く間に青ざめていく。

「う、嘘だなんてそんな」

「あの動画をつくるのに百万円近くかかっただろ」幸吉が鋭い声を飛ばす。「なのにその程度の成果しかでていないというのはどういうことだ」

「申し訳ありません」

広報宣伝部の理事は声を震わせ、額をテーブルに押し付けながら詫びる。広報宣伝部の理事に非があるにせよ、前期高齢者が後期高齢者に叱られる光景は、見るに忍びない。

「理事長。ウチのバイトが言ったように、動画の出来はいい。なので好評を博したというのは嘘にはならないと思います」恭平が言うと、幸吉が顔をむけてきた。射抜くような眼差しは、息子の大輔よりも孫の陽太に似ていた。「とは言え再生回数が三百回にも満たないのは問題です。今後どうしたらより多くのひとに見てもらえるか、広報宣伝部で話し合ってもらってはどうでしょう?」

「ぜひそうさせてください」広報宣伝部の理事が頼みこむように言う。

「お嬢さんはどう思う？」幸吉がクリシアに訊ねた。

「問題ありません。それと」

「まだなにかあるのか」恭平は振りむく。クリシアはやる気に満ちた顔をしていた。

「技術継承者育成部の方にお訊ねしたいのですが」

「俺？」技術継承者育成部の理事が飛び上がらんばかりに驚く。

「なんだね」と幸吉が促す。

「人形づくりの職人が高齢化、かつ減少していくため、技術の継承の緊急度が高まっているとおっしゃっていましたが」

「そのために職人達による勉強会を開いている」

「会社の垣根を取り払ってですよね。とても素晴らしいことだと思います」

「だろ」

「ではどうして職人が高齢化、かつ減少してしまったのか、原因をどうお考えですか。あたし、三ヶ月前から頭師（かしらし）になるため修業の身ですが、お世話になっている森岡人形さんにかぎらず、どこへいっても職人はお年寄りばかりです。若いひと、ほとんどいません。どうしてですか」

「それはあの、少子化のうえに長引く不況のせいで、節句人形の売上げが年々減っていってだね。人形づくりという仕事自体がその、儲からなくなってしまって」

「ほんとにそれだけですか。他になにか理由はないんですか」

質問を重ねるクリシアに、技術継承者育成部の理事はたじろくばかりだ。

「近頃の若いヤツは辛抱が足らんのだよ」そう言ったのは地域ブランド推奨部の理事だ。「少しでも小言を言おうもんなら、つぎの日にはこなくなっちまう」

「近頃ってどれくらい前からですか」とクリシア。

「近頃は近頃だ」

「あたしの知るかぎり、二十代どころか三十代の職人も数える程度です。四十代五十代だって、みなさんの年代よりも少ないです。全然、近頃ではないと思います」

クリシアに言われ、地域ブランド推奨部の理事はへの字に口を噤んだ。なにか言い返そうにも思いつかなかったのだろう。

「人形づくりは産業としては右肩下がりだとしても、受け継がれるべき日本の伝統文化です。でもこのまま職人の数が減っていったら、消えてなくなってしまうかもしれません。みなさんはそれでもいいいんですか」

「黙れっ」地域ブランド推奨部の理事が吠えるように言った。「おまえさんのような浅黒い肌のガイジン女に、日本の文化をとやかく言われる筋合いはないっ」

「とやかく言わなきゃわからないから、彼女は言っているんですよ」

気づけば恭平は立ち上がり、そう言っていた。三十人以上の理事達が驚きの表情で自分を見ている。だがだれよりも驚いているのは恭平自身だ。会社を引き継ぐと同時に、組合の理事になって十年、他の理事に歯向ったことは一度もない。だがいまの発言は許せなかった。

「彼女はなにか間違ったことを言いましたか？　言っていませんよね。なのに外国人だからって否定するのはどうかと思いますよ」

「外国人に日本の伝統文化がわかるもんかって話だ」

「相撲（すもう）には外国人力士がいるでしょう。柔道は世界中に道場があるし、空手だって今度のオリンピックで正式種目になります」

「それとこれとは別だ」

言い争ったところで埒（らち）があかない。だが恭平はこのままでは気が済まなかった。そしてふと思いつき、いきなりこう言った。

「ちはやぶる神代（かみよ）もきかず竜田川（たつたがわ）」

「あん？」地域ブランド推奨部の理事は訝（いぶか）しげな表情になる。

「百人一首のひとつですよ。下の句をご存じですか」

「なんで知ってなくちゃいけないんだ」

「クリシアッ」恭平は振りむき、声をかける。それだけで彼女は理解し即座に下の句を言った。

「からくれなゐに水くくるとは」

「瀬を早（はや）み岩にせかるる滝川（たきがわ）の」と恭平。

「われても末に逢（あ）はむとぞ思ふ」

「どなたか百人一首をご存じの方、いらっしゃいませんか。上の句を言ってくだされば、クリシアが下の句を答えます」

「月みればちぢにものこそ悲しけれ」だれかが言った。

「わが身一つの秋にはあらねど」

クリシアの答えに「おぉぉお」と感嘆の声が洩れる。

「君がため春の野に出でて若菜摘む」またべつのだれかが言う。

「わが衣手に雪は降りつつ」

「しのぶれど色に出でにけりわが恋は」

「ものや思ふと人の問ふまで」

「だからなんだっ」地域ブランド推奨部の理事は苛立ちを隠さず叫んだ。「百人一首を暗記しているくらいで、日本人面するな」

「だったら日本人のあなたはどうして百人一首を暗記していないんですか」

負けじとばかりに恭平は相手よりも大きな声で言い返す。腹が立ってならなかった。クリシアを擁護しているのとはちがう。年寄り達にいいように使われてきた十年間の、積もり積もった怒りをぶつけているのだ。

「そのへんでもういいだろ」幸吉が低い声で言った。「森岡くんやそちらのお嬢さんの意見には一理ある。どれだけ優れた技を持っていたとしても、だれにも引き継がずにあの世に逝ったら、鐘撞市における人形づくりの歴史が途絶えてしまう。とは言え引き継ぎたくても、お嬢さんみたいに自ら門戸を叩くひとは稀で、求人広告に応募してくるひとも一握りだ。そんな状態が二十年、いや、三十年近く経っているのに、これといった手を打たずにきてしまった。我々はみな猛省すべきだろう」

幸吉の話を聞いていているうちに、恭平は嫌な予感がしてきた。やけに物わかりがいい。こういうときは気をつけねばならない。

「だが我々は老い先が短い。将来を考えるには歳を取り過ぎた。どうだろう、森岡くん。ここはひとつ、きみが技術継承者育成部の部長になって、我々の技を少しでも多くの若者に継承できるよう考えてほしい。頼む。きみに人形づくりの未来がかかっているのだ」

ほら、きた。やっぱりそうだ。結局、ぜんぶ俺に押しつけるんだ、このジイサン達は。

「八代目」クリシアに呼ばれて振りむくと、彼女は微笑(ほほえ)みながら右手を握りしめ、肩の高さにあげていた。「ガンバッ」

やれやれ。

8

朝食を済ませて表にでると、あたり一面が銀世界だった。昨日の昼過ぎからの雪は止んでいたものの、三十センチは優に積もっている。

ホワイトクリスマスか。

今日は十二月二十五日なのだ。とは言え昨日も今日もこれといって用はない。例年通りひたすら人形の頭をつくるだけである。工房へと歩きだすと、日の出前の薄暗い敷地内に人影があった。中腰でそこそこ大きな雪の玉を押している。

「おはようございます、八代目」

宮沢(みやざわ)だった。

「今日はまた一段と早いですね」

〈梅小径〉の追加製作のため、宮沢もこのところ朝七時には出社していた。今朝はさらに一時間早い。

「いつも四時に起きてトイレにいって二度寝をするんですが、今朝はどういうわけか目が冴えちまいましてね。こうしてきちまいました」

宮沢は話をしつつ、次第に大きくなる雪の玉をなおも押しつづけ、やがて正門を抜け、表へでていった。どこへいくのかと恭平はそのあとを追う。

「八代目、頭を載せるのを、手伝ってくれませんか」

敷地を囲む塀の前にはもうひとつ、雪の玉があった。これが身体で、いまつくったのが頭だろう。

「いいですよ」恭平は腰を屈め、雪の玉の下に手を入れる。反対側の宮沢もだ。

「せぇぇのっ」声を揃えて持ち上げ、もとからある上に雪の玉を載せると、恭平の背と変わらぬ高さになった。

「八代目、これ」宮沢がジャンパーのポケットから、ニンジン一本と黒いボールを二個取りだした。「付けてくださいな」

黒いボールは、ゴルフボールを黒の油性ペンで塗ったものだった。家をでる前に塗ってきたのだという。

「宮沢さん、ゴルフしたことあるんですか」

「ありません。これはなにかのパーティーの景品です。亡くなった女房はなんでも捨てずに取っておくのが好きでした。丁寧に剥がして四つ折りにしたデパートの包み紙なんかが、いまだに押し入れにあります」

それを宮沢も捨てずに残してあるのは、奥さんとの思い出だからというのは穿った考えだろうか。ただ単に捨てるのが面倒なのかもしれない。そのあと恭平が倉庫にあったブリキのバケツを持ってきて、雪だるまの頭に被せる。

「イイ出来じゃありませんか」満足げに言う宮沢の手にはスマホがあった。ガラケーから変えたのは三ヶ月前だ。舞が買い与えたモノにちがいない。「すみませんが八代目、これで俺と雪だるまを撮ってもらえませんか」

雪だるまとのツーショットを撮り、スマホを返すと、宮沢は慣れた手つきで画面をタップする。

「八代目に折り入ってお願いがありまして」

「なんです?」

ふたり並んで工房にむかう。

「生まれてくる孫に雛人形をこさえてやりたいんです」

「女の子だって、わかったんですか」

「はい。しかも予定日が三月三日なんです。さすがは我が孫でしょ。はは。男雛と女雛一体ずつ、頭は原型から彫って、衣装や小道具もぜんぶ俺が選ぼうと思っています。もちろん客の受注をすべておえたあとですが、かまいませんかね」

「駄目なはずがないでしょう。お孫さんものちのち宮沢さんがつくったと知れば、よろこんでくれるにちがいありませんよ」

「舞のも俺がつくったんです。なのにこの前、その話をしたら、全然知らなかったなんて言いやがって。嫁にいくときは邪魔になるからって、持っていかなかったし。いやんなっちゃいますよ。親の心子知らずとはまさにこのことで。おっ」

工房まで辿り着き、ドアの鍵を恭平が開けていると、宮沢のポケットでＬＩＮＥが届いた音がした。彼は早速、スマホを取りだす。

「舞の返事がきました。〈朝早くご苦労様。そちらは雪だったんですね。滑って転ばないよう、じゅうぶん注意してください〉って。心配症のとこは死んだ母さんにそっくりだ」

宮沢は穏やかな笑みを浮かべていた。


「本日は雪でお足元が悪い中、当社にお越しいただき誠にありがとうございます。お嬢様の成長と幸せを見守り、寄り添っていく大切なお雛様です。実際にご覧になって吟味していただき、慎重にお選びくださいませ。我が社は昔ながらの手作業で、お客様のニーズにお応えできるようにと日頃から心がけ、古式ゆかしい佇まいでいながら、新たな時代の息吹を感じさせる容姿を持ち備えて、温故知新を具現化した理想的な人形を目指しています」

流暢かつ抑揚のある口調で、浅井が滔々と語るのが、恭平の耳に入ってきた。

いまいるのは森岡人形の工房の半分を改装したショールームだ。一日十数組訪れる予約客を午前に浅井が、午後は深見が接客する。恭平はこの一角というか端っこで、製作実演として、頭に顔を描いていた。追加製作の〈梅小径〉だ。

浅井が相手をしているのは午前最後の客で、五十代前半と二十代なかばと思しき女性ふたりだ。髪型と皺の数と肌艶以外は瓜二つなので、母娘にちがいない。娘のほうはスリングを身に着け、赤ちゃんを抱っこしていた。あの子のために雛人形を買うつもりなのだろう。

母娘三代の前にあるのも〈梅小径〉だ。ぜんたいの大きさは間口八十センチ、奥行き四十センチ、高さ四十四・五センチ、人形は前袖の横から横が二十八センチ、前袖から後裾が二十七センチ、冠までの高さが二十四センチ、値段は税込みで二十八万円と森岡人形の中でも高額の部類だが、つくる側としては素材と手間を考えれば超お買い得と言っていい。

「さあさ、どうぞどうぞ。もっと近づいて、ご覧くださいませ」

母娘は一歩前にでて腰を屈め、人形に顔を近づける。

「いかにも日本人らしい、すっきりとしてクセのない顔よね」と母親が言う。「男のひとはジャニーズのあの子に似てない？」

「あの子ってだれよ。せめてグループ名くらい言ってくれなきゃわかんないって。それよりあたしはエグザイルのだれかだと思うんだけど」

「エグザイルにショウユ顔なんていないでしょう」

「いるわよ。なんて言ったかしら」

「どっちにしても、さっきのお店のよりスマートでカッコいいわよね」

「たしかに」母親の意見に娘が同意する。

「どちらかの店に寄っていらしたんですか」

さりげなく浅井が訊ねる。

「国道沿いにあるビルの、なんて言ったかしら」

「櫻田人形ってとこです」母親の代わりに娘が答えた。「スタッフ全員おなじ作務衣を着てて、入るなり一斉にいらっしゃいませって出迎えるものだから、面食らっちゃいました」

「居酒屋じゃあるまいしねぇ」

居酒屋とは言い得て妙だ。危うく笑いだしそうになるのを、恭平は堪えねばならなかった。

「それにね」母親の不平はまだつづく。「人形についての説明はろくすっぽしないで、年内に購入していただければ、これとこれとこれを特典にお付けしたうえに一割お値引き致します、さらに送料は無料、いま買わないと損ですよって、押付けがましくてうんざりしたわ。可愛い孫娘のためなのに、特典や割引に釣られて買うような真似をしたくはないもの」

まったくそのとおりだ、と恭平は胸の内で頷く。ただし世の中、特典や割引などに釣られてしまうひとのほうが多い。イイものからどんどん売り切れていきます、迷っている余裕はありません、などと脅し文句みたいな言葉を店員やスタッフに畳み掛けられると、だれしも焦ってしまうというのもある。それで売上げが伸びるのだから商売としては正しい。だが森岡人形ではこれまでそうしたサービスをしたことがない。恭平自身も含め、それだけ職人がつくった人形に自信があるのだ。

「お手に取っていただいてもかまいませんよ」

「では遠慮なく」

母親が男雛を手にしたかと思うと、「このお人形、ジャニーズのだれに似ていると思う、ソラちゃん？」とスリングの中にいる赤ん坊に話しかけた。

「なにしてんのよ、ママ」娘はあきれ顔だ。「そんなのソラがわかるはずないでしょ」

「でも見て、ほら。ソラちゃん、うれしそうに笑っているわ。この子も私達同様イケメン好きにちがいないわ」

たしかに赤ん坊が声をあげて笑って、うれしそうだった。

「雛人形が頭に髪、衣装、手足、小道具とそれぞれ職人がいて分業だというのはご存じですか」

「そうなんですかぁ？　ママ知ってた？」

「あたしも初耳」

「左様でございますか。ここでいま作業をしていますのは、頭をつくるのが専門の頭師(かしらし)です。鐘撞(かねつき)市は江戸の昔から人形づくりが盛んだったものの、少子化やライフスタイルの変化で、人形店は年々減っております。そんな厳しい世情の中であっても、我が森岡人形は天保(てんぽう)年間に創業して以来、百八十年にもわたる伝統の技を今日まで代々受け継いで参りました。彼はその八代目、我が社の社長でございます」

「お若いのに立派ね」母親が言った。

立派なものか。

三十七歳にもなって結婚をしておらず、その予定もない。跡取りがいないだけでなく、それ以前に経営不振で、百八十年の歴史に終止符を打つかもしれないのだ。

溝口寿々花とは十日も会っていない。〈梅小径〉の追加製作で、３Ｄモデルを習う余裕がなくなり、溝口寿々花と会って話す機会を失った。

いや、ちがう。

忙しさにかまけて先延ばしにしているだけだ。なんと不甲斐ない。この十日間、溝口寿々花と会えなかったのは寂しいというよりも辛かった。ありきたりの表現にはなるが、胸にぽっかり穴があいたようだった。やはり俺は失恋をしたのだと改めて思う。

いかん、いかん。人形をつくるときは無心でいなければ。

恭平は筆先に墨をつけ、生え際の髪を一気呵成に描きあげていく。

「ママ見て、信じらんない、人が描いてたんだぁ」

間近で黄色い声があがった。浅井が母子を引き連れ、恭平の前まで訪れていたのだ。

「これってぜんぶ、手で描いていらっしゃるんですか」

藁の束に二十以上挿した人形の頭を見つつ、母親が訊ねてくる。

「もちろんです」答えたのは浅井だ。「さきほども申し上げたように我が社は昔ながらの手作業ですので」

「動画で撮ってもいいですかぁ」娘の手にはすでにスマホがあった。

「職人に近づきすぎないよう、注意してくだされればかまいませんよ」

まるで珍獣だな。

しかし考えてみれば人形職人もある意味、絶滅危惧種だ。いまのうちに動画におさめておくべきかもしれない。

頼む。きみに人形づくりの未来がかかっているのだ。

櫻田幸吉に言われたのを思いだす。鐘撞人形共同組合の理事会で、クリシアを擁護するつもりが、いつしか自分の怒りをぶちまけ、しまいには技術継承者育成部の部長を押し付けられてしまった。自分の会社だってままならないのに、職人を育ててあげるなんてできるとは思えない。だがなにかしら手立てを講じなければ、ジイサン達の嘲笑を買うだろう。それだけは避けたい。

まずい。筆が荒れてきた。また余計なことを考えてしまったからだ。そもそも無心になるには、問題が山積み過ぎる。そのうえどれも解決できないものばかりだ。

「ねぇ、ママ。ここの人形にしない？」

「私もいま、そう思っていた。これだけ見事な匠の技を見せられたら、買わずにはいられないわ」

「こんなの匠の技でもなんでもありません」

しまった。うっかり胸中を口からだしてしまった。母娘は驚きに目を見開いている。

「八代目は職人になってまだ二十年足らずでしてね。我が社にはこの道六十年以上の頭師もおりますので、匠だなんておこがましいということです」

浅井がフォローする。恭平も詫びなければと思ったときだ。工房から悲鳴に近い声が聞こえ、ざわつきだした。はっきり聞き取れないが、唯事ではなさそうだ。恭平は筆と描きかけの頭を置いて立ちあがる。そして工房とのあいだにあるドアへむかうと、むこう側から開き、血相を変えた久佐間が飛びこんできた。

「八代目、宮沢さんが」

最後まで聞かずとも、久佐間の肩越しに床に倒れた宮沢が見えた。

「宮沢さんっ」クリシアが寄り添い、声をかけている。「あたしの声、聞こえますかっ。聞こえたら返事をしてください」

十年前、父親が倒れたときと時期と状況がほぼおなじだった。宮沢も作業中に突然、椅子から崩れるようにずり落ちて床に倒れたらしい。クリシアがいちばん先に駆け寄り、宮沢の名を幾度も呼んだものの、白目をむいたままで返事はなかったという。峰が一一九番をかけ、五分もしないうちに救急車が到着し、恭平が同乗した。これも父親のときとおなじだ。

病院もおなじ、市立病院だ。救急車から下りて、担架で運ばれていく宮沢を追いかけていこうとすると、救急隊員のひとりに呼び止められた。

「付き添いの方はこちらへどうぞ」

案内された先は〈救急受付〉と看板が掲げられた受付だった。恭平が前に立つと、カウンターのむこうにいる女性が、クリップボードに挟んだ診療申込書なる用紙とボールペンを差しだしてきた。

「こちらに患者さんの氏名と生年月日、住所をご記入ください」

「彼はいまどこに」

「初療室で治療を受けていますが、どのくらい時間がかかるかはわかりません。すぐ手前の角を左に折れると廊下に長椅子があります。申込書を書きおえたら、そちらでお待ちください」

有無を言わせぬ物言いに、恭平はおとなしく従った。言われた場所にはだれもおらず、長椅子に座って待つより他になかった。

そうだ、舞に連絡を。

しばらくしてから気づき、スマホを取りだしたが、目の前の壁に携帯電話にバツをした紙が貼ってあった。〈携帯電話をご利用の場合は玄関ホールでお願いします〉とも明記してあり、ならばと腰をあげたときだ。

「キャプテン」白衣姿の三上(みかみ)があらわれた。「宮沢さんの付き添いって、キャプテンッスか」

「ウチの工房で倒れたんだ。宮沢さんの様子は？」

すでに病室へ移動しており、命に別状はないが、眠ったままだという。まずは一安心だ。恭平はホッと胸を撫(な)で下ろす。それから三上に長椅子に座るよう促され、彼も隣に座った。

「宮沢さんのふだんの様子と、容態が急変したときの状況を聞かせてもらえないッスか」

言葉遣いはいつもどおりだ。しかし落ち着いたしゃべりで質問を重ね、恭平の答えに頷く三上は、まぎれもなく医者だった。

「西伊豆（にしいず）にお住まいの娘さんの連絡先って、キャプテン、知ってます？」

「玄関ホールへいって、電話をするところだった。こっちにいつこられるか、聞いといたほうがいいか」

「お願いします。それじゃ俺、宮沢さんの病室いくんで、あとできてもらえます？」そして三上が病室の番号を教えてくれたあとだ。「娘さん、妊婦なので、宮沢さんの話をするときには、慎重にしてくださいね」

『ビッグ・ウェンズデー』に電話をかけたところ、今回は舞がでた。三上に言われたとおり、刺激を与えまいと、恭平は宮沢が倒れた話をすると、舞は思った以上に冷静だった。あるいはそう装っているだけかもしれない。

「いまからいくわ。鐘撞って今日、雪だよね」

「ああ」そうだ。宮沢と雪だるまのツーショットを舞は見ているのだ。

「車じゃキビしいから、電車でいくしかないか」

「大きなお腹でだいじょうぶなのか」

「どうぞご心配なく。運動不足は難産のモトだから、いまの時期は動いたほうがイイんだよ」

ハキハキとした話し方は、いつもどこかに擦（す）り傷をつくっていた少女の頃とおなじだった。

「鐘撞駅に着いたら電話くれ。車で迎えにいってやる」

「着くのは六時頃で、病院までのバスもでているだろうし、じゃなければタクシー使うんで、気にしなくてもいいって。今日は実家に泊まって、明日の昼にでも恭平兄さんの会社にいくわ」

「宮沢さんの分の頭も、八代目がぜんぶおつくりになるんですか」

遊木(ゆうき)が声をあげた。驚いたのではなく、恭平の正気を疑っているようだった。彼ひとりではない。他の職人達もおなじ表情で、恭平を見つめている。

「駄目ですか」

「駄目だなんて言っていませんよ。でも、その」

「できるんですか、八代目」口ごもる遊木の代わりに、須磨子(すまこ)が心配そうに訊ねてきた。

病院からタクシーで会社に帰ると、工房には遊木と須磨子が訪れていた。職人のＬＩＮＥグループで宮沢のことを知り、いてもたってもいられずに駆けつけたのだという。

恭平は工房の真ん中にある円卓を職人達と囲み、宮沢の現状について話した。退院しても、すぐさま仕事に復帰できるかどうかわからないこともだ。そして彼の分も自分がやると宣言したのである。

「すでに受注した分はこなせるでしょう。ただそれ以上となると自信がありません。なので今後の受注は数を控えねばならないのですが、となるとぜんたいの生産数が例年に比べ、一割以上減少すると思われます。それについてみなさんにご容赦願いたいのですが」

だれも異論はなかった。だが職人達はみな一様に戸惑いと不安を隠せずにいる。

「もしもよ」須磨子が手を挙げた。「宮沢さんが快復しても、その先、職人として復帰できなければ八代目はどうするつもり？」

「縁起でもないことを言うな」遊木が不快そうに言う。「職人は生涯、職人だ」

「いくらカッコつけたって無駄よ」須磨子はぴしゃりと言い返した。「もっと現実を見なさい。例に挙げるのは申し訳ないけど、熊谷さんとこの美智子さんは脳溢血で倒れたあと、左の手足はままならないし、認知症にもなったのよ。宮沢さんだって職人をつづけられる保障はどこにもないでしょ。ここにいるみんなもおなじ、明日は我が身よ。ねぇ、八代目。このままだと森岡人形はあなたの代で潰れますよ。それでもいいんですか」

いいはずがない。

痛いところを突かれ、恭平は即答できなかった。そんなの知ったことかと言って、表へ飛びだすことができたら、どれほど楽だろう。

「あ、あの、須磨子さん」久佐間が恐る恐る口を開く。「なにもいま、そんな話をしなくてもよかないですか」

「そうだよ」と峰が同意し、なだめるように言った。「八代目だって宮沢さんのことで頭も胸もいっぱいで、いまはそこまで考えが回りませんよ。だからどうでしょう。雛人形の製作が一段落したあと改めて」

「いましないで、いつすればいいの？　そうやって問題を先送りにしていたせいで、いつまで経っても問題が解決せずにこういう事態に陥ったんでしょ？　ちがう？」

須磨子は苛立ちを露にし、話しているあいだにヒートアップしていった。こうなったら手がつけられないのを職人達は知っている。

「いや、あの」「でも、その」

すっかり気圧され、久佐間と峰は首を竦めていた。

「私は自分が倒れたとき、アシスタントふたりがすぐさま仕事を引き継ぐことができるようにしてあるわ。遊木さんのところも家族がいる。でも久佐間さんはどう？」

「どうって」いきなり須磨子に矛先をむけられ、久佐間はあたふたしている。「至って健康ですよ。毎朝、青汁飲んでいるし、食事にも気を遣っています。週に一度はジムにも通って」

「でもあなただってじきに後期高齢者で、いつお迎えがきたっておかしくないわ。そのとき人形の髪はだれが付ければいい？」

「それは」久佐間は言い淀み、口をつぐんでしまう。

「峰さんもおなじよ」

「私はまだ後期高齢者まで五年あります」

「歳の話じゃなくて後継者がいるのかってこと」

「クリシアちゃんが」

「一人前になるまで十年はかかるでしょ。八代目が社長になってから、職人枠で採用した新人が十人以上もいたのに、あんた達はだれひとり育てあげられなかったじゃない。この子だってどうなることか」

「あたしはちがいますっ」

クリシアが声高に言った。シャツにプリントされた虎も、いっしょに吠えているようだ。その勢いに須磨子は口を閉ざしてしまう。

「す、すみません。でもあの、あたしはやめません。立派な職人になって、森岡人形のために働くつもりです。ぜったいです。須磨子さんは十年っておっしゃいましたが、あたし、五年で一人前になります。八代目だってこのままではイケナイと思っています。だからこそ先日の理事会ではギジュツケーショーシャイクセーブのブチョーになったんです。ですよね、八代目？」

「うん、まあ、そうだ」

なりたくてなったわけではない。いつもどおり、理事のジイサン達に押し付けられたのだ。だがいまは言わないほうがいいだろう。

「まるで須磨子さんだな」久佐間が呟くのが聞こえた。

「あ、それ、私もいま思った」と峰。

「須磨子さんそっくりだ」これは遊木だ。

「あたしがですか」クリシアがきょとんとしている。

「どこがよ」クールダウンした様子だが、それでもまだキツめの口ぶりで、須磨子が言った。

「須磨子さんはね」須磨子には答えず、峰はクリシアに話しはじめた。「二十二、三歳で阿波家に嫁いで、家業の小道具師の手伝いをはじめたんだ。元から素質があったのか、努力の結果か、そのどちらもかもしれないけど、五年足らずで一通りつくれるようになって、職人達のあいだで評判も高かった。いつだかの呑み会でみんなが褒め讃えていたら、それが旦那の親父さんの癇に障ってね。手伝いにすぎない半人前をつけあがらせないでくれ、所詮は女だ、跡継ぎが生まれたら子育てと家事に専念してもらうと言ったんだ」

「はじめて聞きますよ、その話」恭平は言った。

「そりゃあもうえらい剣幕でした」峰は嬉々として話をつづける。「その場は一瞬にして、水を打ったようになりました。ところが須磨子さんは負けちゃあいなかった。子どもができても仕事はつづけて、立派な職人になってみせるって言い返したんです。それがいまのクリシアちゃんにそっくりだったわけで」

「もっと殺気立っていた」久佐間は宙を見つめている。そのときのことを頭に思い浮かべているらしい。「須磨子さんの旦那なんか生きた心地がしなかっただろうな。でもあのひとがえらかったのは、親父さんには付かずに須磨子さんの味方をしたことだ。だからこそ須磨子さんはこうして、鐘撞市どころか日本でも屈指の小道具師になれたんだし」

「えらいのは須磨子さんですっ。旦那さんのおかげかもしれませんが、それ以上に須磨子さん自身ががんばった結果です」

須磨子は目をぱちくりさせている。自分のために鼻息を荒くするクリシアに戸惑っているのだろう。

「須磨子さんは、東京のカルチャーセンターで講師をしていますよね。もしかして、いまのアシスタントさん達は、そちらの生徒だったんですか？

「そうよ。優秀でモノになりそうな子に私のところで働かない？　って声をかけたの」

「八代目っ。頭師や他の職人さん達も須磨子さんみたいに後継者を育てるための教室を開いたらどうです？」

「以前、私もまったくおなじことを八代目に勧めたのよ」不満をもらすように須磨子が言った。「そしたら自分はひとに教えるほどの技量はないし、他の職人達はひとに教えるのがヘタクソだから無理だと断られたわ」

「ヘタクソはひどい」峰がぼやくように言った。

「ヘタクソとは言っていません」恭平は慌てて訂正する。「むいていないとお答えしたはずです」

「だったら職人の技を見せながら、八代目が教えるのはどうでしょう？」

「それ、いいじゃない」クリシアの意見に、須磨子がすぐさま賛成した。「東京までいくのが負担ならば、人形博物館で講座を開いたら？　それこそ鐘撞人形共同組合に働きかけて、よその人形会社の職人にも参加してもらいなさいな」

「グッドアイデアです、須磨子さん」

「あなたこそ素晴らしいわ、クリシアちゃん。どう、八代目？　私もいくらだって協力する。あなた達もよね」

「はいっ」

事前に稽古をしていたかのように職人三人の返事はきれいに揃っていた。

「では一月一杯、コーチはボート部の練習にはでられないってことですね」

陽太が歯切れよく言った。午後八時過ぎとやや遅めだが、恭平から電話をかけ、自室にいるという彼に事情を話したところである。

「ああ、そうだ。ローイングマシンの全国大会にも参加できん。きみ達の健闘を祈る」

「いい結果だして、コーチをよろこばせてあげますよ」

恭平は工房でひとりきりだ。長い一日だったが、まだおわらない。あと二時間は頭に顔を描くつもりでいる。昼間に職人達の前で、受注した分はこなせると言いはしたものの、じつはそれも心許なかった。恭平自身が体調を崩し、一日でも寝こんだりしたら危うい。まさに綱渡りだ。

「この件、今戸先生には？」陽太が訊ねてきた。

「まだだ」

「だったらぼくから話しておきます。どうせ明日、朝練で会うんで」

今戸先生はボート部の練習にかかさず参加している。この十日で河原のランニングで遅れずについてこられて、ローイングマシンも一〇〇〇メートルまで漕げるようになった。

「あとひとつ、訊ねたいことがあるんですが。あ、でもこれはまたべつのときでいいかな」

「なんだ？　言いなよ」

「ぼくのことで、ウチの親父やじいさんに、なにか頼まれました？」

どきりとしながらも「どうしてそう思う？」と恭平は聞き返した。

「秋口くらいからかな。森岡の八代目となにか話をしたのか、どんな話をした、なにを言われたって、ふたりがやたら訊いてくるんですよ。といってもふたり揃ってじゃありません。べつべつにです。もしかしてそれって、俺の将来についてじゃないですか」

「よくわかったな」

こうなればバレたところでかまわないだろう。そもそも気づかれるような行動を取る幸吉と大輔が悪いのだ。

「やっぱりそうですか。となるとじいさんには高校でたら頭師になれ、親父には大学に進学しろと勧めてほしいと頼まれたんですね」

「そのとおりだ」恭平は正直に答えた。

「コーチはどっち派ですか」

「どっち派でもない。言うだけ言うが、陽太次第ですとふたりには答えておいた。きみこそどうなんだ」

「とりあえず大学にはいきます。親父は自分とおなじ経済学部か、あるいは商学部にいかせたいと思っているでしょうが、ぼくは理系なので、大学はそっち方面を勉強して、ＩＴ関連の会社でシステムエンジニアとして働くのが夢なんです」

「櫻田人形を継ぐ気はないのかい」

「いまのところはありません。ただ大学に通いながら、じいさんに頭師としての技を学ぼうとは思っています。就職がままならないときのため、手に職をつけておいたほうがいいですし。いわば保険です」自分が二十年つづけてきた仕事を保険扱いされたことに、恭平は気分を害さないまでも、心よく思わなかった。陽太に悪気がないとわかっていてもだ。「その点、コーチはラッキーでしたよね」

「俺が?」

「だってそうじゃないですか。自分がやりたい仕事が家業だったわけでしょう?」

べつにやりたかったのではない。家業は継ぐものだと物心ついた頃から思っていただけだ。その話をしたところで、陽太は理解してくれないだろう。

「ボートは大学にいってもつづけるんだろ」

「ぼくのいきたい大学にはボート部がないので、諦めざるを得ません」

陽太の返事に恭平はショックを受けた。もちろんですと答えると思っていたのだ。つづけてほしいと言いかけたが、やめておいた。それでは幸吉や大輔とおなじだ。自分の考えを押し付けるような真似はしたくない。

「いまの話、じいさんと親父にはナイショにしてください。あのふたりにはしばらくヤキモキしてもらいます」

「わかった」

陽太との電話を切り、スマホを机に置き、筆に手をかける。すると窓の外から眩(まぶ)しい光が射してきた。タクシーだ。会社の前に停まり、ひとが下りてくる。ニット帽を被ってマフラーを巻き、防寒コートに身を包んでおり、その色合いでかろうじて女性だとしかわからなかった。降り積もる雪の中、足元に注意しながら、ゆっくりこちらへ歩いてくる。机を離れ、恭平は工房のドアを開いた。

「恭平兄さんっ」舞だ。雪の中を足早にむかってくる。

「慌てることないって。転んだりしたら大変だろ」

「だいじょうぶよ、このくらい」そう答えたときには、舞は工房まで辿り着いた。「おひさしぶり。この度はお父さんがご迷惑をおかけしまして」

「迷惑だなんてとんでもない。ともかく中に入って」

ニット帽とマフラーを取ると、間違いなく舞だった。最後に会ったのは七年前、彼女の母親の葬式だったが、その頃と比べ、少し丸くなった程度でさほど変わっていない。

「旦那さんは？」

「店があるんで、こられないわよ」

舞を円卓の前に座らせ、恭平は流し台のほうへむかう。

「寒かっただろ。温かいものでも飲むかい？　とは言ってもコーヒーか緑茶くらいしかないけど。ココアにするか。妊婦はカフェイン、駄目だもんな」

「独身なのによく知ってるのね、恭平兄さん。どっかに隠し子でもいるの」

「莫迦（ばか）言え」舞のイジリに笑って答え、やかんに水を入れ、ガスコンロの火にかけた。「門の前にある雪だるまは見たかい」

「お父さんがつくったヤツよね。ＬＩＮＥの写真って、恭平兄さんが撮ってくれたの？」

「そうだよ」

あれが今朝のことだなんて嘘のようだ。もっとずっと昔のように思えてならない。

「病院からきたのかい」

「うん。病院には六時に着いて、お医者さんに話を聞いて、八時までいたんだけど、お父さんはずっと眠ったままだったわ」

お湯が沸いたので、ココアを入れたマグカップに注ぎ、舞の許へ運ぶ。恭平は少し距離を置き、彼女の右隣に座った。

「昼間に電話で話していたとおり、ここには明日くるつもりだったのよ。でもタクシーで実家にいく途中、この前を通って工房に灯（あか）りが点いているのを見て、気づいたら運転手さんに止めてって言っちゃったんだ。もしかして仕事の邪魔（じゃま）だった？」

「きみと話すくらいの時間はある」

「そういう台詞（せりふ）は好きなひとのために取っておきなよ」

からかい気味に言って舞は笑う。ただその笑顔はどこかぎこちなかった。

「三上先生って鐘撞高校のボート部で、恭平兄さんとインターハイいったんだってね」

「一年後輩だ」

「三上人形の長男坊なんだって？」

「そうだ。でも家を継ぐのが嫌で、かといって親に歯向う度胸もない。いろいろ考えた末、医者になると言えば、反対されずに済むという結論に達したんだとさ。もともと頭はよかったんだ。あれだけ毎日、ボート部の練習があったのに学校の定期試験はいつもトップクラスだった。そして一浪はしたけど国立大の医学部に入って、医者になったんだからたいしたもんさ」

三上人形は三上の父親が亡くなると同時に廃業した。十年も昔の話だ。そのときばかりは、さすがの三上も胸が痛んだらしい。以前、ふたりで呑んだときに本人が話していたのだ。

「三上と会って、話してきたのか」

「うん」舞はココアを一口啜(すす)り、長い溜息(ためいき)をついた。「お父さん、もう長くないのよ」

「え？」

「あちこち癌(がん)が転移しているって話は前に聞いていたんだけど、もって三ヶ月だって、ついさっき三上さんに言われちゃった」

9

「こりゃどうも、八代目。わざわざきていただいて申し訳ないですねぇ」

「こちらこそ病身を押して働いてくださって、助かっていますよ」

「そう言ってもらえるのが、いちばんの薬です。一日でも早く快復しなきゃならないと思います。はは」

クリスマスに倒れた宮沢は、三日間入院していた。娘の舞は西伊豆へ一度戻り、退院する日にふたたび鐘撞を訪れ、そのまま父親とともに暮らしはじめ、すでにひと月が経とうとしていた。

来月から旦那さんも、ここで暮らすらしい。サーフィンショップはオープン以来ずっと赤字で、この先つづけていても借金がかさむだけなので、すっぱり諦めて閉店したという。西伊豆を引き払い、鐘撞でやりなおす、そのために旦那はすでにこっちでシューカツをしているそうだ。

ここで何度か会っているものの、ちゃんと言葉を交わしたことはない。あいかわらずベビーフェイスではあったが、小皺が増え、いつも疲れた顔をしていた。ちなみに旦那の名前はタカシでもヒロシでもなく、昌司と書いてマサシだった。

玄関をあがって右手の六畳の居間に入ると、コタツにあたりながら、宮沢は頭に顔を描いているところだった。

仕事をさせてもらえませんかね。

宮沢にそう言われたのは年始の挨拶に訪れたときだ。微熱がつづき、体力も低下していたが、舞と相談のうえ、工房から自宅へ宮沢の道具一式を運びこんだ。そして目、鼻、口などを小刀で彫った切り出しをし、胡粉を上塗りまでできた頭も二十個ずつ持っていき、宮沢には眉と口紅、生え際を筆で描き、彩色をしてもらう。その後、仕上がった頭から徐々に受け取るため、こうして自宅を訪れていた。もちろん宮沢の様子を窺うためでもあった。

「ご苦労様です、八代目」

クリシアがぺこりとお辞儀をした。作業台と化したコタツを挟んで、宮沢の真正面に座っているのだ。深緑のタートルネックのセーターと、彼女にしてはえらく地味な服を着ているが、これは舞のお下がりだ。他にも彼女から数着、服をもらっていた。

年が明けたあと、ほぼ毎日、クリシアは宮沢の自宅に通っていた。朝は決まって八時から、ドラゴンフルーツに出勤するときは夕方五時頃まで、休みのときは七時か八時までと、工房にいるよりも長い時間を過ごしていた。宮沢の作業を手伝ってくれと恭平が命じたのだが、それ以外にも身重の舞に代わって、掃除や洗濯、食事の準備など家事の手伝いもしていた。

不思議なことに自宅で作業をするようになってから、クリシアがどれだけ間近で凝視していても、宮沢はかまわず筆を動かすことができた。それだけではない。作業の最中、クリシアが描き方のコツなどを訊ねても、嫌な顔ひとつせず答えていた。

「クリシアさぁん」

「はぁい。なんですかぁ」

どこからか呼ぶ舞の声にクリシアは答えた。

「手伝ってほしいことがあるのぉ。いまいい？」

「わかりましたぁ。すぐいきまぁす」

返事をしながら筆を置くと、クリシアはすっくと立ち上がり、「失礼します」と居間をでていく。つづけて階段をのぼっていく音がした。舞は二階にいるらしい。

「クリシアが描いたの、見てやってくださいよ」

自分の斜向いに座った恭平に宮沢が言った。言われたとおり、いましがたまでクリシアが筆を走らせていた和紙を手に取る。生え際の練習だろう、いくつもの線を引いてあった。

「ずいぶん上達してきましたね」

「でしょう？」自分が褒められたかのように宮沢がにやつく。「僅かなあいだに、これだけじょうずに描ける人間はそうはいません。なかなかの逸材です。先が楽しみだ。さすが八代目です」

「なにもしていませんよ」

「俺の弟子（でし）になりたいときたあの子を追い返さずに、受け入れたじゃないですか」

「でももともとはドラゴンフルーツで、宮沢さんが弟子にしてやると言ったからでしょう」

「それはほら、酔った勢いに過ぎません」

宮沢は照れ臭そうに笑う。すっかり痩せている。舞によれば食事が満足に摂（と）れず、倒れる前よりも十キロ以上、体重が減ったらしい。

「この前、八代目がいらしたのはいつでしたっけ」

「二日前です」

「そりゃマズいな。そのあいだにできたのは両手の指で足りる程度に過ぎません。いくら病み上がりとは言え面目（めんぼく）ない。わざわざ足を運んでもらったのに申し訳ない」

「いいんですよ。じゅうぶん助かっています」

コタツの隣には最新型の電動リクライニングベッドがあった。宮沢が退院する前に舞がレンタルしたものだ。宮沢は一時間も仕事をするとくたびれてしまい、二時間はそこで横にならないと快復しなかった。

「いいですね」

女雛（めびな）のひとつを見ながら、恭平は言った。お世辞ではない。病気で倒れてからのほうが、宮沢の描く顔は出来がよく、他の職人達にも評判がいい。この頭であればおなじ〈梅小径（うめこみち）〉でも少し高めに売るべきだと意見するくらいだ。

「ありがとうございます」宮沢はうれしそうに笑う。「今月もあと一週間ですよね。それまでにあと何個つくればいいでしょう」

「残った分を仕上げていただければじゅうぶんです。峰(みね)さんが石膏頭(せっこうがしら)をつくる傍(かたわ)ら、桐塑頭(とうそがしら)も切り出しから手伝ってくれたんで、どうにか達成できそうなので」

まずいぞ。

宮沢が寂しそうな表情になっていたのだ。自分はもう必要とされていないのだと思っているにちがいない。

「お孫さんにも雛人形をこさえてやりたいとおっしゃっていたでしょう?」恭平は慌てて言い添えた。「その作業に取りかかってくださいな」

「いいんですか」宮沢の顔が一瞬にして明るくなる。

「できれば来年の新作も考えていただけませんか。〈梅小径〉は近年にないヒットでしたが、それを上回るものをつくってほしいのですが」

「すぐに取りかかります。孫のも来年の新作も」宮沢は自分の頭を指差した。「こん中ではずいぶん前にできておりますので、あとはカタチにするだけです」

「そう思って原型頭を彫るための材料と道具を持ってきました。車ん中にあるので、いま運んできましょうか」

ミニバンは近くの有料パーキングに停めてある。

宮沢が答えかけたとき、黄色い声がした。二階にいるクリシアと舞にちがいない。内容は聞き取れないものの、ふたりの話し声はつづいている。とても楽しげだ。

「あのふたり、不思議と馬があって、よくあんなふうにハシャぐんです。うるさくてしようがない。クリシアはまだしも舞なんて三十過ぎのくせして、箸が転んでもおかしいらしい。女房も亡くなる直前までそうだったんで、遺伝のせいでしょうな」

宮沢が話しているうちに、階段を一歩一歩慎重に下りてくる足音が聞こえてきた。

「気をつけてください、舞さん」

「だいじょうぶだって。クリシアさんこそ平気？」

なにか運んでいるらしい。

「恭平兄さん、襖、開けてくれない？」

言われたとおりにすると、舞とクリシアはやけに大きな木箱をふたりがかりで居間に運びこんできた。それをコタツの脇に置き、舞が蓋を開ける。中からでてきたのは男雛と女雛だった。

「お父さんがつくった人形って、これのこと？」

「ああ、そうだ」

「なんだ、そうだったんだ。あたしが高校まで、毎年ここに飾ってあったよね」

「おまえが東京へいったあとも、母さんは飾っていたさ。嫁にいくとき持っていくかって訊いたら、邪魔になるからいらないって」

「邪魔だなんて言っていないわ。２ＬＤＫのふたり暮らしじゃスペースがないって断っただけよ。そんとき、お父さんがつくったって言ってくれたら、持っていったのに」

「おまえが子どもの頃、この人形は父さんがつくったんだって、さんざん言ってたぞ」

「そんなの、忘れちゃってたもん」

言い争っていても、父子共々それを楽しんでいるかのようだ。

「ひどいでしょう、ウチの娘」

いきなり宮沢に同意を求められ、恭平はなんと答えていいものか、まごついてしまう。

「パパがいるだけで舞さんは幸せです。羨(うらや)ましい」

クリシアにしては珍しいしんみりとした口調で、物悲しい表情になっていた。

あたしなんて、パパがどこのだれだかわかりません。

遊木(ゆうき)の食卓でクリシアが言ったのを恭平は思いだす。

「こんなお父さん、いつでも譲るわ」

「父親を安売りするな」

冗談まじりで言いあう宮沢と舞の言葉には、温かみがあった。ふたりが笑うと、クリシアも釣られるように笑った。恭平もだ。

「昔みたいに床(とこ)の間に飾っていい？」舞が言った。もちろん雛人形のことだ。「少し早いけど」

「勝手にしろ」

宮沢に許可を得てから舞とクリシアは、桐箱(きりばこ)から人形以外にも飾り台や屏風(びょうぶ)、雪洞(ぼんぼり)などを取りだし、床の間に置いていく。

「お父さん」女雛に檜扇(ひおうぎ)を持たせながら舞が言った。「これ、お母さんに似てない？　あたしの気のせい？」

「気のせいなもんか。わざわざ似せてつくったんだ。その話も昔にしたぞ」

「こちらは宮沢さんですよね」男雛に冠を被せているクリシアが言った。

「そのとおり。どっちも三割増し、いや、五割増しで美男美女にしているがな。それで思いだした」宮沢は恭平のほうに顔をむけた。「八代目、原型頭の材料と道具を持ってきてくださるんでしたよね」

そうだった。恭平も忘れかけていたところだった。

「それってお父さん」舞は自分のお腹を擦った。「この子のお雛様づくりに取りかかるってこと?」

「ああ、そうだ」

「もしかして、あたしと昌司の顔にするつもり?」

「そのつもりだ」

「だったら男雛を昌司じゃなくて」舞は新進気鋭で、人気の高い俳優の名前を言った。「そのひとの顔にしてもらえないかな」

「そうはいくか」

「なんでよ、べつにいいじゃん」舞が口を尖らせて言う。「人形になってまで昌司とは嫌よ。だれにも迷惑かけるわけじゃないんだしさ。かわいい娘の言うこと聞いてちょうだい」

「おまえじゃなくて、孫のためにつくるんだ」

いつまでもつづきそうな親子喧嘩につきあってはいられない。恭平は荷物を取りにいこうとしたところだ。

「あたしも買い物いくんで、途中までいっしょにいくわ」

大きなお腹を抱え、舞が立ち上がった。

「寿々花さん、離婚して鐘撞に戻ってきてるんでしょ」

家をでて数歩も歩かないうちに、舞が言った。

「だれに聞いた?」

「クリシアちゃんよ。恭平兄さんとふたりで、寿々花さんに3Dモデルを教わってるって」

教わったのは三回だけだ。三回目の別れ際にクリシアが余計なことを口走ったせいで、溝口寿々花が機嫌を損ね、一ヶ月半会っていなかった。クリシアは悪くない。溝口寿々花の気持ちを聞くのを、いつまでも先延ばしにしていた自分が悪いのだと恭平は反省している。

「寿々花さんって、フィギュアの原型師なんだってね。インスタ見たけど、あんなのがつくれちゃうなんて天才だよ。アパレルの仕事につくつもりで東京へいったはずなのに、合コンで知り合った男と交際三ヶ月で結婚しちゃって、自分でなにをするでもなく、結局は地元に戻ってきたあたしなんかとは大違い」

「溝口さんは立派さ。だからって彼女と比べて、自分を卑下しちゃ駄目だ。舞は舞でがんばっている」

「恭平兄さんも変わらないな」

「なにがだ」

「そういう台詞をなんのためらいもなく、ふつうに言えるところがだよ。でも自分がイイひとに思われたいなんて気持ちは微塵もないんでしょ」

「あるもんか」

「やっぱ天然だ。恭平兄さんは」

そう言えば溝口寿々花にも天然と言われたのを恭平は思いだした。

「名前をさん付けで呼ぶくらい、溝口さんと親しかったのか」

「あたしが寿々花さんに助けてもらった話、してなかったっけ」

「ないよ。いつの話だ?」

「あたしが中一んとき。駅前の商店街で、恭平兄さんのファンの子達に絡まれたことがあったんだ」

「俺のファンに?　どうして?」

「あたしが恭平兄さんと幼なじみってだけで、気に入らなかったみたい。生意気だ、調子に乗るなって小突かれていたら、そこに自転車に乗った女の子が通りかかってね。お巡りさん、こっちですって叫んだの。それが溝口さんだったの」

恭平は露ほども知らないことだった。

「絡んでた子達がいなくなったあと、ああいうタチの悪いのがいるから、しばらくは曳抜川の練習を見にいくのを控えたほうがいい、なんだったら特等席を教えてあげるって。つぎの日、櫻田人形の屋上に連れてってもらったんだ。渡された双眼鏡で見てみたら、ビックリするくらいよく見えたのよ」

そう言えば当時、ボート部の乗艇練習の見学が禁じられた際、川沿いにあるマンションの外廊下やビルの屋上で、双眼鏡や望遠レンズで見ていた子がいたと、溝口寿々花が話していたが、あれは自分自身だったのか。

「そのうちボート部の練習がなくても、寿々花さんとふたり、ほぼ毎日、あそこで何時間もおしゃべりして、二年以上なかよくしてたのよ。でも寿々花さんが東京の美大に進学して、お互いまだ携帯電話も持っていなくて、次第に疎遠になっちゃって。今度また、3Dモデルを教わることがあったら、あたしも入れてくれない？」

「そういうの興味があったわけ？」

今度があるかどうかはひとまず置いといて、恭平は訊ねた。

「じゃなくてさ。クリシアちゃんを見てたら羨ましくなってきたの」

「羨ましいってなにが？」

「あたしもあんなふうに、人形のつくり方を父さんに習いたかったなって。でもいまさら遅いじゃない？」

舞は力なく笑う。たしかに遅い。遅過ぎる。

「だからせめて3Dモデルで、人形の頭がつくれるようになれればと思ったんだ。五年十年かけてもね」

「そしたらウチで雇うよ。そのためにはいくらでも協力は惜しまない」

宮沢は六十年以上、森岡人形に尽くしてくれたのだ。その恩返しと言っていい。

「だったらいっちょ、あたしもあたしでがんばってみるかな」舞はせりでたお腹を軽く叩く。

「生まれてくるこの子のためにも」

「いらっしゃいませぇぇ」「いらっしゃいませぇぇ」「いぃぃぃらっしゃいませぇぇぇ」

櫻田人形に入ると、森岡人形のショールームの数倍はある売場のそこかしこから作務衣姿のスタッフが大きな声で、恭平を出迎えた。まさに居酒屋だ。

「本日はようこそいらっしゃいました」

きっちりと化粧をした女性が恭平に駆け寄ってきて、にっこり微笑んだ。客ではないことを言おうとしたが、相手の勢いに押され、口ごもってしまった。

「当店では飾り付けに場所を取らず、収納もしやすいコンパクトサイズのものから、本物志向で上質な逸品まで多種多様の商品を取り揃えてございます。お客様のお好みで、人形や屏風、台、小道具をカスタマイズしてお選びいただけます。予算にあわせてもご紹介致しますので、ご遠慮なく相談してくださいさい。二月は送料無料キャンペーンを実施中でして、いずれの商品も」

「そのひとは客じゃない」大輔の声がする。「同業者だ。森岡人形の社長さんだ」

「なんだ」笑顔のスイッチが切れ、無表情になると、女性はさっさといなくなってしまった。入れ替わりに大輔が訪れる。

「すまんな、恭平くん。あの子、学生バイトなんだ。一週間の研修をおえたばかりで、だれよりも先にお客様に声をかけろと言ってあるもんでね。なんの用？　俺となんか約束してたっけ？」

「理事長に呼ばれたんです。人形博物館で人形づくり講座を開くことになりまして」

「その話、親父（おやじ）に聞いたよ。まずは『まちなか雛さんぽ』の最中、無料で参加できるプレ講座をおこない、生徒を募る、そしてゴールデンウィーク明けから月二回のペースでやるんだろ」

　その企画書を鐘撞人形共同組合の理事長、櫻田幸吉（こうきち）に提出したのは一週間前だ。そして今朝方、講座の件について相談がしたい、ついては昼の二時に会社まできてほしいと恭平のスマホに幸吉から電話があったのだ。

「俺も手伝うって言ったら、職人養成のための講座に、職人じゃないおまえは用がないって言われちまったよ」

「大輔さんは職人に限らず、人形会社の人間を集めて、講演や勉強会などをよくやっていらっしゃるじゃないですか。そうしたときの準備や段取りはぜったい役に立つので、ぜひとも協力してください」

　機嫌を取るような物言いになってしまったが、本気だ。それが通じたらしく、大輔は満更ではない表情になっていた。

「恭平くんがそこまで言うんだったら、一肌（ひとはだ）でも二肌でも脱ぐよ。なんでも言って」

「よろしくお願いします。それであの、理事長はどちらに?」

「三階の工房にいるはずだけど」立ち去ろうとする恭平を大輔は引き止めた。「あ、そうだ。きみに礼を言おうと思ったんだ」

「俺になにを?」

「先月末に息子の三者面談があってね。女房がいってきたんだが、陽太のヤツ、大学へ進学するとはっきり言ったそうだ。よかったよ。これで一安心だ。恭平くんが助言してくれたんだろ」

「俺はただ、陽太くんの話を聞いただけです」

「アイツの話を聞いてくれただけでもオッケーだ。感謝する。お礼にウマいもん奢るよ。恭平くんはなにが食いたい?　そういえばしばらくスズちゃんと会ってないんじゃない?　彼女も誘おうか。なんなら俺は途中でいなくなってもいいし」

溝口寿々花に会いたい気持ちはある。ここで大輔に頼むのもアリだ。だがそれよりも言うべきことがあるのを、恭平は思いだした。

「先週の土曜、陽太くんがローイングマシンの全国大会に参加したのはご存じですか」

「ローイングマシンってボートの練習に使う器具だよな。あれに全国大会なんてあるんだ」

そう言うからには知らなかったのだろう。

「水上でのレースは一〇〇〇メートルですが、ローイングマシンでは倍の二〇〇〇メートルを競いあいます。陽太くんは六分三十七秒というタイムを叩きだしました」

「それって速いの?」

「めちゃくちゃ速いです。全国のランキングが発表されるのはまだ先ですが、ベストテンには入ります。三月の全国高校選抜に出場するのは、ご存じですよね」

「らしいな」

「応援にきてもらえませんか」

「俺が？　でも会場は静岡なんだろ」

「学校からバスがでて、部員の家族は最優先で乗れます」

「俺が応援したって陽太のヤツは迷惑に思うだけさ」

「俺がインターハイで優勝できたのは、親父の声援のおかげなんです」

フレッフレッキョーヘイッ、フレッフレッキョーヘイッ、フレッフレッキョーヘイッ。

「いまでも辛いときや大変なときには、親父のその声が耳の奥で甦ります」

大輔は神妙な面持ちになる。恭平は彼からの答えを待つことにした。

「三月のいつだい？」

「春休みに入ってすぐです」

「わかった。できるだけいくようにする」

「ぜったいですよ」

念を押すように言い、恭平はその場を去った。

幸吉の工房は個室だった。ノックしたが返事はない。ノブを握って回すとドアは開いた。中をのぞいたものの、部屋の主はいなかった。

どうしたものかと考える恭平の目に止まったものがあった。フィギュアだ。作業机のうしろの棚に、十体以上飾ってあった。溝口寿々花のインスタグラムで見たものばかりだ。いずれも彼女が原型を担当したものにちがいない。

恭平は近寄っていき、観察するように見た。できれば触ってみたいものの、うっかり落として壊そうものならシャレにならない。高額というだけでなく、いずれも限定商品なので、新たに買い直すことができないのだ。

甲冑師（かっちゅうし）である溝口家代々のデーエヌエーだと幸吉が言っていたのは正しい。だがそれだけはあるまい。溝口寿々花自身の努力の積み重ねが、こうして開花しているのだ。いま見ているのは『血煙荒骨城（ちけむりこうこつじょう）』の極楽浄土之介（ごくらくじょうどのすけ）だが、溜息（ためいき）がでるほどの出来映えだった。

この二十年近く、万単位の雛人形の頭をつくってきた。だが満足のいくものができたのは、ほんの数える程度だ。しかも自分が原型頭を担当した雛人形は、どれも新作止まりである。つまりは翌年に売りだすほどの人気を得られないものばかりだった。溝口寿々花と比べて、自分を卑下しては駄目だと舞に言っておきながら、似たようなことを考えている自分に気づき、恭平はひとり苦笑いしてしまう。

「もうきてたのかい」背後で幸吉の声がした。ふりむくと彼はすでに部屋の中におり、後ろ手でドアをばたんと閉じた。

「す、すみません。勝手に入ってしまって」

「かまわんよ。屋上で煙草(たばこ)を吸っていたんだが、約束の二時を過ぎていたと気づいて、慌てておりてきた」

幸吉が作業机に近づいてきたので、恭平はフィギュアの棚から離れ、彼と場所を入れ替わる。

「恭平くんはどう思う？　スズちゃんの人形」

「凄いの一言に尽きます。どうすればこんなモノができるのか想像もつきません」

「私もそうだ。妹に聞いた話だと、甲冑師の溝口さんも、娘であるスズちゃんがつくる人形には一目置いていてな。これだけの腕があるんだったら、甲冑師を継がせるべきだったと地団駄(じだんだ)を踏んでいるそうだ。実際、スズちゃんは跡継ぎになるつもりで、美大生だった頃、しばらく親父さんの下で働いていたことがあってな」

「そうだったんですか」はじめて聞く話だ。「でも結局、継いでいませんよね。それはどうして」

「似た者父子だからだと妹は言っていた。ふだんは温厚なのに、いざ仕事となると、お互い自分の考えを譲らない。溝口さんがここはこうしろと教えても、スズちゃんは、だったらこうしたほうが効率的だと言い返す。その指摘があながち間違っていないし、それどころか溝口さんのほうがやりこめられることもあったそうだ。結局、半月ももたずに大喧嘩(おおげんか)をして、跡継ぎの話はオジャンになっちまったのさ。スズちゃんにしたら、そのほうがよかったにちがいないわけだがな。

恭平くんだけだ」

「俺がなにか？」

「すんなり家を継いだのがさ。文句を言わないどころか、オリンピックへの道も自ら断ったのもえらい。いまでは職人としての仕事をきっちりこなして、会社を潰さずに踏ん張っている。たいしたもんだ」

幸吉が褒めてくれているのはたしかだ。だがそれはつまり親に言われるがまま、なにも考えずに家を継いだ間抜けに過ぎない。

「陽太のことは助かった。ありがとう」

え？

「大学にはいくが、通いながら頭師の修業をしたいそうだ。クラブと勉強の両立ができたのだから、だいじょうぶだとさ。恭平くんがそう勧めたんだろ」

ちがいます、陽太自身の考えですと言おうとしたが、幸吉はその隙を与えず、話をつづけた。

「ちょうどいい落としどころだ。これ以上、年寄りが無理強いするわけにはいかんからな。陽太が一人前になるまで時間がかかるだろうが、その分、私が長生きをすればいいだけのことだ」

ひとり満足げに微笑む幸吉が、恭平はいささか気の毒に思えた。なにしろ陽太は家を継ぐ意志はなく、ＩＴ関連の会社でシステムエンジニアとして働くのが夢なのだ。頭師はただの保険に過ぎない。

「宮沢くんの調子はどうだね。まだ自宅療養中だと聞いたが」

「徐々に快復はしていて、春になったら出歩けるようになると思います」

恭平は嘘をついた。宮沢の病状を知っているのは舞夫婦と恭平だけだ。森岡人形の職人達にも自宅療養が長引くにせよ、必ず仕事場に復帰しますと話してある。どこまで信じているかまではわからない。自宅に出入りするクリシアなどは薄々勘づいているのではないか。だがだれも恭平に問い質(ただ)してはこなかった。

「そいつはよかった。家で仕事をしていると聞いていたから、だいじょうぶだとは思っていたんだ。娘夫婦も宮沢くんと暮らすようになるんだろ」

「どうしてご存じなんです?」

恭平は昨日、舞に聞いたばかりだというのにだ。

「娘さんの旦那さんが、この町の人形会社を何社か受けているって、小耳に挟んだもんでね」

旦那もこっちでシューカツしていると、舞には聞いていた。それがすでに、幸吉の耳に入るくらい噂になっているわけだ。

「目白(めじろ)だか目黒(めぐろ)だかの銀行で働いていたんだってね」

「目黒の信用金庫です」

「そのことを鼻にかけ、こんな田舎の会社の経理くらいお手の物だと言わんばかりの話をするので、どこでも嫌がられて採用を見送っているらしい」

本人にそのつもりはないにせよ、言葉の端々(はしばし)や態度にでてしまったのだろう。ならばどうしてサーフィンショップを、黒字にできなかったのだということになる。舞にはそれとなく伝えておこう。幸吉もそのつもりで話したにちがいない。他社とは言え、おなじ職人である宮沢のことを気遣い、彼の家族まで心配する。まさに鐘撞のゴッドファーザーだ。

「今日はこの話だったよな」幸吉は作業机の引き出しを開き、恭平の企画書を取りだす。

「いかがでしょう?」

「来月の理事会で議題にかけるが、反対するヤツはおらんだろ。実行にむけて動いてもらってかまわんよ。『まちなか雛さんぽ』でプレ講座をおこなうとなると、すぐにでも準備しないと間にあわんだろうしな」

「ありがとうございます」

「腕はたしかで話がウマい、講師にむいていそうな職人を挙げておいた」幸吉が差しだす紙を恭平は受け取った。「きみから連絡をして、当たってみてくれ。あんまり嫌がるようだったら、私の名前をだしてもかまわん」

「助かります」

「ウチの莫迦息子にもこの話をしたら、職人じゃない俺は関係ないだろと拗ねてな」はて。さきほど大輔に聞いた話とちがう。

「なんでもいいんで手伝わせてやってくれ。アイツはこういうイベント事は得意だしな」

「わかりました」

その話はもう済んでいますとは言わずにおいた。

陽太も含めて親子三代、罵り合いながらもそれぞれを認めあっているわけだ。その関係性が恭平にはやはり羨ましかった。父親が生きていれば、結婚して子どもがいれば、と考えてしまう。三十分ほど職人育成のための人形づくり講座について、より具体的な話しあいをしたあとだ。

「あのフィリピーナは元気にしているかい？」

「クリシアですね。宮沢さんの自宅にいって、あれこれ教わっています」

「これ、見てくれないか」

幸吉がまた引き出しから、なにやら取りだす。手札サイズの写真で、男女のツーショットだった。時代を感じさせるレザーソファに並んで座り、その前にはウイスキーのボトルとガラスの氷入れ、そして呑みかけのグラスが雑多に並んでいる。端っこに灰皿も見えた。背景は暗くてよくわからない。フラッシュを焚いたせいで、男女いずれの目も光っていてピントも甘い。それでも顔は確認できた。

男性は祖父、清治だった。六十歳前後といったところだろうか。となると恭平が生まれる前だ。晩年の好々爺とは全然ちがう。職人達や幸吉の言うとおり、目鼻立ちは鏡で見る自分の顔に似ているものの、ここまでギラギラしていない。白髪で顔に皺が目立つが、目つきが鋭く、口元には不敵な笑みを浮かべ、派手なアロハシャツを身にまとい、ボタンを二つ外して胸毛を露にし、よく見れば首にはシルバーのネックレスを下げていた。そんな祖父に、ケバい化粧といでたちの女性がしなだれかかっている。年齢ははっきりしないが、肌の色と顔つきからして、日本人ではないようだ。

「祖父の隣のひとはだれです？」

「裏返してごらん」

そこに〈イザネル〉と黒ペンで書いてあった。ほとんど殴（なぐ）り書きだ。

「忘れちゃいけないと記しておいたんだ。いまになって役立つとは思ってもみなかった」

「祖父とはどういう？」

「バブル前の五年間、十回以上は彼女に会うため、清治さんはフィリピンにでかけていた。現地妻ってヤツさ」

祖父の女癖については父から聞いていた。しかしだ。

「フィリピンにそんな女のひとがいたなんて初耳です」

「一義（かずよし）くんが清治さんに親子の縁（えん）を切ると怒鳴りつけたのは？」

「知っていますが」

「子どもに勘当（かんどう）されるなんて前代未聞だと、鐘撞じゅうで話題になったもんだ。清治さんもしばらくはおとなしくしていたが、あるアイデアを思いついた。海のむこうであれば、どれだけ女遊びをしても息子にはバレないとな。かといってひとりでいったら息子に怪しまれるし、そもそも心許（こころもと）ないので、鐘撞人形共同組合の慰安旅行と銘（めい）打ち、市内の人形会社の役員クラスを誘い、足繁（しげ）くフィリピンに通うようになった」

「だけど同行したひと達が、ウチの父に言いかねないでしょう」

「そのへんは用意周到でね。みんなを酔っ払わせて、それぞれに女をあてがい、翌朝にはおまえ達もおなじ穴の狢（むじな）だと脅して口封じをした。私も一度だけ同行し、まんまとはめられたクチだ」

幸吉は憎々しげに言った。「死んだひとの悪口なんて言いたくないし、孫のきみにとなると尚更だが、清治さんはそのへんの悪知恵はよく働くひとだった。だがやられたままじゃ、私も気が済まなかったんでね。清治さんが酔って気を許したときに、イザネルとふたりでいるところをカメラで撮っておいたんだ。証拠写真ってわけさ。日本に帰って、もしフィリピンでのことを家族にバラしたら、私もこの写真を一義くんに見せるぞと清治さんに釘を刺したんだ。だがそれからしばらくして、清治さんは身体を壊し、鐘撞をでるのもままならなくなり、この写真を一義くんに見せることはついぞなかった」

「つまり父はイザネルなる女性について知らなかった？」

「そのはずだ。フィリピンには三、四十人が同行したが、いま生きているのは片手で数えられるくらい、その中で元気なのは最年少だった私ひとりだけ。もしかしたらドラゴンフルーツのママさんは知っているかもしれんが」

「どうしてですか」

「清治さんに同行した中で、むこうの女性にどっぷりハマった人間が何人かいた」

幸吉は鐘撞市内の人形会社を数社挙げた。ドラゴンフルーツのママはそのうちの一社で、当時六十歳でありながら独身の社長が、日本に呼び寄せ、店をだす費用からなにから、ぜんぶ面倒を見たのだという。

「その話も知りませんでした」

「ドラゴンフルーツ自体、きみが生まれた頃にオープンしたんだし、当然かもな。店の費用をだした彼は生涯独身で、二十年以上も昔に亡くなって会社は廃業、土地も人手に渡り、いまはマンションが建っている。腕のいい頭師だったのに、その技はだれにも引き継がれず、残ったのはフィリピンパブだけとは切ない話だよ」

たしかにそうだ。でもどうして祖父の話をしているのかが、恭平にはわからぬまま、手元の写真にふたたび視線を落とす。

ん?

改めて見ると、面長で少し顎がしゃくれた女性の顔に、見覚えがあった。そんなはずはない。自分が生まれる前で、しかも異国で撮影したものである。アイメイクでごまかしているが、奥目であることにも気づく。

「あっ」恭平は思わず声をあげた。「この女性って、クリシアに似ていませんか」

「気づくのが遅い」幸吉は不平を洩らすように言った。「きみのところでフィリピーナが働いていると聞いたとき、もしかしたら清治さんとイザネルの娘ではないかと疑ったんだ」

なにを言いだすのだ、このひとは。

「ところがその子は二十四歳だと言う。清治さんは二十七年前に亡くなっているのだからあり得ない」

そう言えばここの屋上で、幸吉にクリシアの年齢を訊かれたことがあった。

「それでも念のために確認しようと思って、その写真を引っ張りだした。そして人形供養の日、クリシアという子に実際に会ったら、イザネルにそっくりだったんで驚いたよ。そこで改めて考えたんだがね、恭平くん。彼女の母親はいまいくつなのだろう」

クリシアの母親の歳など知るはずがない。しかし恭平は思いだしたことがあった。

「ママが十五歳のときに生まれたと、クリシアは言っていました」

遊木の自宅で、昼飯をご馳走になったときに話していたのだ。

「彼女は二十四歳だから、母親は三十九歳の計算だな。清治さんがイザネルと会うため、組合の慰安旅行を装い、フィリピンに足繁く通っていたのが四十年ほど昔」

「クリシアは祖父の孫だと？」

「可能性は高い。だとしたら遺産やら慰謝料やらを要求するかもしれんぞ」

「まさか」

「そのために頭師になりたいと、森岡人形で働きだしたんじゃないかね」

「そんなはずありません」

「きみを亡き者にして、九代目を継ぐ気かもしれん」

どれだけ否定しようとも、幸吉は聞く耳を持たなかった。自分の説に酔っている節もある。

「いまのうちに、たしかめておいたほうがいい。その写真を持っていってもかまわんぞ」

やれやれ。

「ママのママ、あたしのグランマのイザネルです」

クリシアは日中、宮沢の自宅にいて、夜は相変わらずドラゴンフルーツで働いている。会社に呼びだすにしても、工房には峰と久佐間が、事務室には深見と浅井がいるので話しづらい。あれこれ考えた末、道頓堀飯店で夕食を食べようと誘った。するとクリシアは快く承諾したうえ、八代目にお願いしたいことがあるので、ちょうどよかったですと言った。

六時の約束に五分遅れであらわれたクリシアを見て、恭平はギョッとした。身体の線がはっきりとわかる黒のワンピースで、胸の谷間が見え、裾が膝丈までしかなかった。化粧は昼間の三倍は濃く、香水の匂いもきつい。このあとドラゴンフルーツで働くのだから、当然の恰好である。同伴出勤にしか見えないだろうし、どこかでだれかが見ていて、あらぬ噂を立てられるかもしれない。だがやむを得ない。ふたりでオーダーをしたあと、恭平は幸吉に借りた写真を取りだし、この女性を知っているかと訊ねたのだ。

まさか幸吉の予想どおりだったとは。

「隣の男性、八代目のグランパですよね」

「どうしてそれを？」

クリシアはスマホをだし、幾度かタップすると、恭平に差しだしてきた。その小さな画面にも祖父とイザネルがいた。ただし青空の下で、背後には海が広がっている。服装もちがう。祖父はアロハシャツ、イザネルはビキニ姿で、豊満な身体をさらしていた。

「フィリピンの家に飾ってある写真を、スマホで撮ってきたものです。グランマは二十年以上昔に、交通事故に巻きこまれて亡くなりました。ウチにあるグランマの写真はこの一枚だけなので、朝晩には家族全員、この写真にむかって手を合わせて拝んでいます」

「俺の祖父がきみのグランパなのか」

そう訊ねずにはいられなかった。

「グランマの血液型はAです。八代目のグランパはOでしょう?」

「ああ」

「ママはBなんです」

「俺達に血の繋がりはないわけだ」

「赤の他人です。なんでしたらDNA鑑定をしてもかまいません」

「そこまでするつもりはないよ」

俺を亡き者にして、九代目を継ぐことはないわけだ。

そこにオーダーしたメニューが運ばれてきた。クリシアは水餃子定食、恭平は天津丼だ。

「八代目はセイジパパとあたしのグランマに会うため、フィリピンについてどこまでご存じなんですか」

「祖父がきみのグランマに会うため、フィリピンに通っていたこと自体、櫻田人形の会長から聞いて、今日はじめて知った。そのときこの写真を見せられたんだ」

「グランマにはセイジパパだけでなく、日本人のボーイフンドが何人もいました。ママのパパはそのうちのひとりにはちがいなかったのですが、結局、認知してもらえませんでした。ママの話ではグランマはセイジパパといちばんラブラブだったそうです。自分の子どもではないとわかっていても、ママが二十歳になるまで、毎月、養育費を送金してくれました」

クリシアはれんげに載せた水餃子を、フウフウと冷まして口に入れた。

「きみの家族は祖父が人形会社の社長で、職人だとは知っていたの？」

「はひ」まだ口の中に水餃子が残っているようだ。「ママが生まれたとき、セイジパパが送ってきた雛人形が、フィリピンのウチにあるんでふ」

「でもきみ、『まちなか雛さんぽ』で、はじめて雛人形を見たと」

「ごめんなさい。嘘つきました」クリシアは素直に詫びた。「鐘撞が何百年も昔から雛人形をつくる町だと、幼い頃にグランマに聞いていました。そんなロマンチックな町に憧れ、いつかいきたいと思うようになったのです。でも『まちなか雛さんぽ』のときに来日したことや、町中に雛人形が飾ってあるのを見て、自分がおとぎの国の住民になれた気持ちになったのもほんとです」

「職人になるのが目的で、日本にというか鐘撞を訪れたんだね？」

「さすが八代目」

クリシアの口調は宮沢に似ていた。ひと月もいっしょにいれば似るのも当然かもしれない。

「いつから職人になろうと思った？」

「物心ついてすぐです。ウチの雛人形を見ているうちに、自分でもつくってみたくなったんです。玩具工場で働きだしたのも、将来、雛人形をつくるのに役立つと思ったのです。でもしばらく経って、ネットにアップされた雛人形のメイキング動画を見つけて、全然ちがうのがわかりました。その動画を真似て、雛人形をつくろうとしても、材料を集めることさえできません。やはり日本へ、セイジパパが住んでいた人形の町へ修業にいかねばと気持ちは高まったものの、どうすればいいのかわかりません。だからその思いを少しでも満たすため、スマホを使ってストリートビューで鐘撞の町をぶらつくようになりました。安上がりなバーチャル体験です。するとある日、駅前の繁華街に『フィリピンパブ　ドラゴンフルーツ』の看板を見つけました。夜ならば派手に光を放っていますが、ストリートビューは昼間の写真だったので、何度も前を通っていながら気づかなかったのです。ネットで検索をしてみると、店のフェイスブックがあったので、鐘撞で人形をつくりたい、ついては手助けしてもらえないかと日本語と英語とタガログ語で送りました。自分の境遇を知ってもらうために、セイジパパやグランマについても書いたところ、ドラゴンフルーツのママさんが、ふたりを知っていて、イザネルのグランドドーターなら大歓迎と返事がきたのです」

そこまでよどみなくしゃべると、クリシアはグラスの水をぐいと飲み干した。

「ナイショをぜんぶ、吐きだせてよかったです。スッキリしました。いままで黙っていてすみません」

言葉どおり、クリシアは清々(すがすが)しい顔になっている。そしてつぎつぎと水餃子を平らげていく。熱々だったのが、すっかり冷めたらしい。恭平の天津丼はまだ半分以上ある。正直、クリシアの話でお腹が一杯だ。でも残すのは店に申し訳ないので、れんげですくって口に運ぶ。

「なんでナイショにしていたんだい」

「ドラゴンフルーツのママさんに言われたんです。セイジパパとあたしのグランマの関係を話したら、それを理由にお金をせびりにきたと誤解されかねない」

「俺はそんなこと」

「思いませんよね。ドラゴンフルーツのママさんも、そう言っていました。森岡人形の八代目は、ひとを疑わない正直者だからと。でもまわりの人間が訳知り顔で忠告するはずだ、そしたら八代目を悩ますから黙っていなさいと口止めされたんです」

　クリシアは小さく溜息をつき、恭平を見つめている。長い付け睫毛は瞬きする度に、ばさばさと音が聞こえてきそうだった。

「もしかして櫻田人形の会長さんに、なんか言われました？」

　図星だ。でも恭平は咄嗟に「いや」と否定した。そうだと認めれば、それはそれでクリシアを心配させてしまう。ここは嘘をつこう。

「会長さんが机を整理していたら、偶々この写真がでてきたそうだ。そしてこの女性がきみによく似ているので、もしやと俺を呼びつけ、祖父ときみのグランマについて話を聞かせ、この写真を俺に渡し、確認したらどうかと言ったんだ」

　下手な嘘だ。自分で思う。しかしクリシアは疑っていないようだった。そう装っているだけかもしれない。

「ママも、おまえはグランマ似だねって、よく言います。そうだ。その写真をスマホで撮って、ママに送ってもいいですか。ママ、よろこぶと思うんで」

「かまわないよ」

　クリシアがその作業をしているあいだ、恭平は天津丼を口に詰めこみ、どうにか食べ切った。

「きみのほうはどうだ。俺にお願いしたいことあると言っていなかったか」

「今戸先生にプロポーズされました」

予想の斜め上をいくとは、まさにこれだ。

「いつ？」

「宮沢さんが倒れた前日です」

「クリスマスイブじゃないか。まさかもう、つきあっていて、その日の夜はふたりで」

「ちがいます」クリシアはぴしゃりと否定した。「あたし、ドラゴンフルーツに出勤していました。そこに今戸先生が客としてやってきたんです」

「店でプロポーズしたのか」

「そうです。花束と指輪まで持ってきていました」

なにをやってんだか。

「それできみはなんと返事した？」

「断りましたよ。一人前の頭師になるためには恋愛なんてしている余裕はないし、増してや結婚なんてとんでもない話です。今戸先生にもはっきりそう言いました」

だったらぼくはクリシアさんが一人前の頭師になるまで待ちます。

今戸先生はそう言ったらしい。ボート部で部員達と練習をしている姿を見れば、一途で真面目なのはたしかだ。だから彼の発言が本気なのはわかる。しかし言われたクリシアが困惑するのも当然だ。

「きみが一人前の頭師になるまでのあいだ、ぼくはウルヴァリンになってみせるとも言われました」

「ウルヴァリンって『Xメン』の？」

「そうです。前にあたし、理想のタイプがヒュー・ジャックマンだって言ったことあるんです。『レ・ミゼラブル』や『グレイテスト・ショーマン』のじゃなくて『Xメン』でウルヴァリンだった彼が好きだと」

「どうやったらなれるんだ？」

「あたしも訊きました。そしたらまずは体重を二十キロ落として、腹筋を六つに割ると」

方向としては現実的で間違っていない。手の甲から長い爪をだしてみせると言わなかっただけマシだ。

「そして昨日、ひさしぶりに店にきて驚きました。一目見て痩せているのがわかったんです。ママさんが面白がって体重計を持ってきたら、八キロも痩せていました。ボート部の練習に参加しているって」

今月一杯、恭平は部活を控えているものの、ときどき電話で、キャプテンの陽太の報告を受けていた。先週おこなわれたローイングマシンの全国大会を目指し、部員達は練習を重ねていたが、話題にのぼるのは人一倍熱心な今戸先生についてだった。ローイングマシンはひと月前まで五〇〇メートルを漕ぎ切るのがやっとだったのが、大会本番では二〇〇〇メートル完走できた話も陽太に聞いた。身体が引き締まってきたこともである。すべてはクリシアのためだったわけだ。

「つぎは森岡コーチにボートを教わるんだと、張り切っていましたがほんとですか」

「一応、ボート部の顧問だし、漕ぎ方くらいはマスターしたいって、本人が言うんで」

「でも今戸先生はノコギリじゃなくて、カンナじゃなくて」

「カナヅチかな?」

「そう、それです。だからボートから落ちて、溺（おぼ）れたりしませんか」

「ボートがひっくり返ることはある。だけどこれまでウチのボート部で溺れた部員はいないよ。水に落ちたとき、ふたたび乗る練習をしているし」

「でも万が一があるかもしれません。くれぐれもよろしくお願いします」

「俺にお願いってそれか」

「はい。あたしのためにウルヴァリンになるって、張り切っているんですよ、今戸先生は。心配のひとつでもしてあげないと申し訳ないじゃないですか」

クリシアは微笑んだ。でもその微笑みは自分にではなく、ここにはいない今戸先生にむけてではないかと、恭平は思った。

10

「フレエエエッ、フレエエエエッ、カァァネエエツゥゥキッ」

背後から女性の声援が聞こえてきた。振り返って確認すると、土手の上にいる舞とクリシアだった。舞はお腹がでているし、クリシアは蛍光ピンクのダウンジャケットを着ていたので、どちらも目を引いた。なおかつ四ヶ月以上前、関東選抜大会のときの宮沢とおなじく、応援団みたいな動きもしている。いつ練習したのか、動きがピッタリあっていた。

「フレッフレッカネツキ、フレッフレッカネツキ」

ふたりのまわりで森岡人形の職人達が声を揃えて言う。事務方の深見と浅井、車椅子に乗った熊谷の妻、美智子さんもいた。もう一台、車椅子がある。宮沢が乗っているのだ。

二月の第二日曜、ひさしぶりに乗艇練習をおこなった。春を思わせる暖かな陽気で、風もほとんどなく、曳抜川(ひきぬきがわ)の水温も高かった。土手の上には職人達以外に、鐘撞(かねつき)高校の生徒達が三十人以上いた。

昨日、宮沢の自宅を訪ねたときだ。なんの気なしに乗艇練習があることを話したところ、宮沢が見にいきたいと言いだした。

たまにはお天道様に当たりませんと、萎(しお)れちまいますしね。

舞が車をだして、クリシアと三人で訪れることは、恭平(きょうへい)も知っていた。たぶんクリシアが呼びかけ、職人達が大挙しておしかけてきたのだろう。曳抜川ではボート部が漕(こ)ぐボートが水面を走っている。

春休みに入ればすぐに、静岡(しずおか)で全国高校選抜が開催される。そのために練習を重ねていきたいのだが、今週末には三学期の期末試験の二週間前になるため、部活は休まざるを得ない。そして試験のあと、選抜までは三週間弱と、なかなか厳しいスケジュールだ。恭平が高校生のときは試験などおかまいなしで、なんだったら試験期間中でも乗艇練習をしていたものだった。しかしいま、そんな真似(まね)をしようものなら大騒ぎだ。

「フレッフレッカネツキ、フレッフレッカネツキ」

べつの方向からも声援がした。子どもの声だ。そちらに目をむけると、モモちゃんだった。そのうしろに溝口寿々花(みぞぐちすずか)がいるのが見え、恭平はうろたえてしまう。彼女が自分を見ていたわけでもないのに、視線を曳抜川のほうに戻し、双眼鏡を目に当てて、水面を走るボートを見た。いや、見えなかった。思ったよりも、ずっと先に進んでいたのだ。

なにをひとりで慌てているのだ、俺は。

「みなさぁん、もっと真ん中に寄ってくださぁい」

溝口寿々花が自分のスマホを構え、溌剌と言う。森岡人形の職人達プラス美智子さんと舞で、宮沢を囲むように並ぶ。恭平は端っこに立っていた。

　いまは昼休みで、部員達はレジャーシートを敷き、車座になって弁当を食べている。恭平は土手をあがり、職人達の許に駆けつけた。なによりも宮沢が心配だった。陽の光のおかげか、家にいるときよりも血色がよさそうだ。

　全員揃っているし、折角だから写真を撮りません？　と言いだしたのは舞である。そこにちょうど溝口寿々花が娘のモモを連れて訪れ、私が撮りましょうとカメラマン役を買ってでたのだ。

「どうしても森岡くんが切れちゃうんだよなぁ」溝口寿々花が不服そうに言った。「いっそみんなの前で寝っころがってみたら？」

「面白いじゃないの、それ」須磨子がすかさず同意する。「そうなさいな、八代目」

「寝っころがるって」恭平は戸惑うばかりだ。

「こちら側をむいて、肘をついた手に頭を乗せて」

　やるしかなさそうだ。溝口寿々花の指導どおりにする。職人達だけでなく、土手の下にいるボート部の部員達からも笑いが起きた。

「なにやってんですか、コーチッ」

陽太(ようた)の冷やかしに、部員達はさらにどっと沸く。

まったくだ。俺はなにをやっているのだろう。

「では撮りますよぉ」

「あたしに言わせて、ママ」モモがせがむように言う。

「いいわよ。じゃあ言ってちょうだい」

「はい、チーズッ」

「もう一枚撮りますよぉ。モモ、もう一回」

「はい、チーズッ」

さらに三枚撮ったあと、溝口寿々花に、「おひさしぶりですぅ」と舞が話しかけた。

「やっぱ舞ちゃんだったんだ。さっき応援しているのを見て、そうじゃないかと思ったのよ。元気してた？　何年ぶり？」

「寿々花さんが美大に通ってて、里帰りしたときに会ったのが最後ですよ、きっと」

「やだそうしたら、十五年？　もっとか。私、結婚して子どもができて、離婚して出戻ってきたんだけど、舞ちゃんは？」

「結婚して、旦那(だんな)が会社を辞めて店をはじめたけどうまくいかなくて、その旦那を連れて実家に戻って」舞は自分のお腹を撫でる。「子どもが生まれます」

「ふたりしてずいぶんと波瀾万丈(はらんばんじょう)な人生ね」

「ほんとですよ」

「LINE交換しません？　それでいま撮った写真をあたしに送ってください。そしたらここにいるみんなに送りますんで」

「わかった」

母親と見知らぬ女性が人目を憚(はばか)ることなく、女子高生のようにハシャぐのを見あげ、モモはポカンとしている。

「八代目」

宮沢に呼ばれ、恭平は車椅子に座る彼の話が聞きやすいよう、「なんですか」と中腰になった。

「頭はいつ、できますかね」

なんの頭かと言えば、来年の新作と初孫のための男雛(おびな)と女雛(めびな)のである。ぜんぶで四つの原型頭を、宮沢は半月以上かけて完成させた。それを恭平が持ち帰り、工房で桐塑頭(とうそがしら)をつくっている。できあがったら、宮沢に顔を描いてもらうのだ。

「あと二、三日、待ってもらえますか」

「すみませんが、切り出しからやらせてください」

できるんですかと危うく言いかけ、恭平はその言葉を飲みこんだ。宮沢は日毎(ひごと)に痩せて、体力が落ちている。クリシアや舞の話だと、原型頭の作業は、どんなに長くても十五分程度で疲れたと休んでしまい、一日ぜんぶあわせても二時間にも満たなかったという。

「わかりました。そうしましょう」

「それとね、八代目。気づいたことがひとつあるんですが、聞いてもらえますか」

「なんですか」

「ひとりが号令をかけて、四人が漕ぐボートがありますよね。あれって人形をつくるのと似てやしませんかね」

「と言うと？」

「漕ぎ手ひとりひとりの力がひとつになり、動きが揃ったときにこそ、最高の結果をだせる。我々もそうだ。職人ひとりひとりがつくりあげた部位がひとつになって一体の人形が完成する。ひとりでも手を抜いて、ろくでもないモノをつくろうものなら、いい人形はできない」

なるほど。恭平はえらく納得してしまう。

「おっしゃるとおりです」

「でしょう？」宮沢はうれしそうだ。「八代目は学生の頃、号令をかける役目でしたよね」

「ええ。でも号令をかけるだけではありません。舵取りの調整もしますし、漕ぎ手の調子を見ながら指示もだします。ボートに乗っていて、進行方向を見ているのは舵手(だしゅ)だけなので、常にレースの状況を把握し、どうすれば他のボートを出し抜いて、首位を勝ち取れるか、スパートのタイミングなどを考えなければなりません。言わば司令塔のようなものです」

「人形づくりで言えば頭師(かしらし)ですな」

それはどうだろ。

「宮沢さん」遊木(ゆうき)が話に割りこんできた。「職人みんなの力をひとつにするのは、まさに着付師の仕事です。着付師こそ司令塔だ」

「おまえになんか司令された覚えはない」

宮沢は語気を強めた。病気で歩けないほど衰えているのに、喧嘩（けんか）をするつもりなのか。しかもこれに遊木は「俺だってそうだ」と言い返す。

やれやれ。

「私だってないわよ」須磨子が言った。「宮沢さんや遊木さんに司令された覚えはないわ。峰（みね）さん、ある？」

「い、いえ」

「久佐間（くさま）さんは？」

「ありません」

「熊谷さんはどう？」

「ないなぁ。宮沢さんにせよ遊木さんにせよ、自分が司令して、俺達につくらせていると思っていたの？」

「ち、ちがう」

「そういう意味ではなくて」

宮沢と遊木はしどろもどろになる。そんなふたりに須磨子は追い打ちをかける。

「喧嘩をするなら、ふたりとも辞めてもらうって、八代目に言われたのをもう忘れちゃったの」

「喧嘩なんてしないよなぁ、遊木」

「してません、してません。俺達、喧嘩しているように見えましたか、八代目」

「とんでもない勘違いだ。だってほら」遊木が中腰になって、宮沢の肩に手を回す。「俺達こんなになかよしなんですよ。そうだ、宮沢さん」

「なんだ、遊木」宮沢も遊木の肩に手を回した。

「司令塔は宮沢さんでもなければ私でもない。八代目じゃありませんか」

「よく気づいたな、遊木。じつは俺もいまそれを言おうとした。我々職人の司令塔は八代目だ。となればまさしくボートとおなじなわけだ。八代目の号令で、人形をつくることができる」

白々しいし、調子がいい。とても本心からとは思えない。だが恭平は笑ってしまった。

「一艇ありて一人なし」恭平は言った。「ボートを複数で漕ぐ場合、チームの一員である意識を持ち、自分の力を十二分に発揮する、個人でもあり同時にチームでもあることが大切なんです」

「ならばさしずめ我々、人形職人は一体ありて一人なしですな」

「さすが宮沢さん」と遊木。「ウマいことを言う」

「仲がいいこと」

肩を組む宮沢と遊木に、溝口寿々花がスマホをむけ、「はい、チーズッ」とモモが言うと、自然と宮沢と遊木はにっこり笑った。

いい笑顔だ、と恭平は思う。

「こんにちは、クリシアさんっ」

今戸先生が駆けあがってきた。以前よりも身体が少し引き締まってきたおかげで、その足取りは軽く、クリシアの許に辿り着いても、息は上がっていなかった。

「あ、はい、どうも」

「コーチッ」戸惑い気味のクリシアをよそに、今戸先生は恭平に声をかけてくる。「ボート、いっしょに乗ってくれませんか」

「いまですか」

「はい。昼休みだったら、部員の練習の邪魔になりませんよね」

　今戸先生には先月なかば頃から、陸の上でボートに乗ってもらい、シートの座り方やオールの持ち方、ロー、キャッチの掛け声にあわせ、オールをどう漕いだらいいのかをみっちり叩きこんだ。そして、近いうちに俺とダブルスカルで川にでてみますかと、恭平のほうから誘っていたのである。

「クリシアさんにイイとこを見せたいんでしょ？　センセーは」遊木がにやつきながら、話に割りこんでくる。「毎日のようにドラゴンフルーツに通って、一念岩をも通すとばかりに、クリシアさんを口説いていらっしゃいますもんね」

「ってことは、おまえもドラゴンフルーツに通っているわけか」さらに宮沢が口を挟む。

「宮沢さんが通えない分、私が通っているんです」遊木はわざと恩着せがましく言う。「早いとこ、治ってもらわないと困ります」

「く、口説いているなんて、とんでもない」今戸先生がワンテンポ遅れて抗議する。「結婚を前提につきあってほしいとお願いしているんです」

「世の中ではそれを口説くというんですよ、センセー」

遊木が少し呆れ気味に言う。

「ぼくは真剣です」今戸先生は真っ赤になった顔を、恭平にむけた。「コーチ、よろしく頼みます」

「だいじょうぶですか」

クリシアが訊ねた。心配げな表情だ。先日、道頓堀飯店で今戸先生について、彼女が話していたのを恭平は思いだす。

「なんとかなるよ」クリシアを安心させるためか、笑顔で答えた。「いきましょう、今戸先生」

「どわぁっ」
今戸先生が悲鳴をあげる。嘘だろと恭平が思ったときには、ざぶんと水飛沫があがっていた。陽太をはじめ部員達が駆け寄っていく。恭平が先にツインスカルに乗り、つづけて今戸先生が乗るはずだった。ところが今戸先生はぎこちない動きで、足元も覚束ないでいた。でもまさか足を縺らせ、前のめりに転び、川に落ちてしまうとは。
「これに摑まって」
すかさず恭平はオールを差しだす。だが駄目だった。じゅうぶん摑める距離なのに、今戸先生はパニクッてしまい、必死の形相で叫ぶばかりなのだ。

「た、助けてくれ、溺れちゃう」

するとまた水飛沫があがった。クリシアが飛びこんだのだ。一メートルも泳がずに、今戸先生のところに辿り着く。

「ふたりとも足を下に伸ばして」陽太が大声で言った。「そのへんだったら、浅いんで足が水底に着きます」

先にクリシアが、つづけて今戸先生も立つ。水面は腰のあたりに過ぎなかった。

なにやってんだか。

クリシアと今戸先生には、とりあえず学校へいってもらうことにした。するとびしょ濡れのふたりと入れ替わるように、溝口寿々花があらわれた。ボートからあがろうとする恭平に小走りで近づいてきたのだ。

「このボート、乗っていい?」

「いや、でも」たしかにボートに乗せる約束はした。しかし文化祭でのだし物では舵手付きクオドルプルだった。

「だいじょうぶですよ、コーチ」溝口寿々花の肩越しに見える陽太が言った。モモもいっしょにいる。「スズ姉さん、ボートに乗るために、漕ぎ方を練習してきちんとマスターしているんです。ウチにきては俺のローイングマシンでトレーニングもしていましたし」

なぜそこまで?

「だったらどうぞ。足元、気をつけて」

「ありがと」

小さな背中だな。

溝口寿々花をうしろから見て、恭平は思う。女子高生の部員達とほぼ変わらない体格だ。練習していただけあって、オールの漕ぎ方はなかなかサマになっていた。

「キャッチ、ロオォォォォォッ」

「キャッチ、ロオォォォォォッ」

「キャッチ、ロオォォォォォッ」

ボート部の三倍遅い掛け声で、水面をゆっくりと進んでいく。暖かいとは言え、頬を撫でる風は冷たかった。それがなんとも気持ちがいい。こういうとき、自分はやはりボートが好きなんだなと気づく。鬼コーチに散々どやされ、愛の竹刀でバンバン叩かれながらも、ボートを辞めなかったのは、やはり好きだったからだ。

そう言えば、舞が３Ｄモデルを教わりたいって言ってたな。いまここで、３Ｄモデル教室の四回目をやってほしいと頼んでみようか。

「今度いつ、３Ｄモデルを教えにいけばいい？」

「え？」自分の胸中を見透かされた気がして、恭平はつい、驚きに声をあげてしまう。

「先月のおわりにクリシアさんがウチを訪ねてきて、頼まれちゃったのよ」

「クリシアはどうやって、きみの住むアパートがわかったんだろ」

「パーマネントあやねのお嬢さんが、モモとおなじクラスで、お互いのウチに遊びにいくこともあるって話、覚えている？」

「ああ」溝口寿々花の言うお嬢さんとは、久佐間の曾孫娘にちがいない。

「そのお嬢さんの母親が、パーマネントあやねの一号店で働いていてね。クリシアさんは彼女にカットしてもらっているあいだに、聞きだしたそうよ」

まるで刑事か探偵だ。

「でね。このあいだ、私が森岡くん家に3Dモデルを教えにいったときに最後、いきなり怒って帰っちゃったのは、あたしのせいですか、だったら謝りますと言うからさ。あなたは少しも悪くないと否定すると、では八代目がイケなかったのでしょうかって。答えないと勘弁してくれそうにないんで、仕方がないから、正直に答えたわ。森岡くんと私が結婚すれば、子どもができなくてもモモが九代目を継げばいいなんて考え方が我慢ならない、いまだに因習に縛られて、跡継ぎだとかお家存続だとか時代錯誤もイイところだ、そんなのに利用されるなんて御免被る、森岡くんもそのつもりならば言語道断だと」

ポンポンポンと啖呵を切るように、溝口寿々花は言った。なんだか自分が叱られているような気分になる。

「するとクリシアさんがしばらく考えてから、八代目はひとを信用するけど利用はしないと思いますと言ったんだ。職人同士の喧嘩には飛んできて仲裁に入り、無償で高校生にボートを教えて結果をだし、外国人のあたしを雇って本気で頭師にしようとして教えてくれ、なによりも長い歴史を持つ会社のために、自分の幸福を投げ打って骨身を削って働いている。あんなイイひとはいない」

「頼まれると断れない質(たち)なだけだ。社長だから会社のために働くのは当然だし、いまでもじゅうぶん幸福さ」

「でもそのおかげで結婚できないんじゃない？」

「結婚が幸福だとはかぎらない」

「知ってるよ」

しまった。溝口寿々花は離婚して二年も経っていない。これではまるで当てつけだ。

「いや、あの、一般論としてであって、きみのことをどうこう言ったわけでは」

「気ぃ遣わないで。結婚が幸福ではなかったのは事実だもの」

溝口寿々花はしみじみと言う。結婚にまつわる嫌な思い出が、頭の中を駆け巡っているのかもしれない。だとしたら申し訳ないことをしたと、恭平は深く反省した。

「クリシアさんにはインシューってなんですかって訊(き)かれたんで、昔からの掟(おきて)、私にとっては呪(のろ)いのようなものだと答えたの。そしたら八代目は因習になんか縛られていない、むしろその逆で、そうしたものと戦っています、鐘撞人形共同組合の理事会で、このままだと人形づくりは消えてなくなってしまうとあたしが意見をしたら、八代目が擁護(ようご)をしてくれました、そして技術継承者育成部の部長に任命されると、人形博物館で人形づくりの講座を開くために、鐘撞市内をあちこち駆けずり回っていますって」

「戦うなんて大仰なものじゃない。いまできることをやってるだけだ」

「クリシアさんが言ってたとおり」

「なにが？」

「八代目は謙虚だから、自分がしていることを自慢したり、えらそうに言ったりしない、まさに聖人だって」

「いくらなんでも買い被り過ぎだ」

「そう？　森岡くんが聖人って、私はピッタリだと思ったよ。ひとを信用するけど利用はしないというのも納得できた。だから少しでも疑った自分が恥ずかしくもなったんだ。するとクリシアさんにはこうも言われたの。溝口さんは結婚をしたら、旦那さんとその家のために尽くすべきだと考えていませんか、もしそうならばそれこそ因習に縛られています、そんなの気にしないで、ましてや溝口さんはフィギュアの原型師という立派な職業をしているのだから、我が道をいくべきです、八代目ならばそれを認めてくれるにちがいありません」

「フレッフレッマァマ、ガンバレガンバレッマァマ」

モモの愛らしい声が聞こえてくる。

「フレッフレッキョーヘイッ、ガンバレガンバレキョーヘイッ」

土手の上で舞が声を張りあげて言う。

「フレッフレッスズ姉ッ、ガンバレガンバレスズ姉ッ」

これは陽太だ。

「フレッフレッコーチ、ガンバレガンバレコーチッ」

負けじとばかりに、ボート部の部員達が声を揃えていった。

「俺達になにをがんばれっていうんだよな」

恭平は同意を求めるように言った。だが溝口寿々花からの返事はない。代わりに彼女は掛け声を再開した。

「キャッチ、ロオォォォォォォッ」

恭平もともに言う。

「キャッチ、ロオォォォォォォッ」

「キャッチ、ロオォォォォォォッ」

「キャッチ、ロオォォォォォォッ」

なかなかイイ出来じゃないか。
恭平は自画自賛した。たいしたことではない。曳抜川の土手で、溝口寿々花に撮ってもらった、森岡人形の集合写真をA2サイズでプリントアウトし、これを通販で購入した額縁に入れただけである。
みんながみんな、心の底から笑っているようだ。破顔(はがん)とはまさにこのことにちがいない。その笑顔は本物だ。小うるさくてワガママで、面倒なひと達ばかりだ。それでも会社にとって、そしてまた自分にとっても宝である。

よく見れば両端ともにじゅうぶんスペースがあった。どうしても森岡くんが切れちゃうんだよなぁと、溝口寿々花が言ったのは、恭平を地面に横たわらせるための嘘だったようだ。まんまとしてやられたというわけである。でもまあいい。おかげでこんなにイイ写真を撮ることができたのだから、むしろ感謝すべきだろう。額縁に入れた写真を持ち、恭平は事務室をうろつき、どこに掲げればいいか、壁に当てていく。

今日は三月三日、桃の節句だ。鐘撞市は『まちなか雛(ひな)さんぽ』の真っ最中である。人形博物館では人形づくりのプレ講座が連日おこなわれ、市内の職人が入れ替わり立ち替わり、講師を務めている。

恭平もそのうちのひとりである。講座は一時間程度だが、そんなに長く話すのは厳しいし、参加者も退屈のはずだ。あれこれ考えた末、絶好の教材があった。宮沢が工房で働いていた時分、彼の手元をカメラで捉え、その模様をクリシアがタブレットで見られるよう、溝口寿々花にセッティングしてもらった。するとクリシアはあとで繰り返し見て勉強するため、作業の肝心(かんじん)なところを録画し、タブレットに保存してあったのである。それだけでもぜんぶ合わせて五十時間にも及んでいた。これを使わない手はない。ハイライトと呼ぶべきシーンを選んで、講座でその動画を流し、コマ送りや一時停止をし、頭師の仕事について説明をした。その話を宮沢にすると、お役に立てて光栄ですと、殊(こと)の外(ほか)よろこんだ。

プレ講座では櫻田人形の社長、大輔も講師のひとりだ。職人ではない彼がなにを話すかと言えば、人形業界の現状と未来についてである。そういうテーマもあったほうがいいと思い、恭平が頼んだのだ。はじめは渋っていたものの、いざ壇上に立つと、それはもうノリノリで、一時間のはずが三十分もオーバーしていた。少子化や職人不足のいまだからこそ、この業界にはチャンスがいくらでも転がっている、まだまだ可能性を秘めているのだと熱弁を振るい、最後には聴講者から拍手喝采を浴びていた。恭平もその場にいたのだが、聞いているだけで昂揚していき、いっちょやったろかという気持ちになるのは間違いなかった。

そのとき聴講者の中に、舞の旦那の昌司もいた。とくに興味があったのではなく、ただの冷やかしであることは、その表情と様子を見ればわかった。ところが講義がおわったあと、大輔の許に駆け寄り、ぜひあなたの会社で働かせてくださいと頼みこんだ。それだけ感銘を受けたらしい。西伊豆のサーフィンショップを畳み、嫁の実家に引っ越して二ヶ月近く経つのに、鐘撞での再就職先がまだ決まっていなかった。宮沢の娘婿だと恭平が大輔に紹介をしたところ、とりあえずバイトとして、櫻田人形で働くことになった。

ゴールデンウィーク明けに開講予定の、職人育成のための人形づくり講座について、マスコミ各社の取材があり、これにははじめ恭平が応じるつもりが、大輔にお願いすることにした。そのほうが効果大と思ったからだ。俺なんかでいいの？　と言いつつ、大輔は嬉々としてインタビューを受けていた。

森岡人形の集合写真は、駅前の商店街にあるＤＰＥショップで一週間以上前に出力してもらい、額縁や金具までネットで購入し、そして今朝、ようやく飾ることにしたのだ。今日は恭平の講座はないものの、人形博物館に出向き、案内や受付などをやらねばならず、市内あちこちのイベントにも顔をだす。そのため朝九時には家をでるのだが、まだ三十分以上あった。

ここでいいか。

場所を決め、取り付け作業に取りかかろうとしたときだ。自分の机にあるスマホが鳴った。LINEではなく電話だ。画面を見ると、クリシアからだった。

「八代目、大変です」

クリシアの第一声に、恭平はどきりとする。

「宮沢さんになにかあったのか」

「いえ、そうではなくて」

「舞のほうか」

「はい。旦那さんが出勤した直後に、陣痛がはじまっちゃったんです。タクシーを呼んで、いまから市立病院へ」そうだった。旦那の昌司は櫻田人形で、バイトをはじめたばかりだった。「あたしもいっしょにいくんですが、師匠がひとりきりになってしまうので、八代目、きてもらえませんか」

「お安い御用だ。いますぐいく」

電話を切り、『まちなか雛さんぽ』実行委員会のグループLINEで、事情の説明および状況がわかり次第、追って連絡しますと関係者各位に一斉送信する。そして事務室をでようとしたが、恭平はその足を止め、額に入れた写真を手に取り、小脇に抱えた。

宮沢は眠っていた。最新型の電動リクライニングベッドで、すぅすぅと寝息をたてていたのだ。

ミニバンを飛ばして慌ててきたものの、差し当たってすることはない。宮沢に見せようと持ってきた写真を襖(ふすま)に立てかけ、恭平はコタツに入った。とは言っても電源を入れるほど寒くはない。真横にある藁(わら)の束に人形の頭が四つ、差してあった。来年の新作と、今日にでも生まれようという孫娘のための雛人形の頭だ。

切り出しの前段階までできあがったのを、ここに持ってきたのは三週間前だった。途切れ途切れに作業を進め、ようやく完成したらしい。恭平はひとつずつ手に取って、微(び)に入り細(さい)に入り丹念に時間をかけて見ていく。

見事の一言に尽きる。一度の作業は十五分も持たないが、そのあいだ、全神経を指に集中させていたのだろう。孫娘のための雛は舞と旦那を思わせる顔立ちだ。五割増しどころか八割増しの美男美女であるにせよだ。来年の新作のほうは、〈梅小径(うめこみち)〉よりもいまどきの顔に近かった。それだけ親しみやすさが増しているだけではない。悩み事があれば聞いてあげますよと、男雛女雛いずれも自分に語りかけているみたいだ。

待てよ。

腕のいい頭師がつくった顔は、見るひとの心持ちで表情が変わるものだと聞いたことがある。悲しい気持ちのときには悲しげに、うれしいことがあれば笑顔に、あたかも感情を分かちあうかのように見えるというのだ。

だとしたらいまの俺は、だれかに悩み事を聞いてほしいと思っているのかもしれないな。

そう言えば、この新作の名前をまだ決めていない。宮沢はなにか考えがあるのだろうか。起きたら訊ねてみようと思いながら、スマホをだす。クリシアからＬＩＮＥがつづけざまに届いていた。

〈病院につきました〉〈陣痛はつづいています〉〈ダンナさんに電話しました〉〈舞さん、分娩室に入りました〉〈あたしは入れません〉〈ダンナさん、病院にくるそうです〉〈でも何時になるかわかりません〉〈舞さん、叫んでいます〉

三分から五分置きで、実況中継のごとき臨場感たっぷりだ。とりあえず〈宮沢さんは眠っている〉とだけ返信しておく。

「勘弁してください、八代目」

宮沢が言うのが聞こえた。何事かと思い、恭平は腰をあげ、ベッドに近づく。寝言だったらしい。だが瞼（まぶた）を閉じたまま、とても苦しそうにしている。

「宮沢さん、宮沢さんっ」

恭平が名前を呼ぶと、ようやく起きた。

「は、八代目？」

「だいじょうぶですか」

「二度と遊木とは喧嘩をしません。酒もやめました。だからどうぞこの頭だけは最後までつくらせてください。お願いします」

宮沢は手をあわせ拝んできた。どうやら夢に恭平があらわれ、目覚めてもまだなお、そのつづきだと思っているらしい。要するに寝ぼけているのだ。

「しっかりしてください、宮沢さん。お孫さんのと来年の新作の頭、どちらも完成しているじゃないですか。いずれも見事な出来でした」

恭平が言うと、宮沢は拝むのをやめ、しばらく目をぱちくりとさせ、ようやく状況が飲みこめたらしい。

「そ、それはどうも。お待たせしてすみません。桃の節句には間にあわせようと思っていたもので。あっ、そうだ。舞はどうしました？　陣痛を起こして、クリシアが病院に連れてったはずなのですが」宮沢は首を傾(かし)げる。「それって夢じゃありませんよね」

「現実です」

「で？　孫は生まれたのですか」

「分娩室に入ったと、クリシアから連絡はあったのですが、まだのようで。ちょっとまた確認してみます」

〈舞さん、静かになりました〉〈舞さん、また叫んでます〉〈舞さん、また静かになりました〉〈ずっと静かなので心配です〉〈あっ、叫んだ〉

これまた三分から五分置きに届いている。宮沢が不安げな顔つきで見上げていたので、「順調そうですよ」とだけ言っておくことにした。

「そうですか。ならばいいんですが。昌司くんは立ち会っているんですか」

「クリシアが連絡をして病院へいくと返事はあったけど、何時になるかはわからないみたいで」

「舞が生まれるときに、俺も病院へいこうとはしたんですがね。六代目がまだご存命で、亭主がいったところでなんの役にも立ちやしないから、飯を食いながら待とうと、道頓堀飯店に連れていかれて、さらにドラゴンフルーツにもいったんです。おかげでべろべろに酔っ払って、夜中過ぎに病院へいったら、受付で追い返されちゃいました。ウチに帰るのも面倒なんで、病院近くの公園のベンチで寝ていると、巡回してた警官に職務質問されまして、こっちは酔っ払ってるもんだから、まともに答えられやしない。そのまましょっぴかれて、朝起きたら県警の保護室でした」

「そんなことがあったんですか」初耳だ。

「女房や娘の耳に入ったら、さすがにバツが悪いですからね。警察にお世話になったことは、いままでだれにも話していません」宮沢は神妙な顔つきになる。「八代目は口が固いから、思わず話しちまいました。舞にはくれぐれもナイショでお願いします」

「わかりました」

「あれはこのあいだの？」

少し間を空けてから宮沢が言った。襖に立てかけた写真のことだった。

「そうです。曳抜川の土手で撮ったヤツです。会社に飾るつもりで額縁に入れましてね。せっかくなんで宮沢さんに見ていただこうと」

恭平は写真を持ってきてから、宮沢が見えるように、リモコンで操作し、ベッドのリクライニングを起こす。

「みんなシワクチャだ」

写真を見て、宮沢はおかしそうに笑う。彼が言うみんなとは職人達のことにちがいない。

「まさかこの歳になるまで、いっしょに働くとは思っていなかったな。六代目に怒鳴られまくっていたのが、六十年も昔だなんて嘘みたいですよ。七代目が亡くなったのはいつでしたっけ？」

「かれこれ十一年になります」

「もうそんなになりますか。まだ六十代なかばでしたよね。頭師としてはこれからだった。俺のほうが年上でずっと不摂生な生活をしていたのに。でもまあ、いまになってそのツケがぜんぶ回って、いよいよこの世とオサラバなわけですが」

「オサラバだなんて、なに言ってるんですか。早く快復して、バリバリ働いてもらわないと」

恭平は無理して笑う。喉が渇いたと宮沢が言うので、写真を下げ、ストロー付きの容器で水を飲ませてあげた。

「俺は幸せ者です」一息ついてから宮沢は言った。「学がなくて素行が悪い、生意気で口だけは達者、酒癖は悪いし喧嘩早い、悪いところを挙げれば切りがない、そんな俺を六代目は頭師として育ててくれて、七代目には使っていただき、八代目は見捨てないでくださった。だから去年の人形供養で、明日から人形をつくらなくてもけっこうだと言われたときはショックで」

「あでも言わなければ、遊木さんとの喧嘩をやめないと思ったからですよ」

「わかっています。でもあのときのことをちょくちょく夢で見ましてね。いまさっきもそうです。夢の中の八代目はどうしても許してくれませんで」

だから起きてすぐ、手をあわせて許しを乞うたのか。

「すみません」

「はは。夢の中の話です。本物の八代目が謝るこっちゃない」と言ってから宮沢は怪訝な顔つきになった。「いま俺は目覚めていますよね。これは現実で、夢ではありませんよね」

「正真正銘の現実です」

「近頃は寝ているとずっと夢を見ていましてね。現実との区別がつかなくなってしまって。中国の故事であるでしょう。蝶になった夢を見たが、目覚めた自分が蝶の夢かもしれないっていう」

「胡蝶の夢ですか」

「そうそう。俺にはもう、夢も現実も大差はありません。だけど八代目が目の前にいるのはたしかなんで、いまのうちに礼を言っておきます」

「俺にですか」

「そうです。人形供養のとき、八代目はこうおっしゃったでしょう。我々職人は人形のカタチをつくるだけに過ぎない、そこに持ち主が愛情を注いでくれてこそ、人形は魂を持つことができる、より深く愛してもらえるよう、人形をつくってこそ職人だと」

たしかに言った。日頃、思っていることでもある。しかし改めて他人の口から聞かされると、恥ずかしくてたまらない。自分に対して何様のつもりだと思ってしまう。

「すみません、えらそうなことを言って」

「とんでもない。六十年以上、頭師をつづけてきて、いちばん大切なことに気づかせてもらった。あれ以来、職人としての驕り(おご)を捨てて、頭をつくっています。すると肩の力が抜け、自然に手が動き、自分で納得できる顔を描けるようにもなりました。八代目にはいくら感謝しても感謝しきれません」

「感謝だなんてそんな」

「ありがとうございました」宮沢はまっすぐな視線で、恭平を見あげた。「こんな俺にしちゃあ、もったいない上等な人生でした。できればもう少し、頭をつくりたかった。孫娘の成長も見たかった。でも欲を言ったら切りがありませんものね。このへんが潮時でしょう」

恭平は口を噤(つぐ)んだままでいた。なにか言ったら、涙が溢(あふ)れでてしまいそうだからだ。すでに目頭が熱くなっている。泣くにはまだ早い。左手の甲で拭(ぬぐ)ってから、スマホをだし、クリシアからのＬＩＮＥを確認すると、動画が送られてきていた。タオルに包まった赤ん坊が、顔を真っ赤にして泣き叫んでいる。

「宮沢さんっ。生まれましたっ。お孫さんが生まれましたよっ」いつの間にか宮沢は瞼を閉じていた。「宮沢さんっ、宮沢さんっ」

いくら名前を呼んでも答えがない。まさかと思い、片手を宮沢の鼻と口のあたりにかざす。息をしていない。つぎに宮沢の手首に指三本を当てる。脈がない。最後に耳を宮沢の胸に押し付けた。鼓動が聞こえない。

大変だ。恭平は動揺した。119か。いや、どうだろう。救急車は救急の場合に使うものだ。すでに死んでいたら救急ではない。子どもを生んだばかりの舞には連絡できないし、クリシアにしたところで、どうしていいかわかるはずがない。そうだ。三上（みかみ）に訊こう。いまの時間ならスマホよりも、病院にかけたほうがいいかもしれない。

「宮沢さんになにかあったんですか」

市立病院へ電話をかけ、三上に繋（つな）いでもらい、恭平が名前を名乗るよりも先に、彼はそう言った。

「よくわかったな」

「キャプテンが病院に電話をかけてきたのであれば、他に考えられませんよ。どうしました？」

恭平は事情を説明する。

「ではぼくがそちらに伺って診察します。旦那さんにはぼくから連絡をして、自宅に戻るように言いましょう。娘さんとの対面が遅れてしまうけど、ここは我慢してもらうしかないな。キャプテンはそこで待機していてください」

「わかった」

その電話を切って三分もしないうちに、玄関のドアが開く音がした。舞の旦那、昌司だった。

「すみません、ご迷惑をおかけしまして」

居間に入って、恭平の顔を見るなり、昌司は詫びた。櫻田人形の制服である作務衣を着たままだった。

「いえ、とんでもない。ずいぶん早かったですね」

「上司の許可を得て職場を抜けだし、市立病院へタクシーでむかう途中、三上先生から電話がかかってきたんです。それがちょうど、ウチの近所だったもので」昌司はベッドの横に立ち、宮沢の顔に自分の顔を近づける。「お義父さん、昌司です。聞こえますかっ」

宮沢からの返事はない。瞼を開く気配もなかった。すると恭平がしたように、宮沢の呼吸と脈と心臓をたしかめてから、昌司は大きな溜息をついた。そして小皺が多いベビーフェイスを、恭平のほうにむけてきた。

「お義父さん、なにか言っていましたか」

「こんな俺にしちゃあ、上等な人生でしたと」

他にもいろいろあるにせよ、とりあえず恭平はそう答えた。

「最期にそんなことが言えるなんて羨ましい。六十年以上、自分の好きな仕事をつづけてこられたなんて、いまの世の中、奇跡みたいなもんです」そこでまた昌司は溜息をついた。「私、そういうお義父さんに憧れていたんです。できれば自分も好きなことをして食っていきたい。だからサーフィンショップをはじめたのに、六十年どころか、十年と持たなかった。しかもこの町の人形店ときたら創業百年がざらにある。森岡さんのところは百八十年ですもんね」

昌司が言うとおり、創業百年の人形店はざらだ。しかしどこも青息吐息で、いつ店を畳んでもおかしくない状態だ。森岡人形だって例外ではない。

「自分の不甲斐なさを痛切に感じます。まったくもって情けない限りです。この先、やっていけるかどうか不安でたまりません」

「あなたばかりじゃない。いまの時代、だれもが不安です。だからといって弱気でいたら、なにもできません。娘さんが生まれたばかりでしょう？　いまからがんばらないでどうするんです？スタート地点に立ったばかりじゃないですか」

子どもどころか家族もいない、天涯孤独の自分がなにをえらそうにと思う反面、だからこそ娘ができたばかりの昌司には、がんばってほしいと恭平は心の底から願っていたのだ。

昌司は面食らった様子で、目をぱちくりさせていた。これまで言葉を交わしたことがない相手に、いきなり熱弁をふるわれたのだから、当然の反応である。

「す、すみません。ついその、熱くなってしまって」

「いえ。ちょっと驚きましたけど、でも森岡さんのおっしゃるとおりです。不安だからこそがんばらなくちゃいけない。肝に銘じます」

真顔で言われると、恥ずかしくてたまらない。

「そうだ。クリシアさんからＬＩＮＥで、娘の動画が送られてきたのですが、森岡さんには？」

「きました」

「それってお義父さんは見たのでしょうか」

「もちろん」勢い余って恭平はそう答えてしまう。

「そうですか。それはよかった」

昌司は感慨深げに頷いている。

駄目だ。もう訂正できない。ここはもう、そういうことで押し通すしかなさそうだ。

11

「どうです、八代目?」

クリシアが訊ねてきた。すると円卓を囲む職人達、頭師の峰、髪付師の久佐間、手足師の熊谷、小道具師の須磨子が、恭平に視線をむけた。

みんなシワクチャだ。

宮沢がそう言って笑ったのを思いだす。

あれからもう二週間近くが経つのか。

「八代目?」さらにクリシアが声をかけてきた。「だいじょうぶですか」

「あ、ああ」恭平は軽く咳払いをする。「須磨子さんが言うように、俺も地味だと思います」

なにがかと言えば、雛人形の衣装だ。円卓の上には頭も手もない男雛と女雛が並んでいた。遊木(き)がつくってきた来年の新作の叩(たた)き台である。

「気品があるのはいいのですが、親しみやすさが感じられない。冷たいというか、お高くとまっているようにさえ思えてしまうのですが」

言い過ぎたか。怒らないまでも気を悪くするかもしれないと、遊木のほうを見る。だが彼は思ったのと、少しちがう反応だった。

「弱ったな」と悔しそうに言ったのだ。つづけてこうも呟(つぶや)いた。「週に二回になっちまう」

「なにが週に二回です？」

クリシアが訊ねる。恭平が命じたわけでもないのに、彼女が進行役を務めており、それについてだれも文句を言わず、ごく自然に受け入れていた。

「昨日、これをつくっていたら、家族にも八代目と似たようなことを言われたんだ。もっとヒドい言われようだったがね。それで喧嘩(けんか)になって」

遊木家がどんな状況に陥ったか、恭平には容易に想像ができた。

「もしこれでオッケーがでたら、今後一切、私の意見に口だすなとまで言っちまった。そしたら女房のヤツ、却下されたときは食事当番を土曜だけじゃなくて、火曜もやってもらうわよって」

「火曜って真弓(まゆみ)さんですよね」とクリシア。よく覚えていたものだ。「どうかなさったんですか、真弓さん？」

「妊娠したんだ。秋には生まれる予定だ。仕事はつづけるが、少しでも負担を減らそう、メシは他のひとがつくろうじゃないかという話になっていたところなんだ」

「身籠ったお嫁さんの代わりに、旦那のお父さんが食事の当番を引き受けるなんて、ちょっとした美談じゃないですか」久佐間が冷やかすように言った。「それだけ家族に必要とされているんだから羨ましい限りですよ。私なんか家にいるだけで女房に邪魔者扱いされますからね。なにか手伝おうとしても、余計なことはしないでくれと叱られるのがオチだ」

「ウチもおんなじです」峰が自嘲気味に言う。「邪魔者ならばまだしも粗大ゴミのような扱いを受けています」

「必要なんかされちゃないさ」遊木はムスッとしている。「イイように使われているだけだ。べつにふんぞり返って威張り散らしたいわけじゃない。少しは主である私を敬ってもいいものを」

「敬っていなくても、愛されてはいますよ」恭平は慰めの声をかけた。「それだけでじゅうぶんじゃありませんか?」

「なんにせよ火曜のメシも私がつくらなくちゃならん。土曜だけならカレーでよかったんだが、火曜もカレーというわけにはいかないし、いったいどうしたものか」

「よかったらお教えしましょうか」いつもどおりの淡々とした口調で、熊谷が言った。「妻が脳溢血で倒れてから、料理をつくるようになって二年以上経つので、大方のものはできます」

「当番の日に熊谷さんにきてもらって、ふたりでつくればいいじゃないですか」と提案したのは恭平だ。「美智子さんもお招きしたらどうです?」

「熊谷さんさえよければ」と遊木。

「私はいっこうにかまいません。たくさんのひとと食事をしたほうが、美智子もよろこびますし」

「私も料理、教わりにいっていいですか」その必要がないのに峰が手を挙げる。「この歳まで、男子厨房に入らずで暮らしてきたものだから、目玉焼きひとつできないんですよ。これで女房に先立たれた日には、メシも満足に食べられなくなってしまうもんで」

「私も教えてください」久佐間も手を挙げた。「何品かできるようになったら、女房をはじめ娘に孫娘、曾孫も集めて、やればできるところを証明したい」

「待ってくれ。大の大人が四人も入れるほど、ウチの台所は広くないんだ」

「それならウチのをお使いなさいな」

須磨子が身を乗りだす。自分も仲間に入れろと言わんばかりの勢いだ。

「須磨子さん家で、ウチのメシをつくるのか」

「ちがうって。遊木さんは当番前のリハーサル。私もなにか教えてあげる。もちろんウチにも美智子さんにきていただくわ。八代目もいらっしゃいな」

「俺ですか」いきなりの誘いに恭平は戸惑う。

「そうよ。いまどきの男性は手料理のひとつも振る舞えなくちゃ。みなさん、いつがいい？」

「そうだな」遊木はすっかり乗り気だ。「今度の火曜にはもう、つくらされるだろうから日曜にでも」

他の三人も日曜で同意し、どんな料理がいいかという話題にさしかかったところで、「ちょっとみなさん」とクリシアが口を挟んだ。

「クリシアも料理、習いたいのかい」久佐間が言った。

「いいわよ、いらっしゃいな」と須磨子。

「せっかくだから今戸先生も呼ぼうか」遊木がからかうように言った。「ここ最近、店以外でもちょくちょく会ってるんだろ。ドラゴンフルーツのママが言ってたぜ」

その話は恭平も耳にしている。このひと月ほど、クリシアと今戸先生が手を繋いで街中を歩いていたとか、コンビニのイートインで並んでコーヒーを飲んでいたとか、ボート部内だけでも目撃情報が絶えなかった。

「そういう話をしているんじゃありません」クリシアの声が鋭くなっている。「いまは来年の新作の衣装をどうするかのミーティングです。料理教室の話はそれがおわってからにしてください」

「だったらおわっているでしょ」と峰。「今回、遊木さんがつくってきたのは却下だって」

「それでおわりじゃ駄目です。つくり直すとしたら、どういう方向性のものがいいかも話しあうべきじゃないですか。頭は宮沢さんの遺作なんですよ。もっと真剣に考えてください」

クリシアの口から宮沢の名前がでて、職人達の顔が強張った。恭平もだ。みんな意識して宮沢の名前をだすのを避けていたのだ。話が横道に逸れてハシャいでいたのは、宮沢がいない寂しさを紛らわすためだ。気持ちはわかる。しかしそれがクリシアを苛立たせることになってしまった。彼女の気持ちも痛いほどわかる。

宮沢がもうこの世にいないなんて、嘘みたいだ。遅れて申し訳ありませんと、いまにも工房のドアを開いて、入ってくるような気がしてならない。いつになったら彼の不在に慣れるのだろう。だが慣れてしまったら、それはそれで寂しいことだと恭平は思う。

「そう言えば」気まずい沈黙の中、須磨子が口を開いた。「宮沢さんは新作の名前をなにか考えていたのか、クリシアさんか八代目は知らない？　それがあればイメージが湧いて、衣装もつくりやすいんじゃないかしら。どう、遊木さん？」

「たしかにそのほうが助かるよ。なんだかんだ言って、衣装をつくるのに、宮沢さんとはさんざっぱら意見を交わしていたからな」

「それが原因で、ドラゴンフルーツで喧嘩したこともありましたもんね」

表情を和ませ、クリシアが言う。

ママから電話で駆けつけ、宮沢と遊木の喧嘩を仲裁しにいったことが、いまとなっては懐かしい思い出である。面倒臭くて手がかかるひとがいないだけで、こんなに人生が味気ないものになるとは思っていなかった。

「だけど名前については、とくに聞いていないんですよ」とクリシア。「八代目は？」

「訊（き）くつもりではいたのですが」

間にあわなかったのだ。

そのとき表から車のエンジン音が聞こえてきた。窓の外に、ルーフを開いた真っ赤なポルシェが、ミニバンの横にバックで入っていくのが見えた。去年の夏、六十年前の雛人形の修繕を依頼した景浦典子（かげうらのりこ）が、左ハンドルを握り、助手席には髪も肌も日本人とはちがう色の女性が座っている。

ヨシノリの奥さんがいま、日本にきていてね。あなたに直接会って、相談したいことがあるって言うの。明日か明後日、都合つきませんこと?

景浦典子から会社に電話があったのは昨日のことだ。ならばと今日の午後三時に約束したのである。だが二十分以上も早くの到着だった。ヨシノリは景浦典子の息子で、ニューヨークに住んでおり、助手席の女性こそが、その奥さんにちがいない。名前はたしかリンダのはずだ。

ふたりはポルシェを下りて、工房にむかってきた。彼女達には事務室で待ってもらおうと思い、恭平は腰をあげる。ところがそれよりも早く峰が席を立ち、工房のドアを開き、「おひさしぶりです、こちらへどうぞ」とふたりを招き入れた。

「マジで?」

挨拶もそこそこに、リンダが英語で捲し立て、それを景浦典子が日本語に訳す前に、クリシアが大声を張りあげた。目をまん丸に見開いてもいる。

「そちらのお嬢さんは?」

「クリシアと言います」

景浦典子の問いにクリシア自身が答える。

「フィリピン人ですが、この秋からウチで頭師の見習いとして働いています」と恭平は補足する。

「英語がわかるのね。だったらあなたが訳してくださらない？」

「あ、はい。あの、リンダさんはストップモーションアニメの製作会社のエージェントで、三月三日に同僚を招いてホームパーティーを開いたそうです。旦那さんのママの雛人形のお披露目（ひろめ）を兼ねてのことで」

「それって去年の夏、我々が修繕した？」と峰。

「そうです」景浦典子が答える。

「思った以上に好評で、七段飾りすべての人形が活躍するアニメがつくれないものか、魔物にさらわれた男雛を他のメンバーとともに女雛が救いにいくストーリーはどうだろうと、その場で大いに盛りあがり、翌日には社内ミーティングも開かれ、本格的に企画が始動することが決定した、ついては森岡（もりおか）人形さんがおつくりになった雛人形の使用許可をいただくため、こうして訪れたのだと」

　職人達はポカンとしていた。それはそうだ。自分達の現実にはない、想像の範疇（はんちゅう）をも超えた話に、どう対応していいのか、わからないのだ。恭平もおなじである。

「ストップモーションアニメって、人形をコマ撮りして動かすんですよね。だとしたら雛人形をどうやって？」

「って私も思ったわ」景浦典子が恭平に同意する。「だからリンダに言ったの。そしたら雛人形を元に、撮影用の人形をつくるんですって。ついてはこちらの職人さんに人形のつくり方のご教示を賜りたい、なおかつ監修までお願いしたいそうよ。森岡人形さんの条件や要望をお聞きして、交渉を進めていき、そのうえで書類をつくって、契約を結びたいとも」

「やるとなると、いつ頃からはじめて、完成までにどれくらいかかるものなんですか」

恭平は言った。いまのところ、思い浮かぶ質問が他になかったのだ。景浦典子はそれを英語に訳し、リンダに訊ねる。

「三ヶ月以内には契約を結びたい、その後すぐに製作に取りかかるにしても、早くて三年、遅くても五年後には完成させ、北米と日本公開を皮切りに全世界で公開したいって。その前にベルリンやカンヌの映画祭にも出品するつもりでいるそうよ」

全世界？　映画祭？

思った以上にスケールの大きな話に、鐘撞市内から滅多にでることがない恭平は、いささかついていけなくなった。これはリアルな夢ではないかとさえ思えてくる。

「できれば三年でお願いできませんか。五年先まで生きてる自信がないもんで」

久佐間が言うと、職人達が笑った。冗談めかしてはいるものの、本心にちがいない。そんな中だ。

「八代目っ」須磨子に呼ばれた。彼女は景浦典子とリンダからは見えない位置で、左手の親指と人差し指で輪っかをつくっている。

「あの」恭平は軽く咳払いをしてから、「弊社がその件を承諾したら、どれくらいの予算をお考えなのか、だいたいでかまいませんので、教えていただけると大変、助かるのですが」

ふたたび景浦典子が通訳すると、リンダが短く答えた。

「マジで？」

これまた英語がわかるクリシアが、さきほどとおなじ反応をした。つづけて景浦典子がその額を日本語で言う。クリシアが驚くのも無理はない。恭平が社長を継いでから、つまりこの十年の森岡人形の平均年商を大きく上回っていたのである。去年の年商の約一・三倍だった。

「ほんとですか」恭平も思わず言ってしまう。

「ごめんなさいね」景浦典子が詫びる意味がわからなかった。すると彼女はつづけてこう言った。「いくらなんでも安過ぎよ。こちらの会社は百何十年の歴史があるんでしょう？　それだけ長い歳月をかけ、磨きあげてきた技術でつくったものを、その程度のお金で手に入れようなんて図々しいにもほどがある。日本の伝統文化をなめてもらっちゃ困るわ」

「もちろん」同意したのはクリシアだ。「ですよね、八代目？」

「あ、うん。そのへんのことは今後、話しあっていきましょう」

そう言いながらも、どうやって話しあっていくべきか、恭平には皆目、見当がつかない。相談するにしても、だれに相談していいかさえわからなかった。

つづけてリンダがなにか言った。

「ドールプリンセスってなんですか」

恭平は訊ねた。英語がからきし駄目でも、それだけ聞き取ることができたのだ。

「映画の仮タイトルですって」景浦典子が答えた。「日本語ならば、さしずめ『人形姫』ね」

あと八分か。

ミニバンに乗りこんでから、恭平は時刻をたしかめた。七時には森岡人形に溝口寿々花が訪ねてくる。３Ｄモデル教室の四回目をおこなうためだ。『まちなか雛さんぽ』がおわってからの約束だったが、宮沢が亡くなったことで今日まで延期になっていた。工房にクリシアがいるので、焦らなくてもいい。それでも遅刻はしたくなかった。

３Ｄモデル教室には舞も参加するはずだったが、産後の肥立ちが悪く、なるべく外出をしないよう、ドクターストップがかかってしまった。ちなみに宮沢の葬儀は旦那の昌司が喪主を務め、舞が人前にでたのは見送りのときの数分だけだった。

エンジンをかけようとしたとき、運転席の窓を叩く音がした。陽太だった。自転車に跨がったまま、身体を傾けている。

「親父にぼくの応援に静岡までいけって言ったの、コーチなんですって？」

窓を開けるなり、陽太が言った。静岡で開催される全国高校選抜まで一週間ちょっとだ。学校へ事前に申請をだし、連日練習をおこない、今日も曳抜川で乗艇練習をしてきたところだった。

「ああ」隠しても仕方がないので素直に答える。しかし陽太の口調が非難がましいのが気になった。「それがどうかしたか」

「バスでいくって言いだして」

「学校からだすバスだろ」

「ちがいます。櫻田人形でバスをだすんです」

「どういうことだ？」

「先週末に従業員を五十人集めて、応援団をつくったんです。先週末から屋上で、応援の練習までしていて」

言われてみれば曳抜川で乗艇練習の最中に、どこからかフレーッフレーッという声が聞こえてきた。

なんでそこまで大掛かりになったんだ？

「どうにかしてください、コーチ」

「どうにかってどうすればいい？　いまさらいくなとは言えんだろ」

「だったらせめて人数を半分にして、作務衣は着てこないように言ってもらえませんか」

「作務衣って、櫻田人形の制服の？」

「そうです。要するに親父は息子の応援にかこつけて、自分の会社の宣伝をしようって腹なんです」

さすがにそれは陽太が怒るのも無理はない。

「わかった。俺から言っておくよ」

「それとあと」

まだなにかあるのか。

「スズ姉さんのこと、よろしくお願いします」

「どういう意味だ？」

「今夜、モモちゃんをウチで預かることになって、母さんが理由を訊いたら、スズ姉さん、コーチに会うって。デートでしょ？」

「莫迦を言え。３Ｄモデルのつくり方を教えにきてもらうんだ。言っておくが、ふたりきりでもない」

「なんだ。最近また、スズ姉さんがコーチの話をするようになったから、つきあっているとばかり思っていました。でもコーチ、スズ姉さんに対する気持ちは変わっていないんですよね」

「それはまあ」

「だったらよかった。ねぇ、コーチ」

「なんだ」

「ときには気持ちだけで動いたらどうですか」

からかっているのかと思ったが、陽太は真顔だった。

「考えておくよ」

陽太が自転車を漕いで去っていく。七時まで残り三分。どう車を飛ばしても間にあわない。スマホをだして、３Ｄモデル教室のグループＬＩＮＥに遅刻する旨を書きこもうとしたところだ。

溝口寿々花のメッセージがあった。

〈すみません、十五分ほど遅刻します〉

国道沿いにあるコンビニの駐車場に、恭平はミニバンを停めた。そして車から下りた途端だ。

「森岡くんっ」

溝口寿々花だ。歩道から駆け寄ってくる。森岡人形へむかう道なのだから、いてもおかしくはない。それでも恭平は動揺してしまう。

「会社から?」

「いや、学校の帰り。きみが遅れるっていうんで、ちょっと時間があったから、飲み物でも買っていこうかなと思って」

「部活おわってすぐだよね。なにか食べた?」

「あ、いや」

ペコペコだった。乗艇練習へいく前、道頓堀飯店で早めの夕食は食べている。しかし部活に力を入れ過ぎたせいか、お腹が減ってたまらなくなったのだ。そこでおにぎりを買いこみ、会社に戻るまでの車中で食べようと思ったのだ。

「夕方から陽太くん家にいってて」

「モモちゃんを預けにだろ」

「それもだけど、お彼岸だから絵美姉さんとおはぎをつくっていて、遅れちゃったんだ。ごめんね」絵美姉さんは陽太の母親だ。「でもほら、これ。おはぎ、重箱に入れて持ってきたんで」

溝口寿々花は左手に持つ風呂敷包みを、目の高さまで持ちあげる。

「森岡くん、甘いものは平気？」

「あ、ああ」

「よかった。じゃ、飲み物、買いにいこ。おはぎにあうのがいいよね」

こうなれば溝口寿々花に従うしかない。そしてコンビニに入ってからだ。

「おめでとう」彼女は唐突に言った。

「なにが？」と思わず聞き返す。

「森岡人形の雛人形が、ハリウッドデビューするんでしょ？」

「だれに聞いた？」

「会うひと毎(ごと)に、その話題になるわ。鐘撞のひとならば、知ってて当然なくらい」

景浦典子が息子の奥さんであるリンダを連れて、森岡人形を訪れてから、三日しか経っていないのに、どういうことだろう。恭平自身はだれにも話していない。だとしたら職人達か。でもまあ、助手席にクリシアを乗せていただけで、噂が広がってしまうのだ。雛人形がハリウッドデビューするともなれば、その勢いはより強く、瞬く間にちがいない。飲み物のコーナーに辿り着いたが、恭平は話をつづけた。

「まだ正式に決まったわけじゃない。これから交渉しようっていう段階だ。うれしいのはたしかだけど、そのことで頭を痛めてもいる」

「どうして？」

「外国人相手に交渉なんて、どうやってすればいいのやら」

「英語だったらクリシアちゃんができるでしょ」

「そりゃそうだが、契約に関してだって専門的なことはお手あげだ。どんな書類を交わせばいいのか、手がかりすらない。雛人形の著作権なんて、ネットで検索してもまったくヒットしないからね」

ボート部の全国高校選抜まであと一週間ちょっと、ゴールデンウィーク明けに開講する人形づくり講座の準備もある。やらねばならないことが目白押しだったのに、さらにこれだ。この三日間、思い悩んでいたことを、恭平は思わず吐露（とろ）してしまう。するとだ。

「私、手伝うよ」

「手伝うってなにを？」

「映像関係の知りあいで、海外と仕事をしたことがあるひともけっこういるから、話を聞いてあげる。それにフィギュアの仕事絡みで、著作権法に詳しい弁護士も何人か知っているんだ。フリーになる前の会社で、実際、お世話になったこともあるのよ。紹介してあげようか」

「頼む」恭平は即答した。それだけではない。手をあわせて拝んでしまった。

「まさかこんな事で、森岡くんの力になれるときがくるとは思っていなかったな」溝口寿々花はペットボトルが並んだ冷蔵庫の扉の把（と）っ手に手をかける。「で？　飲み物はなににする？」

ミニバンがキュイキュイッと音を立てた。ドアロックを解除したのだ。

「いいの？」恭平が運転席に乗りこもうとすると、車のむこうから溝口寿々花が言った。「私が助手席に乗っていたら、ふたりはデキてるって噂されるわよ」

噂じゃなくて、ほんとにしたっていい。

なんて言えるはずがなかった。

「ここからウチまで三分とかからないから、心配しなくてもいい。だれも見てやしない」

ふたりして車に乗り、シートベルトをつけていると、目の端に白いものが飛んでいるのに恭平は気づいた。

「モンシロチョウね」と言ったのは溝口寿々花だ。「いつの間に入ってきたのかしら」

蝶はハンドルのてっぺんに止まり、羽を閉じる。その姿を眺めているうちに、宮沢が今際(いまわ)の際(きわ)に言った言葉を思いだす。

近頃は寝ているとずっと夢を見ていましてね。現実との区別がつかなくなってしまって。中国の故事(こじ)であるでしょう。蝶になった夢を見たが、目覚めた自分が蝶の夢かもしれないっていう。

「あっ」

「どうしたの？」

「いや、なんでもない」

胡蝶（こちょう）の夢。

宮沢の遺作であり、来年の新作の名前に、とても相応（ふさわ）しく思えたのだ。職人達に提案してみよう。

「どうする？　逃がしてあげる？」

「会社に戻ってからでいいよ。急がないとクリシアに叱られる」

駐車場からミニバンをだして、国道にでる。ハンドルを動かすと、ふたたび蝶は羽を広げ、飛びはじめた。そして恭平と溝口寿々花のあいだを、ひらひらと舞いつづけた。

いつまでも。

まるでふたりの仲を取り持つかのように。

いつまでも。

（人形姫　おわり）

謝辞
作品の執筆にあたり、株式会社鈴木人形の鈴木章人氏に、たいへんお世話になりました。御礼申し上げます。

装画・本文イラスト——加藤木麻莉

装幀デザイン——岡本歌織（next door design）

初出

本書は、二〇一八年九月から二〇一九年十月まで「ＷＥＢ文蔵」で連載された作品を、大幅に加筆・修正したものです。

〈著者略歴〉
山本幸久（やまもと　ゆきひさ）
1966年、東京都生まれ。中央大学卒業。編集プロダクション勤務等を経て、2003年、『笑う招き猫』で第16回小説すばる新人賞を受賞しデビュー。06年、同作で第２回酒飲み書店員大賞受賞。18年、『店長がいっぱい』でエキナカ書店大賞受賞。
主な著書に、『神様には負けられない』（新潮社）、『ふたりみち』（角川文庫）、『あたしの拳が吼えるんだ』（中央公論新社）、『あっぱれアヒルバス』（実業之日本社文庫）、『ウチのセンセーは、今日も失踪中』（幻冬舎文庫）、『ジンリキシャングリラ』（PHP文芸文庫）などがある。

人形姫

2021年12月21日　第１版第１刷発行

著　者　山本幸久
発行者　永田貴之
発行所　株式会社ＰＨＰ研究所
東京本部　〒135-8137　江東区豊洲5-6-52
第三制作部　☎03-3520-9620（編集）
普及部　☎03-3520-9630（販売）
京都本部　〒601-8411　京都市南区西九条北ノ内町11
PHP INTERFACE　https://www.php.co.jp/
組　版　朝日メディアインターナショナル株式会社
印刷所　図書印刷株式会社
製本所　図書印刷株式会社

ISBN978-4-569-85090-0

PHPの本

ガラスの海を渡る舟

寺地はるな 著

「みんな」と同じ事ができない兄と、何もかも平均的な妹。ガラス工房を営む二人の10年間の軌跡を描いた傑作長編。

定価 本体一、六〇〇円（税別）

PHPの本

凪に溺れる

青羽 悠 著

僕らは、生きる。何者にもなれなかったその先も——。一人の若き天才に人生を狂わされ、そして救われた6人を描く、諦めと希望の物語。

定価 本体一、六〇〇円（税別）

PHPの本

おはようおかえり

近藤史恵 著

小梅とつぐみは和菓子屋の二人姉妹。ある日、亡くなった曾祖母の魂がつぐみに乗り移ってしまい——少し不思議な感動の家族小説。

定価 本体一、五〇〇円（税別）

PHPの本

転職の魔王様

額賀 澪 著

この会社で、この仕事で、この生き方でいいんだろうか――。注目の若手作家が、未来が見えないと悩む全ての人に送る〝最旬〟お仕事小説！

定価 本体一、六〇〇円（税別）

PHP文芸文庫

ジンリキシャングリラ

山本幸久 著

野球部を辞めた雄大は、可愛い先輩に誘われ人力車部へ⁉ とある地方都市を舞台にした高校生たちの笑いと涙の青春ドラマ。